鉄塔家族（下）

KazUmi SaeKi

佐伯一麦

P+D BOOKS
小学館

目次

本書の執筆にあたり、野草園に関わる記述は、管野邦夫氏の著書を参考にさせていただきました。また構想にあたっては、備前島文夫氏、吉田左膳氏、藤沢豊氏の著作、談話から示唆を授かりました。ここに記して心から感謝申し上げます。（作者）

第五章

204

六月に入った日曜日の午後、黒松さんは浦和の自宅から単身赴任先のこの街へと戻ってきた。

「戻ってきた、か」

新幹線の車窓から、「山」の上に三本並んでいる鉄塔を眺めながら、黒松さんはつぶやいた。四本目の鉄塔も注意してよく見れば、樹木の芽吹きのように、少し姿を現しているのが窺えた。自宅へ帰ったときよりも、この街に帰ってきたときの方が、帰り心地がますます強まるようだった。

この週末、黒松さんは、少し慌ただしく自宅で過ごした。土曜日に、同居している下の息子が、結婚することにした、という女性を家に連れてきた。以前関西の支社に勤務していたときからの知り合いだということだった。息子より二歳年上だという彼女は再婚で、四歳の子供がいるという。

黒松さんは、突然の話にうろたえた。彼女が年上であることも、子供がいることも、それには黒松さんは特に反対するつもりはなかった。息子も、もうすぐ三十になる。その息子が、自分でよかれと思って決めたことなのだから。

だが、淋しかったのは、その話は妻にはずっと前から伝わっていたらしく、黒松さんとの対面も、息子とその彼女と妻との三人で、秘かに画策していたように思えたことだった。

息子が彼女を車で送りに行った後、黒松さんは、単身赴任は今年で終わりにしようか、と妻に持ちかけた。それは、役員扱いになって定年が延びている黒松さんにとって、退職することを意味していた。社長からは、やりたいのなら来年もどうぞ、と言われていた。そのとき、プロ野球で優勝したにもかかわらず、そんなふうにオーナーに冷たく言い放たれた監督がいたな、と想ったものだった。

そんな思いまでして役職にしがみついているよりも、下の息子も独立することになった機会に、自分も第二の人生をはじめたいと思う。それに、夫婦の時間をこれからはもっと……。

黒松さんがそこまで言いかけたときに、妻は、

——パパには、まだ頑張ってもらわないと。

と、当然だという口調で口を挟んだ。同意してもらえるとばかり思っていた黒松さんは、耳を疑う、といった心地となった。

タクシーで一方通行の道を上るときに、黒松さんは西多賀さんの家に目をやった。あの、美味しいおむすびを食べたときのことを、妻に話すきっかけがなく言いそびれてしまった……。

「山」の上まで来たときに、正面の桐の木が花をつけているのが見えた。下向きに垂れて咲く紫色の花が、一瞬だが、ほのぼのとした夢のような一時を黒松さんにもたらした。

205

「ギーッ、ギーッ、……ギーッ、……」

斎木と奈穂は、日曜日も返上して銘々の仕事に就いていた。三時のお茶は済ませて、一日の最後のひと踏ん張りにかかっていた。

「ギギ、……ギギ、……ギー、……」

斎木は、原稿を少々書きあぐみながら、隣から途切れ途切れに聞こえてくる編み機の音を気にかけていた。

奈穂が、編針と糸を交差させる役目のキャリジの把手（とって）を右手と左手とで交互に動かしている音が、リズミカルに規則正しく聞こえているうちは、うるささも気にならず、むしろ活気づけられるほどだった。だが、それが門外漢にもわかるほど、絶え絶えとなり、編み手の苛立（いらだ）たしそうな気配が伝わってくると、どうにも落ち着かない心地にさせられる。

「ギコギコ、……キキー、カシャカシャ」

今度は、編目を増減させたり調節するための棒を手にして、自転車屋か歯医者のような金属音を立てていた奈穂が、ふうと大きく息をついて背伸びをした。

「どうした、調子が悪そうだな」

斎木が訊くと、

「ええ。いま編んでるのは、先週胡桃(くるみ)で染めたシルクモヘアだから、細いうえに毛羽立って、編むのが難しいの。それに、どうもここのところ編み機の具合が悪くて」

と奈穂が答えた。「でも、この編み機もずいぶん酷使してきたからなあ」

その編み機は、北欧から帰ってきてすぐに、斎木の中学時代からの友人で日本画を描いている南材の母親から譲り受けたものだった。

奈穂は、一年間学んだ北欧の美術工芸大学ではじめて編み機に触った。それは日本製の古い型のものだった。それまでは、草木染で染めた布を用いたタペストリーを主に制作していた奈穂は、課題で作った三角形を組み合わせてジッパーを斜めに付けた洋服を見た、エディスという名の主任教授に、編み機(ニッティング・マシーン)を使って、洋服を作ることを強く勧められたのだった。エディスは自分の服も作って欲しいと依頼し、それを見たもう一人の教師からも注文を受けた。

奈穂にしてみれば、日本にいるときにはまるで考えてもみなかった編み機での制作を、異国での体験がきっかけでするようになるとは不思議な気がした。帰国してから、奈穂はすぐに編み機をもとめようと探した。だがいま市販されているのは、軽量でコンパクトだが、手が出ないほど高価なものばかりで、ノルウェーで使っていたような堅牢な型のものはなかった。

そこで奈穂は、中古の編み機を探すことにした。

斎木は、小さい頃、母親が編み機を使って兄姉たちのセーターを編んでいた記憶があったので、母親に編み機はまだしまっているかと電話で訊ねた。だが、それはとうの昔に処分してしまったということだった。

――あの頃は、月賦で編み機を買う家庭が多くてねえ。今は自分で作って子供たちに着せるよりも、既製品の方がずっと安いから、手編みのセーターなんて、あまり見かけなくなったねえ。

と、そのとき斎木の母親は、しみじみとした口調で言った。

そんな折、斎木のエッセイの挿絵を描いたりして付き合いが続いている南材から、庭の木斛（もっこく）が、隣の敷地まで枝を伸ばすようになったので、小さく切り詰めることにしたんだが、草木染の染めくさに使うのなら取っておくけれどもどうする、と電話がかかってきた。南材は、独り身で、実家の蔵を改造したアトリエで寝泊まりをしている。

奈穂に話すと、それはぜひいただきに上がりたい、ということになり、後日もらいに行った。そのときに、個展に来たこともあって顔見知りの南材の母親と茶を飲みながら、そういえば、と奈穂は編み機の話を持ち出した。

すると、斎木の母親と同世代の南材の母親も、やはり編み機を使っていたことがあり、それは押入の奥に仕舞い込まれているという。

もう、七十を過ぎてからは目がすっかり弱くなって、これから編み機を使うこともない。仕舞っているだけではもったいないから、ぜひ仕事に役立てて欲しい、と南材の母親は申し出たのだった。

ずっと使われずにいたので、編み機は少しの部品の交換と、油差しなどの修理が要った。それでも、新品を買うのよりもずっと安く済んだ。

真新しいものよりも、長く大事に使われてきた物たちに囲まれていたほうが、身の丈に合っているようで、心が安らぐ気が奈穂はした。それに、そういうものには、物語がある。

今使っているミシンも、奈穂の母親が、近所の教会で開かれていたバザーにぶらりと立ち寄ったときに見つけて買ったもので、あまり裁縫仕事を好まない母親から譲り受けたものだった。

一度分解修理に出したときに、ミシン屋の主人は、この型は、昭和三十九年に多く出回ったジグザグミシンの最初期の作品で、はじめて一生懸命ミシンの仕組みを勉強したのがちょうどこの型のミシンだった、と懐かしんだ。そして、今でも目をつぶっていても、どこにどんな部品が使われているかわかるくらいだ、と少し誇らしげに言った。

「どうれ、ぼちぼち上がるとするか」

207

斎木は仕事を仕舞うときの口癖を洩らした。仕事の区切りはついていなかったが、日曜日ぐらいはせめて明るいうちに一杯酌りたいと思った。仕事机はそのまま食卓となるので、机の上の資料やバックアップを取ったノートパソコンを片付けはじめたのを見て、

「ちょっと相談していいかな」

と奈穂が訊いた。斎木が頷くと、

「編み機のことなんだけど、これはもちろん修理に出してみるけれど、もう一台予備があった方がいいと思うの。それで、新聞のリサイクル情報に出してみようと思うんだけどどうだろう」

「そんなコーナーがあったっけ」

「確か土曜日の夕刊に、ゆずります、ゆずってください、っていうコーナーがあったと思うの。そこに『編み機をゆずってください』って」

斎木のところでは、唯一夕刊を発行している地元紙は取っていないが、奈穂が個展の案内を出したときなどに、コンビニエンスストアでその新聞を買ってくる。それで目にしたことがあるのだろう。

「そうだな、あんがい押入の中で眠っている編み機がまだ他にあるかもしれないな。あまり大きな期待はかけないで、出してみるのはいいんじゃないかな」

斎木が与すると、

「うん、じゃあさっそく明日でも新聞社に問い合わせてみる」

奈穂はそう言って、仕事の後片付けをはじめた。

編み機の糸取装置の爪の中や編地押さえ刷毛車の中に巻き付いている糸を取り除き、キャリジの前後の足に油を塗った。ミシンを使っているときも、仕事の終わりには、油を差した。そうやってふだんから自分の道具の手入れを怠らないことは、斎木から教わった。前にミシンの調子が悪くなったときに、油をくれてやったことはないのか、と斎木に訊かれ、首を振ると、斎木は半ば呆れたような顔になったものだった。

――道具は、ちょっとでも錆が出たらおしまいだからな。それから、おれが電気工だったときは、ちょっと道具を貸してくれや、なんて言われても、ぜったいに貸してやらなかったもんだよ。意地悪してるんじゃなくて、道具は使う人によって癖が付いているから、人に貸して変な癖を付けられると使いにくくなって困るんだ。

ミシン屋の主人からも、奈穂は、ミシンの手入れの仕方を丁寧に教わった。店には、ハワイ生まれの日系のおばあさんから譲り受けたという、明治時代のミシンも現役で使われていたのだった。


しばらく外出も控えて用心していたが、斎木の咳き込みがひどくなってきた。梅雨のはしりの夜雨の中を夜通し啼き続けるようになった青葉木菟の声を、斎木は眠れぬ思いの中で聴くことが多くなった。それは、自分の喘鳴を伴う荒い息づかいのようにも、絶え間なく続く咳き込みのようにも感じられた。

息苦しくなって、枕元の窓を細目に開けると、この数日漂いはじめた栗の花のにおいがほのかにした。

そのにおいを嗅ぎながら、目を閉じて身体の不調をこらえていると、風の荒い埋立地の足場の上で、ふらつく身体を墜落せぬよう懸命に支えている——そんなざわざわした体感が蘇った。鉄塔工事の職人の中にも、かつての自分と同じ恐怖にさらされている者がいるかもしれない、と斎木は思いを向けた。

……工事現場の足場の上で、しばしば足が竦むようになったのは、斎木が五年ほど修業を積んだ頃の梅雨時のことだった。

最初の子が生まれたのをきっかけに、もともと高所恐怖の質があった自身を叱り付けるようにして就いた電気工の職ではあった。恥ずかしながら、見習いの当初は、街灯柱にスライド式の梯子をかけて行う水銀ランプや蛍光管の交換といった軽作業さえ、冷や汗をかきながらの苦行以外の何物でもなかった。

地上から仰ぎ見るのとは格段に高所を孕んでみえる真下の眺めと、重心を移動させる度にぐらりと傾きそうな不安定な足場に恐怖感が募り、足が棒のようにこわばった。筋肉に無理な力がかかるせいか、一日に街灯の十本ものぼった夜は、寝床で必ずといってよいほど脹ら脛や太腿が攣った。

それでも、少しずつだが仕事に慣れるに従って、ときおり灯具の中にひそんでいることがある野鳥の雛や冬眠中の赤剝けした守宮などを見付けて心を和ませる余裕も生まれた。

五年の修業のあいだに、斎木は、高層団地の外壁の最上部に設置されている航空機障害灯の修理も、屋上の縁に巡らされた鉄柵の外側へ跨ぎ出て、空へ半身をさらしながら淡々とこなすことができるまでになり、どうにか人並までには高所恐怖を克服したつもりになっていた。

ところが、その梅雨の時期、五階建ての中層団地の建物の妻側の外壁に組んだ、ほんの十二、三メートルほどの簡易型の足場の上で、斎木は、度々背筋がざわめく思いを味わうようになってしまった。

209

それは、斎木が現場の監督をまかされていた、五階建ての中層団地九棟に新しく高架水槽が設置されたのにともなう避雷設備工事で、避雷針と接地極を繋ぐ鬼寄線を保護する塩化ビニール管の配管を建物の妻側の外壁に屋上から地上まで立ち下ろす作業を行っていたときのことだった。

仕事を始めたばかりの頃とは、恐怖の質に変化があった。しじゅう高所の意識にがんじがらめとなって足元をこわばらせ続けていた頃とは反対に、むしろ時として、高所にいま自分がいるという意識が身体から離れてしまうことが、強い怯(おび)えを惹き起こした。

足場の端に片足で立ち、もう片方の足を空中にぶらつかせて電気ドリルを使っていたり、地上の作業員に向かって大声を張り上げながら、重心を大きく前に傾けている——、ふと我に返ってそんな自分の無造作な身のこなしに気付くと、抑え込んでいた生来の高所恐怖がいっそう倍加されて蘇り、身体の芯に深い戦慄が走った。

それは、いわゆる、どんな危険をともなう作業でも、初心者よりもなまじっか慣れ始めた者の方が重大な事故を起こしやすいと世間一般によく言われる、そんな時期に斎木もさしかかっていたのかもしれない。

いま思い起こしても、確かに、危険を感受する感覚に掠(かす)れが出ていた。ちょうど同じ頃、他の現場で変電室の改修工事の竣工検査を受けているときに、施工の説明をしながら六六〇〇ボルトの高電圧がかかっている充電部に素手のまま何気なく触れかけて、慌てて検査官に制されるという、身の毛立つ思いをしたことがあった。

だが、それらのことが、一概に、心の慣れがもたらした油断のせいばかりとは思えなかった。防塵マスクも付けずに、石綿(アスベスト)を大量に含んだ粉塵がたちこめている天井裏で、終日作業を続けていた春先から、その現場を離れた後も、頻繁に起こる息苦しさと、痰(たん)、咳の症状は治まらなかった。

梅雨に入ってからは、発熱と、それにともなう眩暈(めまい)も加わるようになった。

熱にうかされて自分の身体を遠く感じながら、高所の危険を危険とも思わぬ軽やかな足取りで足場を渡っていた。潤んだ眼には、物の遠近感が薄れて映った。露を含んだ植込の芝生の鮮やかな緑に吸い込まれるように、団地の屋上から飛び降り、足場の最上部のアルミの渡し板の固い感触に受け止められて、バッテンの形をした足場の振止（ふれどめ）にしがみついたときには、さすがに膝が、がくがくと震えた。……

210

「もうたくさんだ」

思わず心の中に衝いて出た呟きに、斎木は我に返った。相変わらず、青葉木菟の啼き音が聞こえ、隣では奈穂が寝息を立てている。

だが、鉄塔工事の職人たちは、高所で作業をするプロだ。そんな恐怖を抱いて、いちいち足が竦んでいたのでは、とても仕事にはならないだろう、と斎木は思い直した。

あの野郎、ちょっと読み書きができるばっかりに、この仕事には合いそうもねえな。

おい、奴を鉄塔に上らせるんじゃないぞ。

自分に対するそんな職人のやりとりが聞こえるようで、斎木は寝床の中で苦笑をふくらませた。

だが、冗談でつかのま心はほぐれたものの、睡眠にはつながらずに目覚めたままでいると、今度は、一人の老婆の姿が思い出された。あれは、梅雨の晴れ間がのぞいた日のことだった……。

……斎木は、雨降りのあいだはできないので滞っていた方々の団地の街灯の修理をまとめて片付けていた。午前の終わり近く、これを最後に昼飯にしようとのぼった梯子の上で、正面の棟のベランダ側の窓からじっと注がれている視線を感じた。

こんな作業に興味を見せるのは、小学生の子供ぐらいなものだろう。小学校は今日は休みなんだろうか、それとも風邪でもひいて休みでもしたか、斎木は作業をしながら、気配の主に思いを寄せた。一区切りがついたところで、おもむろにその窓の方に眼を向けると、しかし、三階の窓にほとんど顔をくっつけるようにして、熱心にこちらを窺っているのは、白髪の目立つ老婆だった。

ときおり、せっかく街灯を修理したのはいいが、二階や三階の居住者から街灯が明るすぎて眠れない、という苦情を伝えられることがある。てっきり、そんな類の言葉を表情に宿しているにちがいない、と斎木は安定器を交換する作業を行いながら、何度か老婆の方を盗み見た。だが、彼女は、彼の仕草には、何の反応も示さなかった。後ろの方を振り返って見ても、老婆の視線の先にある物は何なのかわからない。

再び老婆の方に眼を遣ると、まるで小学校で仲間はずれにされた子が、教室の窓べに立って一人淋しそうに校庭をみつめている、そんな姿に重なって見えた。見られていることを意識していない露わなその姿に、何かしら覗き見てはならないものを見てしまったような、後ろ暗い思いに捉えられて、斎木はそっと眼を逸らした。……

同じような姿を最近も目にしたような気がする、と近い記憶を探っていた斎木は、バス停にひっそりと佇んでいる老婆に思い当たった。

211

結局、斎木は、まんじりともしないで、朝を迎えた。夜中に一度トイレに立った奈穂が、斎木の咳を気遣いながら、胸に貼るようにと使い捨ての懐炉を渡した。

深更に、鴉の啼き声が一つ挙がった。それっきり、呼応する仲間の声も羽ばたきの気配も起こらなかった。枕元の時計を見ると、午前三時少し前だった。

街に餌を漁りに行くとしても、まだ二時間ほどは早すぎる。今のは、鴉の空咳のようなものだったのだろうか。鴉の寝言ならぬ寝啼きというものもあるのだろうか。それとも群れの中で、おれのように寝そびれている奴がいるのか、と斎木はおかしみのほうへと思いを向けようとした。

その鴉の一声で、青葉木菟の啼き音がぴたりと止んだ。それで今度は、自分の住むコンクリートの箱の空間の静まりの方に心を引き寄せられた。にわかに、枕元の目覚まし時計の秒針を刻む音が耳に付きだし、夜明けまでの時間の長さが、耐えきれないように感じられた。

杜鵑の啼き音を、斎木は待ちわびていたもののように聴いた。時計は午前四時にさしかかっていた。程なく、鶯も啼き始めて、夜明けが近いことを知らせた。

五時に撞かれる近くの寺の鐘の音と共に、鴉たちがけたたましく啼き募りながら、一斉に街へ飛び立っていく気配が起こった。その後で、鶏の啼き声に続いて、小綬鶏が啼き始めた。非常階段を下りてきた男が、外で咳き込む声がした。

夜明け時には、

「ホーホケキョ、ケキョ、ケキョ」

「テッペンカケタカ、カケタカ」

「チョットコイ、チョットコイ」

という、鶯、杜鵑、小綬鶏の啼き音が、まるで不協和音の三重唱のように聞こえていた。

「予約日まで待っていないで、今日は、朝一番にタクシーで病院へ行って点滴を受けてきた方がいいわ。なんなら、私が順番待ちで並んでもいいから」

目覚めた奈穂が、そう強く斎木に促した。夜通し咳き込んでいた、と言われて、斎木は、ふいに自分の姿を目の当たりにさせられたような気恥ずかしさも覚えた。

一昨年のちょうど今頃、絹を使う作品を制作していたので床を離していたときに、斎木が入院するまでになっていたのに気付かなかったことを奈穂はずっと済まなく思っていた。

「ああ、そうするよ。診察を待つのは平気だから、順番を待つには及ばない」

と斎木は観念したように答えた。

212

五階に住む老婦人は、寝床で鶯と杜鵑の啼き声を聞いていた。

「ホーホケキョ、ケキョ、ケキョ……」

「テッペンカケタカ、カケタカ……」

鶯と杜鵑が競うように盛んに啼きだした。それは、風情のある啼き音とはちがって、喧しいほどの叫び声だった。

「鶯の巣が杜鵑に狙われているのかもしれない」

と老婦人は、はらはらする思いで想像した。

谷渡りにも似ているが、切迫感を伴っている鶯の鳴き声は、警戒音だと聞いたことがある。だから、近くの藪に巣作りしていた鶯が、杜鵑の襲来を受けて、威嚇していたのか、仲間たちに警戒を呼びかけていたのかもしれない、と思ったのだ。

杜鵑は、托卵の習性をもち、巣づくり、抱卵、育雛はいっさい行わず、もっぱら鶯に仮親となってもらう鳥だと、いつも手元に置いている野鳥の図鑑に書いてあった。

杜鵑の雌は、自分の卵を鶯の巣に一個産みこむと同時に、巣の中の卵を一個くわえとり、飲みこむか捨てるかしてしまう。そして杜鵑の卵は、鶯よりも少し早く孵化して、杜鵑の雛はまだ孵化していない鶯の卵を一つずつ背中にのせて、巣外にほうり出してしまう。こうして、巣内を独占し、鶯の世話を自分だけのものにして育つ、という。

——杜鵑というと、その初音を有り難がったり、俳句などにも詠まれて風流な鳥だと思っていたけれど、案外小賢しいところがある鳥なんだわ。

と、その記述を目にしたときに、彼女は、鶯が哀れで、杜鵑のことが少し憎らしくなった。この地に住んで、鶯と杜鵑の啼き音を一緒にしばしば耳にするようになってはじめて、彼女は杜鵑の托卵の習性に思い当たり、なるほど鶯のいるところに杜鵑も集まるわけだ、と合点がいったのだった。

藩政時代には、この辺りは鶯の初音が城下で最も早く聞こえたというから、その名残がいまでも残っているのだろう。そして杜鵑は、初代の藩主が最も好んだ鳥だったようで、還らぬ旅となった最後の参勤交代へと赴く前にも、杜鵑の初音をもとめてこの一帯を歩き回ったが、残念ながら出会うことは叶わなかった、と言い伝えられていた。

隣の部屋からは、今朝も子供をヒステリックに叱る母親の声が聞こえ始めた。昨夜も、青葉木菟の声に耳を傾けている間、楽器を弾いている子供を叱る母親の罵声がずっと聞こえていた。

「子を思う母親の心はわかるけれど、これはちょっと行き過ぎじゃないかしら。どうやったら止めさせることが出来るだろうか」

と老婦人は溜め息をついた。

213

小雨をついて、磐田さんは崖の畑に出ていた。

「雨の日ぐらい休んで下さいよ」

と妻に言われたが、苗で植え付けした胡瓜が生りはじめていたので、気が気でなかった。

胡瓜は、木が若いうちは、なるべく若どりをすると後によく生る。だから、毎朝収穫するようにして、木に負担をかけないように注意していたのだった。

それに、この時期は、暑さが好きな野菜の種の蒔きどきでもある。モロヘイヤにオクラ、それからインゲンの種を今年は蒔こう、と磐田さんは計画していた。その畑作りや支柱もこしらえなければならない。

磐田さんは畑に出ているときは、ふだん付けている補聴器を外している。はじめて補聴器を付けた頃は、話をしている目の前の人の声だけでなしに、向こうや後ろの席の客の声や外を通る車の音まで、すべての音を平等に拾ってしまうので、音の洪水の中にいる思いがした。今では、補聴器の性能もずいぶんよくなり、補聴器に慣れた耳は自然に音を取捨選択することを覚えるようになった。

とはいえ、自分の身体の一部に機械が入っている違和感は否めず、やはりずっと補聴器を付けているのは疲れた。ここなら、車が入ってくる心配はないし、人と話すことも滅多にないから、補聴器は不要だ、と磐田さんは思った。そういえば、連休中に会った少年はどうしているだろう。

「包丁欠けたか。弟恋し、弟恋し」

補聴器を外した磐田さんの耳にも、その啼き慕っている杜鵑の声は聞こえた。彼の生まれた故郷では、杜鵑の啼き音をそう聞きなしていた。ちょうど田植時になると聞こえるその声を母親は、この世とあの世を行き来する鳥だと教えた。そうしては、この寒村で飢饉の時にあったという悲しい兄弟の話を聞かせたものだった。

それは、こんな話だった。

二人で仲良く暮らしていた兄弟が、ある日のこと、二人で山芋を掘りに出かける。夕刻になったので、「お前は先に帰って、夕飯の支度をしておけ」と兄は弟にいう。兄の言いつけどおり、弟は先に家へ帰って兄の帰りを待つが、空腹に耐えかねて山芋の小さいのを食べてしまう。帰ってきた兄は、大きくうまい芋ばかりを食ったのではないかと邪推して、弟の腹を包丁で裂く。中からは、弟が言ったとおり、小さなくず芋ばかりが出てくる。兄は、化して杜鵑となり、前(ぜん)非(び)を悔いて「弟恋し、弟恋し」と、一日に八千八声も、喉(のど)が嗄れて血を吐くまで、啼きつづけるのだという……。

214

昼前に、斎木は、入院患者になっていた。

乗り物はタクシーを使い、また奈穂が付き添っている他は、およそ二ヶ月前と同じ手順を踏んで、診察となった。咳き込んでいる斎木を一目見て、強く入院を勧める主治医の言葉に、今度は素直に従わざるを得なかった。人差し指の先に装着するだけで測定できる血中酸素濃度計の値も落ちており、有無を言わせぬ、といった口調だった。

外で控えていた奈穂に診察室に入ってもらい、主治医は病状の説明をして、一週間ほどの入院ですっかりよくなりますから心配は要りません、と声をかけた。それから、この際に、アスベストの後遺症の検査もしっかりやりましょう、と斎木に向かって付け加えた。

入院は、二人とも予想していたことだった。だが、最初からその支度をして来ることは躊躇(ためら)われた。

とりあえず処置室で、酸素吸入と点滴を受けることになった。それから、正式に入院すると決まったからか、太腿の動脈から酸素濃度を正確に測るための採血をされた。値が低いままのようだったら、気管挿管して人工呼吸器をつけますから、と主治医が言い置いて診察室へと戻った。奈穂は怯えた表情になっていた。

病棟の看護婦が現れ、入院の手続きや必要品について、奈穂に説明した。そして、今病棟からの連絡を待っているので、準備が整い次第病室に移ることになる、と告げた。

「それから、胸のレントゲン写真をその前に撮ってきて欲しいんだけど。歩くのはちょっと苦しそうね。あ、奥さんに車椅子を押していただこうかしら。すぐ終わると思いますから、それから入院の支度をしに帰っていただけますか」

「はい、わかりました」

と奈穂は頷いた。

斎木は車椅子で運ばれる途中、トイレにも寄ってもらうことにした。そのとき斎木は、前の結婚をしていた頃、自分で救急車を呼んで入院したときに、当直の看護婦に車椅子を押されながら、

――こんなひどい発作を起こしているときに一人で病院に来ちゃだめよ。ちゃんと付き添いの人と一緒に来なさい。あなた家族がいるんでしょ。

と叱責されたことを痛切に思い返していた。

外来の待ち合わせ所を通りかかると、やはり入院を待っているらしく大きなバッグの荷物を持った夫婦連れが何組もいた。年寄りは、傍目からはどちらが病人かわからなかった。

「入院するときって、みんな夫婦で来るんだ」

奈穂が、改めて気が付いたように斎木に囁いた。

215

背を起こしたベッドに横になり、斎木はぼんやりと窓の外に目を向けながら奈穂を待っていた。

外は相変わらず、小雨に煙っていた。このまま梅雨に入ってしまうかもしれない、と彼は想った。

中央病棟八階の病室は四人部屋で、彼は窓側のベッドをあてがわれた。看護婦が部屋へ案内するなり、隣や向かいのベッドとの境にある白いカーテンをぴしゃりと閉ざしてしまったので、同じ部屋にいるほかの患者の姿は窺えなかった。まだ歩かない方がいいからと、溲瓶(しびん)と御虎子(おまる)も用意された。

三本目に入った点滴がようやく効いてきたのか、咳も鎮まり、気管にからまっていた繊毛のような感覚も薄れてきた。

斎木は、そっと試すように浅く肺で息をしてみてから、大丈夫だとばかりに、深々と肺で呼吸をした。ふつうに呼吸ができることがありがたかった。喘息の発作が起きそうなときには、息を吐くのが苦しく、自然と腹式呼吸をする癖が付いている。小発作のときには、奈穂に下腹を押してもらい呼吸することもあった。

血中酸素の濃度もいくらか回復したのか、脳の隅々の細胞に新鮮な空気が染みとおっていくのをしみじみと実感しながら、入院とはなったが、咳が自分に一生つきまとうものだと諦めていた頃に比べれば、これでもだいぶ気が楽だ、と斎木は振り返った。

……現場で働いていた頃は、咳がひどくなるとともに高熱が出て、幾度となく病院へ駆け込んだ。その度に、肺炎や慢性の気管支炎と診断されて抗生物質の投与を受けたが、熱は下がっても、咳が完全に治まることはなかった。

解熱（げねつ）の座薬を挿入してから、朝、現場へ出かけることもあった。子育てに忙しかった前妻は三十九度までの熱なんて大したことはないわよ、と寝床の中で薄く笑って見送った。末の息子が生まれた頃には、肋膜炎（ろくまくえん）での静養を強いられることにもなり、生活費には高利のローンを借りてどうにか凌（しの）いだ。世間はバブルの真っ盛りだった。

そしてバブルが弾けた頃となり、東京での電気工の出稼ぎから新築したばかりの自宅へ帰ってきたクリスマスイブの夜に、突然呼吸困難に陥り、自分で救急車を呼んで向かった病院で、肺炎とともに、はじめて喘息の診断を受けた。やはりこうして点滴を受けてはじめて、長く続いていた咳と息苦しさから一時でも救われることができた。

あのときには、病院だけが唯一の安息の場と思えた。それから少しずつ喘息と付き合うことを覚え、やがて奈穂の協力も得られて、一年間海外に滞在することができるようにまでなった……。

216

「ここもまた普請中か」

人心地がついて、窓の外の景色が目に留まった斎木はつぶやいた。稼働している大きなクレーンの一部が目に入った。

この病院も三年前から八年がかりの予定で始まった増改築工事の途中にあたっており、外来に訪れるたびに槌音が響いていた。昭和二十九年に病床数五十床で開院し、現在は五百八十床に増床されているが、必要に迫られるたびに、何度にもわたって小工事を繰り返してきたことが、建物の継ぎ目繋ぎ目に滞っている時間に瞭かだった。

ベッドからでは姿は見えないが、工事現場の作業員たちが冷たい雨の中を働いている姿を斎木は思い浮かべた。そぼ降る雨の中の高所での作業は、足場が滑る上に、身体の芯からぞくぞくと震えがくる寒気を覚えるものだった。

「もっと本降りとなればあきらめもついて、外の工事を休んで現場小屋で地組みでもするんやが、こう中途半端に降られたんではかなわんわ」

そんなぼやきを口にしながら、鉄塔工事の現場に立っている鳶の親方の姿を斎木は想い、しばらくは、鉄塔工事の現場を見ることができなくなってしまったな、と遠くを見遣るようにした。

青葉木菟の声とも少しの間おさらばだ。斎木は、点滴のせいか眠気が差してきた目を閉じて、洞の中に巣づくりをしている青葉木菟を想った。

「もしかすると、あの青葉木菟の息づかいのような、風のような啼き声は、洞の中の音をためては吐き出しているのかも知れない……」

斎木は、小さい頃、近所にある樹木の幹に耳を押しあてて、風が吹くような音に耳を澄ましているのが好きだった。それは、名前も知らない老木で、ふしくれだった幹には、洞があった。重なり合う葉の茂った木の下は、昼間でも薄暗かった。

その洞は、はじめは秘密の宝物の隠し場所だった。ビー玉。蟬の脱け殻。軸の割れている万年筆。川原で見つけた鳥の形をした石。おじさんにもらった東京オリンピックのメダル……。

ある日、斎木は、幹の太さを確かめるように両手を伸ばした。そして、はじめて聞くのに懐かしさを感じさせる音に気付いたのだ。その、風が吹き抜けるような音は、彼の心を安心させてくれる響きを持っていた。その音に聞き入っていると、厭なことを忘れることができた。

あの洞の音は、古くから伝わってくる様々な言葉を含んだ音のように、いまの斎木には感じられた。意味は分からないが、じっと耳を傾けているうちに、生命そのものを感じさせてくれるもの。

斎木は、雨に降り込められて洞の中で雨宿りをしているような、おだやかな心地になっていた。

217

「あら、奈穂さん」

病院から入院の支度を取りにいったん家へ戻ろうと、地下鉄から乗り換えるバスを駅前のターミナルで待っていた奈穂は、後ろから甲高い声で呼ばれた。

振り返ってみると、白髪を後ろで束ねた浅野さんが、列の一番後ろに並んでいた。奈穂は、先頭から二番目の順番を後ろに譲って、浅野さんの後ろに付いた。

この街の人たちは、バスの行き先を表示した札の後ろに、整然と並んで待つ習慣が徹底していた。見知った人を横入りさせようものなら、すぐに後ろから苦情が出る。新学期に学生が、中途半端に前の人と間隔を空けていたり、友人達と横に広がってたむろしていると、ちゃんと並びなさいと注意する声がかかった。住み始めたばかりの頃、奈穂は、この街の人たちは礼儀正しいけれど、少し融通が利かない息苦しさも覚えたものだった。

「おひさしぶりです」

と奈穂は浅野さんに挨拶をした。

「ほんと、最近はバスでもお見かけしなかったわねえ。今日はどちらへ」

「……ちょっと街中まで出かける用事があったものですから」

奈穂は少し言い淀んでから答えた。

「そうね。私たちのところからだと、わざわざ山を下りて街へ出るって感じですものね」

浅野さんはおかしそうに言った。一度話を交わしただけなのに、すっかり親しげなふうだった。「あたしは、今日はほら、食料品の買い込み」

そう言われなくてもわかるぐらい、浅野さんは生成り色の布の大きな買い物袋を持ち、それに入りきらないデパートのビニール袋を二つ足元に置いていた。

バスが来て、手提げしか手にしていなかった奈穂は、浅野さんのビニール袋を一つ持ってあげることにして、バスに乗り込んだ。さいわい一番後ろの座席に二人並んで座ることができ、そのまま荷物を抱えていようとした奈穂に、

「いいのいいの、どうもありがとう」

と言って、浅野さんはビニール袋を持ち取って窮屈そうな足下に置いた。

発車時刻になるまで二分ほど待ってからバスは出発した。乗客の半分ほどは、奈穂が乗り合わせたことがあり見知った顔だった。

「ねえ奈穂さん」

浅野さんが囁くように声をかけた。「あなた、前に工房を探しているっておっしゃってたわよね。どう、あたしの家を借りない?」

218

浅野さんの突然の申し出に、奈穂は戸惑った。どんな家かもまだわからないし、それに、よりにもよって、こんなときに……。

「あの、少し考えさせていただいてもよろしいでしょうか。なにしろ急なことですので」

「ええ、もちろんよ。そんな、あたしだって今すぐ明け渡してって言われても困るもの」

浅野さんは、くくっと笑い、打ち解け顔になった。「あたし草木染って大好きなの。正式に習っ

たことはなくて素人の楽しみなんだけど、家のクッションやテーブルセンターも自分で染めたの。うちの台所はね、いつかは本格的に草木染をしたいと思って、流しはふつうよりも大きいし、それにガスレンジも火力が強いの。それで、そうだ、ってひらめいたのよ。奈穂さんもここで染めたらいいんじゃないかしらって。そうしたら、何だか楽しくなって、どんどん考えが広がってきて、あたしが独りで住むには、家が広すぎるようになったし、隣にうちで建てたアパートがあって、いまは誰も入っていないから、あたしはアパートに移ることにして、母屋の方をあなたの工房にどうかしらって一大決心したのよ。ねっ奈穂さん、どうかしら」

浅野さんは、目を輝かせて一人でしゃべり続けた。奈穂は、すっかり気圧(けお)されてしまった。

「ええ、それは願ってもないことですけど……」

そんな急に言われても、という言葉を呑み込んで、奈穂は浅野さんの方を見た。浅野さんは、どう名案でしょう、というように微笑み返した。

「だって、奈穂さんのことを教えて下さったのは、久我先生だもの。あたし、久我先生から最初にあなたのことを言われたときから、何だか不思議なご縁だなあって思っていたのよ」

ええそれは、と奈穂は深く頷いた。

バスが市立病院前の停留所に止まると、杖をついた老人が乗ってきた。

「あたしね、ここに糖尿病でひと月ほど入院していたことがあるの。いまでも月に二回は通院しているの」

と浅野さんが教えた。今日の奈穂には、病気のときに一人でいる不安が、ことさら想像された。

バスが終点の野草園前に着くと、

「そうだわ。まだ家も見ていないんじゃ話にもならないわね。よろしかったらこれからどうかしら」

と浅野さんが誘った。

「とてもありがたいですが、今日はこれから急ぎの用事があるものですから済みません。後ほど連絡して、必ずお伺いさせていただきます」

と奈穂は答えて、頭を下げた。

219

集合住宅の共同玄関を入るときに、奈穂はいつものように管理人の上杉さんに会釈をした。朝早くから共用の通路を掃いている。ゴミ収集車が去るやいなや、水撒きホースを手にゴミ置き場の清掃をはじめる。宅配便を預かってもらった礼にお裾分けをしようとしても仕事の報酬はちゃんと頂いているので、と頑として受け取らない。

そうした管理人さんの実直な仕事ぶりには、日頃から斎木も奈穂も好感を寄せていた。

一度、越してきたばかりの頃に、共同玄関のホールの壁に、〈粗大ゴミ収集のお知らせ〉と書かれた貼り紙があるのを見て、奈穂がさっそく管理人さんにその収集場所を訊ねたことがあった。そのとき、管理人さんは、場所を自分でも確かめてきてから後で教えますので、と答えた。そして、しばらくして戸口に立った管理人さんは、おおよその行き方を教えた後で、

――ちなみに徒歩ですと、約七百歩ありましたから、車じゃないとちょっと……。

と付け加えた。

そのことを奈穂が告げると、

――確かに、あの管理人さんなら、実際に歩数まで測ってきて言いそうだな。

斎木も笑いをふくらませたものだった。

オートロックの扉を入るときに、ちょうど右手の管理人室で携帯電話の着信音が鳴った。それを聞いて、あれっ、今日は「ボレロ」に変わっている、と奈穂は気付いた。前は、「シバの女王」だった。

「新しい演目を練習してるのかしら」

と奈穂は想像した。いつか、見せてもらえないかしら。

実は、管理人さんはマジックが趣味で、ときどき老人ホームなどの慰問を頼まれるほどの腕前だった。ゴミ置き場の清掃をしているときに、耳にイヤホンを挿しながら、何やらリズムを取っているような仕草をしているのを見て、奈穂は何を聴いてらっしゃるんですか、と訊ねたことがあった。

そのとき管理人さんは、

――ポール・モーリアの「オリーブの首飾り」だとか「シバの女王」などです。

と答え、実はマジックをするときの音楽なんです、携帯の着信音にもしてます、と少し照れたように教えてくれたのだった。

いつも前を通るときに、何気なく目を向けるのが習慣になっている、エレベーター脇の掲示板に、新しい貼り紙がしてあるのに奈穂は気付いた。

〈夜間は、テレビやステレオの音量を低くしましょう。また隣室に響くほどの迷惑な大声にも注意しましょう〉

と、管理人さんの几帳面な文字で記してあった。

220

部屋の前に着くと、ドアノブにビニール袋に入って市政だよりと県政だよりの束が届けられてあった。町内会長から届けられるそれを、この集合住宅の班長である奈穂が、集合郵便受けに入れて配布する。

束を持ち抱えて家に入った奈穂は、留守番電話の機能付きのＦＡＸに、多くのＦＡＸが届いていることに気が付いた。電話機の赤いランプが点灯して、伝言があることも示していた。

見てみると、珍しく斎木の仕事関係のものはなく、四枚来ていたＦＡＸとも、三日前の新聞の「ゆずりますゆずってください」のコーナーに掲載された「編み機ゆずってください」に対する反響だった。

奈穂は、面白いものだと思った。新聞に載ると、すぐに連絡が来るというわけではなく、少し経ってから、まるで申し合わせたように連絡が来る。

前に山麓の町で暮らしていたときには、家計の足しにと、五人の家庭教師をしていた。それをはじめたときには、新聞に折り込み広告を入れてもらった。そのときにも、すぐには何の音沙汰もなく、一週間経ったときに一軒から連絡があってから、その日にもう一件、次の日にも一件と立て続けに問い合わせが来た。そのとき、それまで遠巻きに胡散臭げにこちらを見ていた動物たちが、示し合わせておずおずと近付いてきたようだ、と奈穂は思ったものだった。

さっそく文面を見てみると、

〈20年以上も前に使っていたものですが、ずっと使っていなくて、押入れにしまっておいたけれど場所をとるので、もし古くてもよければ二千円ほどで譲ろうと思います〉

〈以前に買ったけれど、一度箱を開けただけで一回も使っていない物です。価格はお電話で相談したいと思います〉

などとあった。

四枚のうちの一人の連絡先を見て、奈穂は、あ、清水さんからだ、とつぶやいた。そこには、

〈お元気で、お二人ともお仕事に励んでおられることと存じます。先日のハイキングの折はお目にかかれて楽しかったです。何気なく新聞を見ていて、あのときの河原さんだと気付いて懐

かしく思いました。うちにも編み機があります。粗大ゴミの日に何度か捨てようと思ったけれど、ずっと使ってきた物で愛着があるので、捨てられずにいたものです。河原さんに使っていただけるなら、よろこんでお譲りします〉

と記されてあった。

そこへまた電話がかかってきた。

221

「それでね、結局、ＦＡＸと電話を合わせて、問い合わせがなんと十八件にもなったの」

斎木の見舞いに訪れた奈穂が、少し声をひそめるようにして、新聞に載せてもらった「編み機ゆずってください」の反響を話していた。

「へえ、すごいじゃないか」

斎木は答えた。

入院して三日目になり、ずっと点滴を受け続けたせいか、発作はずいぶんと治まっていた。トイレにも、点滴のスタンドを引きずりながら自分で行けるようになった。それで、ようやく奈穂も、世間話をする余裕ができたのだった。

「新聞のそういう欄って、結構見てる人が多いものなんだな」

「うん、こんなに問い合わせがあるとは思ってもみなかった。それでね、やっぱり家庭教師のチラシを入れたときと同じで、ちょっと経ってから、急に連絡が来だしたの、それからはずっと毎日、昨日も三件あったわ」

「じゃあ、夕刊のそこの欄だけ切り抜いたりして取ってあるのかな」

「ええ、たぶん。そうそう、清水さんて、『衆』のマスターたちと山歩きをしたときに一緒だったご夫婦がいたでしょ、その奥さんからもFAXがあって、それはさっそく、今日の帰りに見せてもらう約束をしたの」

「そうか。やっぱりあの年代の人たちぐらいまでは、家に編み機があったんだな。それじゃあ、まだまだ眠ってるのが出てくるかもしれないな」

「うん。連絡があったのは、一人だけ三十代ぐらいの人がいたけれど、ほかはみんな五十代以上の感じだった。みんな、いまは使っていないけれど、愛着があって捨てられない、って。でも、全部ゆずってもらうわけにはいかないし」

「それはそうだ。ただでさえうちは、仕事に使う物だけでいっぱいなんだから」

斎木は慌てて釘を刺した。奈穂が師匠から譲り受けた機（はた）も、工房が見つかるまではと、分解して斎木の実家に預かってもらっていた。

「ええ、わかってる。だから、現物を見に行くのも、型番を聞いて、わたしが必要な『添え糸編み』という機能が付いているものかどうか確認してからにしているの。でも、せっかく連絡をくれたのに断るのって、気が重いものだなあってつくづく思った。ゆずるっていうよりも、頼むからぜひ使ってもらいたい、という人が多いの」

「なるほど、物をもらうっていうのも、案外難しいことなんだな」

斎木が納得すると、奈穂も深く頷いた。

222

世間のたよりを届けてくれる奈穂が帰ると、斎木はふたたび病院の特別な時空間へと引き戻された。それは例えば、飛行機の中にいるようなものだった。機内食のように決まった時間に食事が出て、消灯と起床時間も決まっており、後は時間をどうやってやり過ごすかだけだった。発作で苦しんでいるときには、そんなふうに思う余裕などなかったから、それは命に別状がなくなった者だけが抱く呑気な感想だとも言えた。実際、ずっとカーテンで仕切られたままの隣のベッドからは、人工呼吸器の音と痰を吸い取るバキュームの音、そして鎮静剤で眠っているらしい患者の鼾がずっと聞こえており、身内らしい者たちが、交替でひっそりと看取っている気配があった。

向いのベッドからは、まだ発作が治まらない喘息患者の咳き込む音が聞こえていた。斜向かいのカーテンを開け放っている七十前後の男性とだけ、斎木は食事時に短い会話を交わした。一見病状が穏やかに見えるその人も、半年になるという入院生活が終わる見通しが立っていない、と嘆いた。最初は腰痛で入院して手術を受けたが経過がはかばかしくなく、その後で腰の神経に障るほどになっていた肺癌が見つかって、この病棟に移されたという。手術をするには手遅れだということで、抗癌剤を試しているところなんです、と白髪を撫で付けるようにしながら溜め息をついた。

飛行機の連想と、今いる必要最小限の物しかないコンクリートの部屋から、斎木は自ずとノルウェーに一年間滞在していた頃に思いを向けた。

……アパートに入った時に、ベッドも何もない空間で斎木と奈穂は顔を見合わせ、途方に暮れたものだった。家具付きではないと聞いていたものの、せめてベッドぐらいは、と甘く考えていたのが間違いだった。収納棚だけはあったが、そこに入れるべき最低限の食器や日常雑貨も持たない彼等は、恨めしい視線を向けるしかなかった。

彼等は、近くの小学校の講堂で開かれるという貼り紙を目にした、フリーマーケットへ行ってみることにした。すると、そこに出品されている物はどれも、大事に使い古された物ばかりだった。日本だったら、まだ真新しいのに押入の隅っこで眠っていたような物——結婚式の引き出物やお中元お歳暮にだぶってもらった物や、買ってはみたもののセンスが合わなくて袖を通していないでいた衣料品などが並ぶことだろうに……。

あそこには、使い古しのタオルまでが出ていた、と斎木は振り返った。何枚か重ねてまとめてあるその中に、石鹼が一つ入っていたのが、いまだに強く印象に残っていた。

閑散としている住宅街を奈穂は、編み機の入った白いケースを手に提げて、バス停まで歩いていた。それは、ゆうに十キロはありそうで、ときどき左右の手に持ち替えたり、両手を使ったり、地面に置いて休んだりしなければならなかった。ノルウェーで学んでいたときも、休暇に入るたびにアパートメントで制作しようと、よくこうやって持ち帰ったものだった、と奈穂は思い出した。

これで、実物を見せてもらいに、家まで訪れたのは六件目になった。清水さんのところからは、ちょうど望んでいた機能の付いた細編み機を譲り受けた。その折に、取扱説明書は無くなっているというので、お茶をいただきながら説明を受けていると、電話がかかってきた。清水さんは、コードレスフォンを持って、「お父さん、お父さん」と呼びながら、別室へ向かった。しばらく経ってから戻ってくると、

――勤めている息子から。ちょっと精神的に弱い子なものだから、ときどきこうやって主人のところに、話を聞いてもらいたいと長電話がかかって来るの。主人は、教師をしていた頃に、部活動の顧問を休日返上で熱心にしていたものだから、そのぶん子供のことがおろそかになったのではないか、と少し自分を責めているみたいで。

と、打ち明けた。

今日訪れた家からは、編み目のピッチが、細編み機の倍の九ミリあって、ざっくりした風合いのものが編める太編み機をいただいてきた。家の裏の物置に案内しながら、

――手作りが趣味で、まだ足踏みのミシンがおいてあるの。でも編み物は目が疲れてしまって、昔は編み物教室にも習いに行っていたんだけれど。

そう言った婦人は、その頃のテキストや穴あけパンチなども譲ってくれた。それらにはすべて名前が書いてあった。

昨日訪れた家は、居間にまだ真新しい仏壇があった。型番はわからないけれど、とにかく一度足を運んでいただきたい、と言われて訪れたお宅だった。段ボール箱や本などの荷物が廊下に並べられてあり、ご主人が亡くなって身辺の整理をしているのだろうか、と奈穂は察した。編み機は、清水さんのものよりも古い型だった。申し訳ないですが……、と奈穂が詫びると、婦人はそうですか、と落胆のそぶりを隠さなかった。

三日ほど上がっていた雨がふたたび降り出した。昼食を摂りながらテレビのニュースを観ていた斜め向かいの男性が、イヤホンを外して、

「梅雨入りだそうです」

と斎木に教えた。

その日の午後、斎木は病室を移った。心配していた肺のレントゲン写真とCTの結果は、左胸に過去の肋膜炎の痕が見られるだけだった。代わりに、いつ行われたのか知らずにいた便潜血検査が陽性と出た。斎木は痔持ちだったので、そのせいじゃないでしょうか、と主治医に述べたが、それは精密検査をしてみないことにはわかりません、と厳しい口調で言い渡された。そして主治医は、アスベストの後遺症が、肺だけではなく大腸癌を引き起こすこともあるんです、とも付け加えた。

それで斎木は、喘息の発作も治まったことだし、ちょうど検査の空きがあったので、入院のついでに大腸の内視鏡検査を受けるために、中央病棟の呼吸器科から北病棟にある消化器科の病室へと移されることとなった。

「この際だから、徹底的に調べてもらった方がいいだろう」

見舞いに訪れて、新たな心配が増えたというような様子の奈穂に、斎木はそう言った。奈穂は頷き、家の近くで見つけたというホタルブクロを一輪挿しに挿して、枕元の小卓に置いた。前にいた呼吸器科では、草花は人によってにおいを嫌ったり、場合によっては喘息を引き起こすかもしれない、というので奈穂は病室に花を持ち込むのは遠慮していた。昨夜かかってきた電話で、斎木は病室を移ることを教えると、今度のところは構わないだろうから、何か野草を摘んできて欲しい、と頼んだのだった。

「へえ、白いホタルブクロははじめて見る。いつもこの時季には『一合庵』の入口の木戸の脇に、紫色のホタルブクロが咲いていたのを思い出すなあ」

鐘の形をした花が五つほど下向きに咲いているのを見遣って、満足そうに斎木は言った。

「実はね、昨日お義母さんから電話があって、今日のお昼ごはんを一緒にしてきたの」

えっ、それで、と少し気色ばんだ斎木を、大丈夫、入院していることは話さなかったから、
と奈穂が宥めた。

「前から女同士で一緒にお茶でも飲みましょうって約束してたの。近頃は、なかなかお義父さんを一人家に置いて出かけられなくなったって。でも今日は楽しそうだった。それでね、帰り際に、明日ちょっと市立病院で検査をしてくるの、って打ち明けられたの」

225

「検査って、何のだろう」

「それがね、どうも大腸か直腸みたい。前に、触診で何かあるって言われて、それで精密検査を受けるんですって。でも、すごい偶然よね。親子して、内視鏡の検査を同じ日にするなんて」

「ああ……」

複雑な面持ちで、斎木は押し黙った。

「でも、お義母さん、今日はとても楽しそうだった」

と奈穂は言葉を継いだ。

駅前のビルに新しくできた、しゃれた喫茶店に、奈穂は斎木の母親を案内した。値段はちょっと高くて銀座並みだったが、店内は広々としていてゆったりと落ち着いて座れ、所々に花が飾ってある。コーヒーカップも、一人一人ちがった器で出してくれるというようなささやかな贅沢を味わわせてくれる店だった。

前に、顧客となっている方に品物を届けたときに、待ち合わせに指定されて知った店で、そのときから、斎木の母親とお茶を飲む機会があったときは、ここに来ようと奈穂は決めていた。仕事でくたびれたときに、喫茶店でぼうっと時間を過ごすのが、奈穂にとっては、一番の息抜きだった。

こういうしゃれた店には、はじめてきたわ。うちのお嫁さんに教わったたって言って、今度は友達を連れて来ようかしら。

デザートにケーキが付くランチセットを食べながら、義母が浮き浮きとした口調で言うのを聞いて、いつも気丈でしっかりしているお義母さんにも、こういうところがあるんだ、と奈穂は少し意外に思ったくらいだった。

「お義母さん、いまは幸せだって。前は、息子のところがどうかなってるんじゃないかって思っても、結婚している以上口出しできないし、心配しているほか無かった。ああいうのを結婚っていうんだろうか、っても言ってた。お義父さんには内緒で、お金の援助もしていた時期も辛かったそうよ。それからお姉さんのことは、お義父さんはどうしても病気だって認めようとはしないけれど、自分が我慢すればいいことだって。でも、そんな話をしているときも清々したって感じだったわ」

「そうか……。前の結婚のときに金の援助を受けてたってことは、おれには初耳だけど、おれにも内緒で、そういう助けを受けたこともあったのかもしれないな」

奈穂から聞かされたせいか、斎木は自分でも珍しく素直に肯じていた。「確かにおふくろは、これまで今日みたいなことを味わったことがなかったかもしれないな。……ありがとう」

226

検査を翌日に控えて、斎木は夜の八時以降は水だけを許されて絶食となった。

夕食までは、普通食だった。食事中の斎木に、向かいのベッドの小野田と名乗った小太りで頭が禿げ上がった七十歳ほどの男性が、

「明日の朝は食事抜きだなんて、大変だねえ」

と声をかけた。そして、病院食だけではとても足りないので、奥さんに作らせて持ち込んでいるという帆立貝の煮物を、どうぞ食べてみて、と斎木にすすめた。

この後には下剤を飲むので、三粒ほどだけいただくことにすると、それっぽっちじゃなくて、ほらいっぱい食べて、後で腹減るから、と小野田さんは斎木のご飯の入ったトレーのふたに、二十個ほども小さな帆立をのせた。

それから、雨降りなので夕焼けはのぞめないが、暮れていく外の気配に目を向けながら食事していた斎木に、もう暗いからカーテン閉めっからね、と言って窓辺へ立ち、半分だけ開いていたカーテンをそそくさと閉ざした。

小野田さんは、斎木の母親の実家に近い県北の町に住んでおり、集団検診で初期の胃癌が見つかったということだった。その隣の、少し年少と見える後藤さんも同様で、看護婦さんから、小野田さんと後藤さんは、仲良く病気が見つかって、仲良く一緒に入院したんだから、仲良く手術して、仲良く一緒に退院するように頑張りましょうね、とからかうような口調で声をかけられていた。二人とも、内視鏡の手術は三日ほど先となっていた。

病気がちがうせいもあるのか、前の病室よりも、ここの患者たちは明るく見えた。もっとも、隣だけは、やはり仕切りのカーテンがずっと引かれており、食事どきは食べ物がつかえるか戻るかするらしく、苦しそうに嘔吐する音がきこえていた。

午後八時になって、看護婦が下剤を持ってきた。

「あまり美味しくはないですけれど、十五分でコップ一杯の見当で飲んでください。そうすれば、一時間半ほどで全部飲み終わりますから」

と説明した看護婦が、斎木の枕元の花に目をやって、「この白い花は、桔梗……?」と曖昧な面持ちで訊いた。まだ看護婦になりたてと見える二十歳ほどの若い子だった。

「ええ、確かに桔梗の種類だけど、これはホタルブクロっていうんですよ。名前の由来は、花がホタルを入れる袋にたとえられたという説と、火垂る袋、つまり提灯にたとえられたものだという説があるんです」

斎木が答えると、へえ、と彼女は興味深そうに頷いた。ずっと会っていない斎木の上の娘が同じ年頃で、やはり看護学校に通っているはずだった。

227

（これはまた、逃れようもなく、実体を突き付けられたものだな）

と斎木は呻（うめ）くように思った。

大腸の内視鏡検査を始めてまもなく、あっ、と検査していた若い医師が声を発した。検査台に左肩を下にして横になり、売店で買い求めるようにいわれた治療用パンツに開いている穴から肛門へと挿し入れられた内視鏡が映し出す大腸の中の画面を、頭の斜め上に見えるモニターの画面で一緒に見ていた斎木にもそれははっきりと確認できた。

「ありましたね」

と背後から医師が言った。「これは大きいな。二センチ半か三センチ近くありそうだな」

「ポリープでしょうか、それとも悪性のものでしょうか」

画面を食い入るように見ながら斎木は訊いた。

「さあ、これは癌化する可能性のある腺腫といわれるポリープですからね。それに、ポリープが二センチを超えると、癌化している割合がかなり高くなるんです。うーん、どうかな」

医師も確定しかねるといった様子で答えた。自分のことながら、このやりとりは何だか可笑しい、と斎木は感じた。

いずれにしても切りましょう、と思い切ったように医師は言い、それでは奥の方までしっかり診てみましょう、と検査を続けた。モニターに映し出される自分の腸の中の映像は、思いのほかきれいなものだった。粘膜の襞は、新鮮な貝柱のような色で、ういういしくさえ見えた。

小腸との境まで、内視鏡はくまなく大腸の中を調べたが、他には異状は見つからなかった。

「入院は、最低でも一週間は延びますが、大丈夫ですか」

着替えを終えた斎木に、顎の下にだけ山羊のように髭をたくわえた医師が訊いた。

「ええ、この機会にお願いします」

と斎木は頭を下げて頼んだ。締め切りが来ているものもあったが、奈穂に資料を持ってきてもらい、朝早くに書くようにすれば何とかなるだろう。

「ともかく手術して、細胞を検査してみないことには何ともいえませんが、たとえ癌だったとしても、粘膜内にとどまっているうちなら完治しますから、心配しなくて大丈夫です。ただ、腺腫が大きくなりすぎているので、内視鏡で取れるか、お腹に穴を開けて腹腔鏡下手術となるか、これから検討してみます」

わかりました、と答えて病室へと戻りながら、今度は大腸癌の心配か、と斎木は思った。それでも、この十年来、肺のレントゲン写真の影に怯えさせられていたのよりは、相手の姿が明確なだけ救いがあった。

228

梅雨の晴れ間となった日、奈穂は「山」の南斜面の団地を歩いてみることにした。何度か浅野さんの家へ電話をかけてみたが、留守のようだった。子供たちの所にでも行っているのだろうか、と奈穂は思い、浅野さんの家を外側からだけでも見てみようと思い立ったのだった。団地へ向かう坂へと曲がる角は、ずっと空き家となっていた。破れたフェンス塀を突き抜けるほどに、山牛蒡（やまごぼう）が丈高く生い茂り、毒々しいほど紫黒色に熟した果実を付けていた。空き家には、どうして山牛蒡が多いのだろうか、と思いながら奈穂はその庭を見遣った。その濃い色から、よく生徒さんから、山牛蒡の実では染まらないのか、と質問を受けた。染め液は濃いが、定着せずに流れ落ちてしまうので、染めくさにはならなかった。

越してきたばかりの頃に、その家の隣の住人に持ち主の所在を聞いて、工房に使わせてもらえないかと、電話をしたことがあった。

——あの家のことは主人じゃないとわかりませんので。

と奥さんに言われて、出張が多いらしいご主人とようやく連絡が取れると、今は習志野に住んでいるが、バブルの頃に転勤してあの地が気に入り、定年後に住もうと家を建てたということだった。

——ただ家内は今では反対してましてね、土地ごと買ってもらえるならありがたいけれど、賃貸ではちょっとなあ、それに現況のままではとても住めないでしょう、でも、その補修はこちらでするつもりはないです。

持ち主がそう言うのを、住むのではなく工房に使いたいので雨露さえしのげれば構わないこと、最低の補修は自分で行うことを告げて、何とか賃貸でお願いできないでしょうか、と奈穂が頼み込むと、それじゃあ考えてみます、と言われ、数日後に提示された家賃は、今住んでいる集合住宅の家賃とそう変わらない額だった。

坂を下って少し行き、最初の曲がり角の手前にあるこぢんまりとした二階屋は、最初に、この地に工房を兼ねた一軒家が借りられないかと探したときに、不動産屋に連れられて見たことがあった。不動産屋が持ち主に交渉してくれたが、やはり賃貸で借りるのは無理だった。だいたい賃貸よりも買ってしまった方が月々の出費が少ないのに、と首を傾げられたものだ。その家には、小さな子供のいる家族が入居したようで、赤い子供用の自転車が見えた。

門柱の表札を確かめながら歩き、角を三つほど曲がると、右手が更地(さらち)になっていた。そこは、越してきたばかりの頃、すっかり老朽化してしまった廃屋があり、工房に借りることができないだろうか、と何度となく足を運んだ場所だった。

229

……そのとき奈穂は、すっかり古びている廃屋を見て、これでもペンキを塗ったり、外れている雨樋を直したりすれば、工房として使うにはどうにかなるのではないかしら、と思案しながら、すっかり雑草が生い茂っている家の周りをぐるっと一回りしてみることにしたのだった。

前に山麓の町で工房を構えることにしたときも、そうやって古家を改造した。冬に不動産屋に連れられて初めて訪れたときには、その古家の周囲は、杉の枯葉が堆く積もっていた。家の外側の羽目板は所々朽ちて剝がれていた。家の中に足を踏み入れると、途端に糞尿と黴の臭気に顔を顰めさせられた。便所の扉を恐る恐る開くと、便槽から這い登ってきた蛆虫たちが湿り気を帯びた床に散乱していた。台所に向かうと、流しの排水管の繋ぎ目から排水が漏れているのをそのままにしていたらしく、床がすっかり腐り切っている状態だった。

奈穂は斎木と共に、便所の掃除や流しの排水管の修理といった緊急を要する処置に真っ先に手を着け、後は住みながら少しずつ手を加えた。仕事の合間を縫って、庭の杉の枯葉を集めては燃やした。すると、少しずつ、前に一人暮らしていたという老人が、丹精に作っていたらしい庭の相貌が顔を覗かせてきたのだった。まず福寿草が咲き、次いで片栗が咲いた。おだまき、叡山すみれ、春蘭と次々と花が咲き、家の周囲は斎木の好きな水仙で囲まれた。杉の枯葉が、老人の遺志をやさしく覆い、しっかりと守っていたのだ、と奈穂は思った。

あのときに比べればまだましな方だ、と空き家の庭に足を踏み入れたときだった。庭の隅に、作業着姿の男が潜むように立っていた。

――家、探してるの。

男に声をかけられて、驚きと狼狽とともに、小さくかぶりを振りながら目を向けた奈穂は、その瞬間、嫌なものに惹き寄せられた。すぐに目を背けて踵を返し逃げ出すと、追いかけてくる気配がしたが、一つ角を曲がったところで、背後の足音は途絶えてくれた……。

それ以来、奈穂は、その界隈に足を向けるのを少し躊躇うようになったのだった。草木染教室で山を下りるときには、そちらの方がよほど寂れていて痴漢にも遭いそうなものだが、寺の石段を下りるようにした。

ひさしぶりに訪れた界隈は、子供たちが遊ぶ声もせず、やはりひっそり閑としていた。問い合わせ先を記した立て看板が差してあるだけの更地を目にしていると、奈穂は、前にここで自分が確かに体験したこともあやふやな心地となった。

230

奈穂は団地の九十九折りの道を一度下まで下りてみたが、「浅野」と表札がかかった家は見当たらなかった。仕方なく引き返している途中、そうだ、と奈穂はいいことを思い立った。庭に珍しく柳の大木がある家があり、前はよくその前を通るときに眺めやった。あの柳を見て帰ろう。

その家は、団地のてっぺんから三分の一ほどの所に位置しており、車の通りから少し路地を入った奥まったところにあった。柳の大木は、緑がまぶしいほどに青葉が茂っていた。枝が前の家の駐車場に止めてある車の上まで、覆い被さるほどだった。風になびくと見える裏葉色の柔らかな色合いにも奈穂は見とれた。

「ああ、柳のにおいがする」

近付いていった奈穂は深く息を吸い込んだ。

葉が呼吸をしている音が聞こえてくるばかりに瑞々しく、また額につんとくるようでもあった。

草や木がにおう、と奈穂があらためて知ったのは、草木染の仕事をするようになってからだった。草木を切り刻んで煮立てるときに、それぞれの植物に固有のにおいが染め場に広がる。気温が低い日だと、もうもうと蒸気が立ちのぼり、においのする湯気が身体に染み透った。

蕗の薹は、ほろ苦さを通り過ぎて顔を近づけていると顰めずにはいられないほどだったし、蓬は草餅を作るときと同じいいにおいがただよった。真夏の藍の葉は日向臭く、薄に似た刈安は和菓子のように甘い。竜胆の花は、可憐な花からは想像もつかないほど、ぷんと鼻につく。

そして桜の枝葉は、染め上がりの赤みがかった茶色からも、甘いにおいがたつように感じられた。

工房で嗅ぐそんなにおいと、草木が夜に呼吸するときに発散しているにおいとが同じことに気が付いたのは、柳が最初だった、と奈穂は思い返した。そういえば、あのときも、やはり梅雨時のことだった……。

斎木が睡眠薬を大量に飲んで運ばれた病院から戻ってきて、どこでも泊まることができるようにと、斎木のアパート近くの川べりに止めてあった奈穂の車に、布団や仕事道具のワープロとＦＡＸ機も積んで出かけようとしたときに、その川柳のにおいはしたのだった。

柳は、木によっても微妙に異なるが、緑がかった淡い黄色の染まり具合が奈穂は好きだった。柳の大木の後ろに隠れるようにして、一段高くなった土地に鉄骨造りの二階建ての小さなアパートがあり、それは右手の山荘ふうの赤い屋根の母屋と地続きのようだった。もしかするとここが浅野さんの家かも知れない、と奈穂は心を躍らせた。

231

仕切りのカーテンの外で、スリッパ履きの足音が立ち、窓辺にかかった重ったるいカーテンを勢いよく開ける気配が起きた。

それをしおに、斎木は、夜明け前から続けていた仕事の手を止めることにした。今日の午後二時半から手術なので、午前中から点滴を受け続けなければならない。その前に、どうにか原稿のけりがついてよかった。後は昼過ぎに顔を出すという奈穂に、預けて自宅からＦＡＸしてもらえばいい。

入院中も仕事をしているのを人に見られるのは、いたずらに忙しがっているようで、少々気が引けた。その一方で、急場に備えた貯えがない以上、そんなりふりを構っていられる立場ではないだろう、という苦い思いも萌した。この締め切りが終わって、今月も別れた妻子たちが住む家のローンに充てる金額をどうにか稼いだ。これから月末にかけての仕事が、ようやく自分たちの生活に使える金となる……。

斎木は、仕事の間ずっと閉めていた仕切りのカーテンから顔を出した。

「おはようございます」

と小野田さんに挨拶をしてから、あ、どうもすみません、と自分のところのカーテンも開けてもらったことに礼を言った。

「起きてるみたいだったから」

挨拶を返してから、小野田さんは断りなしにカーテンを開けたことを弁解するように言った。

「斎木さん、おれの実家はどっちの方だろうね」

窓辺へ立って遠くを見遣るようにした小野田さんに、斎木は北向きの窓に向かって斜め左手を指差して、だいたいこの方向だと思いますよ、と答えた。また雨が降り出しそうな曇り空で、山並みは見えなかったが、晴れた日に、北西に当たるその方向に子供の頃に母方の実家へと向かうときに目にした船の形の特徴のある山が見えることに、斎木は気付いていた。

「おれのとこの田んぼは大丈夫かなあ。いくら梅雨時だからって、もうちょっとは晴れてくれないと、稲の病気が心配だな」

斎木が差した方を、腰の後ろで手を組んで突っ立ったまま、険しい表情でじっと眺めていた小野田さんが、誰にともなく言った。

斎木はハッとした。窓を見るたびに、この病室からは見えることのない鉄塔に思いを馳せていた自分のことのように、小野田さんの後ろ姿が目に映った。実際に何が見えているかとは別に、窓辺へ立つ心というものはあるものだ、と斎木はいつか工事中に見た老婆の姿も蘇らせながら得心した。

232

「看護婦さん、看護婦さあん」

小野田さんが、斎木の点滴を取り替えに来た看護婦をまた呼び止めた。「ほんとうにあさってまで何も食べちゃだめなの」

大腸の内視鏡手術が終わり、禁食の身で止血剤の点滴を受けて安静にしていた斎木は、さっきからそのやりとりが可笑しくて、下腹に力が入りそうになるのを我慢していた。

小野田さんと後藤さんは、明日の午後が胃の内視鏡手術だった。やはり相前後して手術を受けることになった二人を、ほんとうに仲良しだこと、と看護婦たちがからかった。

小野田さんは、今日の夕食の後は二日間禁食が続くと告げられると、生まれてこのかた、一日でも飯を食わなかったことはなかった、と嘆いてみせ、とても我慢ができそうにない、と弱音を吐いた。そうして、病室に入って来る看護婦看護婦に声をかけては、同じように訴えるのだった。その姿は、子供が何かの行事を前にしてはしゃいでいるようにも見えなくはなかった。

——夜中に腹が減ったらどうしよう。蜜柑の缶詰ぐらいはいいよねえ、風邪のときでも食べるし。

——いいえだめですよ。

——じゃあ、菓子パンは。ちょっと売店から買ってくるから。

腰を浮かせかけた小野田さんに、

——だめです。いいのは水だけですよ。

あまりしつこく繰り返されるので、看護婦たちの表情にも閉口している色が見えた。

——水じゃ腹いっぱいにならないよなあ。

小野田さんは不満そうにベッドに戻り、大袈裟に天を仰ぐ仕草をした。

やがて夕食時になると、小野田さんはいつものように、特別によそってもらっている大盛りのご飯に帆立の煮物をはじめ持ち込んだ総菜や缶詰を開けてのせた。その食欲は、とても胃癌を患っている人のようには見えなかった。

「明日からは、おれもだから」

斎木の前を通るときにそう声をかけてから、小野田さんは、後藤さんのところに総菜のお裾（すそ）分けに向かった。後藤さんは、明日の手術が気になるようで、昼間もおとなしくしていた。

「さすがに今日は、ちょっと遠慮しとくよ」

と弱く手を振った後藤さんに、明日から丸々二日も何にも食べられないんだよ、ほら、いいからいいから、と小野田さんはしきりにすすめた。

そのやりとりの間、カーテンごしの隣の患者が、喉につかえながら食べ物を少しずつ口にしている気配を斎木は感じていた。

233

「もう何もすることがないから、寝るしかないか」

小野田さんがあくび混じりにひとりごちた。

いつもは、消灯になるまで煎餅を囓(かじ)りながらテレビのナイター中継を見ているが、今夜は口寂しくてつまらなそうだった。

消灯時間の午後九時まではまだ一時間ほどあったが、洗面所へと立った小野田さんは、戻ってくると、病室の入り口の電気のスイッチを消してもいいですか、と訊いた。後藤さんと斎木が、そうしましょうか、と応じると、明かりが消された。斎木の隣の患者は寝ているのか物静かだった。

今日の夕方も、小野田さんは自分のところのカーテンを引くときに、何だか街の灯りが見えると嫌だよねえ、と話しかけて、斎木のところも気忙しくカーテンを引いた。それまで、雨がサッシ窓の外の手摺りにでも当たっているのか、ちょうどよい強さの加減になると、かすかに水琴窟と同じ響きを立てているのに気付いて耳を傾けていた斎木は、楽しみを奪われたような思いに、一瞬、なった。それでも、ここは共同生活の場なのだから、そうそう個人の楽しみにだけひたっているわけにはいかないか、と諦めたのだった。

まだ眠気が兆してこない中で、斎木は今日の手術のことを遠い気持で思い返していた。

腫瘍が大きくなっているので、血管が通っていることもあり、出血を覚悟するようにといわれたが、幸いひどい出血はなかった。遠隔操作で行われる内視鏡手術の様子は、医師とともに斎木も目の上のモニターで確認することとなった。それはリアルすぎて、ＳＦか宇宙物の映画のシーンを見ているような気がした。電気メスで切り取られた腺腫は、外気に触れると干からびて見えた。自分の身体の一部となっていたときには、いきいきと見えていたのが妙になつかしく思えた。腺腫は粘膜上皮にとどまっており、二センチ六ミリあった。

――もしかすると、これはとてもラッキーだったかもしれませんよ。

と医師が斎木に伝えた。

消化器科の病室であるせいか、五分おきほどで、絶え間なくそれぞれの患者が放屁する音が聞こえた。斎木も、手術後の一度目はこわごわだったが、その後は同じように加わった。隣の患者が、悪夢に魘されているのか、声をあげて呻いている。本人は、違う病院へ転院して、ここで行われていない癌治療を受けることを希望していることが、医師の回診のときの会話で窺われた。
斎木はふたたび聞こえ出した水琴窟を思わせる響きに心を向かわせることにした。集団で寝起きをしている鉄塔工事の職人たちのことを想った。

234

〈本舗おふくろ堂謹製　風流ほおば巻
緑濃き木曾谷の初夏を包んだ風味をお楽しみ下さい〉
奈穂が病室に届けてくれた手紙には、筆文字でそう記してあった。
「包みを開けてみると、団子を朴(ほお)の葉で包んだ朴葉巻が、ぎっしりと二十個ほども詰めてあったの」
そう言って奈穂が、一つだけ持ってきた朴葉巻を見せた。今日から安静にしなくともよくなった斎木が、点滴のスタンドを引きずりながら向かった公衆電話で家に電話をかけると、朝一番に、生もの用の宅配便で荷物が届いた、と奈穂が言った。差出人を聞いて、木曾の知人からだと知れた。
知人といっても、顔を見知っているわけではなく、インターネットを通して知り合った翻訳家の人だった。斎木は、北欧での滞在から持ち帰ったノルウェー語の小説を日本語に訳することを仕事の合間に少しずつ進めており、そこで生まれた疑問点を翻訳関係のホームページを開いていた彼に電子メールで質問を出したのが、はじまりだった。

「へえ、これが」

と斎木は手にとってしげしげと眺めた。

しばっている藺草をほどくと、朴の葉は、山で遠くから眺めているよりもかなり大きく感じられた。長さが三十センチを超していると見える葉は、細かい毛の密生したごわごわした手触りの大きな舟形をしている。その先端から、いくぶん横長の、いかにも手で丸められたというような団子がくるりと包まれてある。葉の真ん中から終わりのほうにかけては葉そのままなので、茎がついたままになっているのも野趣に富んでいる。

鼻を近づけると、やはり青臭く、少し甘いような、葉っぱのにおいがした。

「餡は色が明るいつぶあんで、甘さが控えめなので、かえって葉のにおいがたつようにも感じた」

と奈穂が教えた。斎木は今日は三食ともお粥で、それで何ともなければ明日からは普通食となり、順調にいけば明後日には退院できる見通しだった。

「味の方は、明日の楽しみにとっておくよ」

と言って、斎木は朴葉巻をベッドの脇の棚の中にしまった。そして、手紙の残りを読んだ。

〈毎年六月になって、朴の葉が大きくしっかりしてくると実家の母は大忙しです。この地方に昔から伝わる「朴葉巻」――ほおばまき――を、一人でそれこそ何百と作るからです。朴葉巻の材料は普通の団子と同じうるち米の粉ですが、母が使うのは、冬の間に寒晒しにしておいた

米です。そこに、これも寒晒しにしてあった餅米の粉を少々混ぜるのが秘訣とのことです
……〉

235

梅雨のさなかに、まさに「初夏を包む」という爽やかな言葉を斎木が改めて嗅いでいると、

「隣の人は退院したの」

と奈穂が訊いた。仕切りのカーテンが開け放たれて、空のベッドが見えていた。

「ああ、退院といっても、大学病院に転院したみたいだったけれど」

と斎木は答えた。

夜になると、ひと晩中、隣の患者の発する呻き声やすすり泣きの声に悩まされ続けたものだった。ベッドの上に座って自問自答しているようにつぶやいている気配もあった。ところが、朝に看護婦が検診に訪れた際には、おかげさまで、ぐっすりとよくやすめました、とカーテン越しに応答する晴れ晴れとした声に耳を疑う心地となった。

ああ、おそらく、導眠剤を出してもらっているんだな、と自分も服用している斎木は、すぐに気付いた。夜中に寝ぼけていたことを、翌朝奈穂に教えられて、少しも覚えていないことがよくあった。そんな身に覚えのない自分の姿を突き付けられたような気がした。

看護婦が押す車椅子で、手術を終えた小野田さんが戻ってきた。いたわる言葉をかけた奈穂に、

「ああ、奥さんね、癌の手術って言ったって、呆気ないほどに終わって、思ってたよりも全然楽でした。これで悪いところを取ったんだから、もう健康そのものですよね、看護婦さん」

と小野田さんが言った。

その言葉に看護婦は苦笑した。手術前に、ちょっとした騒動があった。昨日の夜、どうしても空腹に耐えられずに、小野田さんは寝ぼけて蜜柑の缶詰を食べてしまったみたいなんです、と悄気た顔付きで、朝になって看護婦に打ち明けた。それで、予定通り手術ができるか危うい状況となり、いつもは温厚な主治医も、このときばかりは小野田さんを叱責したのだった。

「そんなこと言ったって、今日は水以外は禁食ですよ。昨日みたいなことは絶対にしないで下さいね。それで大丈夫なら明日からはお粥が出ますからね」

「お粥なんて食べた気がしないものなあ」

手術前の一件を忘れたように、また小野田さんは愚痴をこぼしはじめた。

看護婦の姿が消えると、ちょっと奥さん、奥さん、と小野田さんは奈穂を手招きした。

「ここに住所と電話番号を書いておいたから、近くに来る機会があったら、ぜひ一度遊びに来てください。老夫婦だけで住んでる家ですから」

そう言って、手帳を破ったメモを渡した。

街の北部にある病院から退院して、タクシーで街の西部の自宅へと向かう途中、市街地を抜けるときにビルの谷間から鉄塔たちが覗き見えた。相変わらずの梅雨空だが、幸いに雨は落ちていなかった。

三本の鉄塔がほとんど重なり合って、少し着ぶくれした一本の鉄塔のように見える。こんな角度から目にするのは初めてだと、斎木は帰り心地と共に思った。そして、よく目を凝らすと、四本目の鉄塔も懸命に肩を並べようとするように、ほかの鉄塔たちの半ば過ぎあたりまで背を伸ばしているのが窺えた。

タクシーが「山」の麓に近づくと、すっかり青葉が濃くなった中に、ところどころ山藤の紫がうっすらと滲んでいた。病み上がりの身というほど大袈裟なものではないが、それでも目に染み入った。

今年は藤がよく咲く年だったみたい、もう少し前だともっと見事だったんだけど。まあ、何とか花に間に合っただけでもいいとするさ。奈穂と斎木は言い合った。

斎木が生まれ育った家の庭にも、昔は藤の木があった。子供の頃、父親と山歩きをしたときに、試しに採ってきて庭に植えてみると、根付いた木だった。父親が藤棚をこさえて丹精していたのを、斎木は今でもよく覚えている。

毎年多くの花の房を付けて楽しませてくれたその藤が、ある年の秋に狂い咲きした。すると、その翌年の春から、藤はまったく花をつけなくなってしまい、父親によって伐られてしまった。幼いながらに心に留めたそのときの無念といのちの不思議さは、斎木の心に強く刻み込まれていた。

タクシーは、「山」の北斜面の一方通行をのぼりはじめた。坂道の両側の木々が覆いかぶさるように葉を茂らせた枝を伸ばしていた。紅っぽかった山桜の葉が、すっかり緑色に変わっていた。

「そうだ、青葉木菟は留守の間も啼いていたかな」

「うん、毎日のように聞こえてた。そういえば、思いがけない鳥の羽根を拾ったの」

奈穂が少し勿体ぶるように言った。「ちゃんと取ってあるから、帰ってからのお楽しみ」

少し見ぬ間にバスターミナルの雰囲気が変わった、と訝しげに斎木が見ると、工事の関係でバス停の位置が奥の方に移った、と奈穂が教えた。

集合住宅の玄関前につけられたタクシーから降り、管理人さんに会釈をしながら自動扉を入ると、斎木には、少し長い旅から帰っただけのことのようにも思われた。

237

ＦＡＸを兼ねた留守番電話機に、メッセージがあることを知らせる赤ランプが点滅していた。

「ヨウケンハゴケンデス」

人工的な女性の声の後に、まず再生されたのは、編み機の問い合わせだった。日にちが随分経っているので、もう決まってしまったかもしれないが、連絡をいただけるとありがたい、という内容が、品の良さそうな婦人の声で吹き込まれてあった。

「今になっても、まだ問い合わせがあるの」

と奈穂が言うのを、斎木は感心して聞いた。

次に、用件が入れられずに切れた電話が三件続いた後、切れる間際に、

「お父さん、やっぱり留守だって」

という斎木の母親の声が聞こえた。

「ちょっと落ち着いてから電話をするとするか」

と斎木はつぶやいた。

改めて、奈穂の仕事机の方に目をやると、ゆずってもらって増えた編み機が入っているらしい長細い段ボール箱が三つ、床に置いてあった。

「ますます手狭になってしまったから、早いところ工房を探さないとな。おれも体調が戻ったから、当たってみるよ」

「そのことなんだけど。一度家に訪ねてきたことがある浅野さんっていたでしょ」

「ああ、ときどきバスで見かける、久我先生の教え子だったという人か」

「そう。それで、病院へ行ったときの帰りに、バスで乗り合わせたことがあったんだけれど、そのときに家を工房に使わないかって言われたの」

「へえ。それで、もう見に行ったのか」

「ううん、まだ。でも、たぶん下の団地の中の一軒なことは確かだと思うんだけど」

そうだろうな、と斎木も頷いた。

「一度だけ、探しには行ってみたの。だけど表札は出していないのか見つからなくて」

そう、それでね、と奈穂は思いついたように弾んだ声を継いだ。「そのときに、さっき話した鳥の羽根を拾ったの」

奈穂は、すかさず台所との境のカウンターにいつも立てかけてある、鳥の羽根を保存しているビニールのクリアファイルと『野鳥の羽根』図鑑とを取り出して斎木に見せた。図鑑は見る機会が多くなったので、少々値が張るが思い切って買った。

「まさか、と思ったんだけど、どう見てもトラツグミとしか思えないの」

「えっ、ほんとうか」

斎木は驚いた声を出して、どれどれ、と羽根と図鑑とを付き合わせてみた。ほかの鳥のページもよく調べてみたが、なるほど、黄色と黒に分かれている十三、四センチほどのその羽根は、トラツグミの初列風切羽根としか判断が付かなかった。

家に戻った夜、斎木は、夕食どきにひさしぶりに青葉木菟の啼き音を聞いて、しんから帰宅した心地を覚えた。

夕食後にくつろいでいる時間を見計らって、奈穂が斎木の実家に電話をかけると、斎木の母親が出て、先日の内視鏡検査の結果の報告をしようと電話した、ということだった。直腸の腺腫が見つかり、手術を受けることになったが、ベッドが空くのを待っている状態だという。

「どうぞ、手が必要なときには遠慮なく言いつけて下さい」

「ありがとう。入院中はあたしのことよりもお父さんが心配だから、そのときは少し手を貸していただけるかしら」

と斎木の母親は答え、入院の日取りが決まったらまた電話をしますから、と電話が切られた。

それから数日は、斎木は家にこもって、溜まってしまっていた仕事を片付けることとなった。雨は降ったり止んだりで、少し蒸し暑いかと思うと、翌日は肌寒くて電気炬燵（ごたつ）が必要になる、といったぐずついた日々が続いた。奈穂は、雨が上がっているときを見計らっては、藍の肥料を施したり雑草をむしったりした。藍は、二十センチをこえるほどに順調に生育していた。

そんな折、いま三光鳥（さんこうちょう）の啼き声が聞こえているから聞きに来ませんか、という西多賀さんからの誘いの電話がかかってきた。

幸い梅雨の晴れ間に恵まれているとあって、斎木は身体慣らしに、奈穂と一緒に出かけてみることにした。途中で見かけたはびこったように小さな花をつけているユキノシタの白。よもぎが丈高く茂っている雑草地に見え隠れしている蛇苺の実の赤。身体の方も大気の方も灰色に煙っている状態だから、いっそうその色が染み入る感じがした。

西多賀さんは家の前に出て待っていてくれた。さっそくけものみちの方に足を向かわせると、

「……月、日、星、ホイホイホイ」

と、特徴的な三光鳥の啼き声が確かに聞こえた。へえ、ほんとうにこう啼くんだ、と斎木と奈穂は感じ入ったように頷き合った。

「姿は、やっぱりまだ見つからないの」

と西多賀さんが言った。今日のところは姿を見るのは諦めることにした帰り際に、西多賀さんが庭に咲いていた紫のクレマチスを持たせてくれた。

「あら斎木さん、下の髭ものばしたんですか」

西多賀さんに訊かれて、

「いやちょっと無精していましてね。今日にでもさっぱりするつもりです」

と斎木は笑って答えた。

翌日の昼前に、斎木は、入院生活でなまっていた足を使おうと、ひさしぶりに「山」の東斜面につけられている寺の石段へと散歩に出かけた。

越してきたばかりの頃は、医師に勧められている散歩に、この石段を訪れるのが日課だった。当初のうちは、朝食前の早朝に一と汗掻いてくるようにしていたが、その時間には、色とりどりのトレーニングウェアを着て、腕をことさらに大きく振って一心に早足で石段を上り下りしている年輩者たちの姿が目立った。石段を昇り切ったところにある東屋(あずまや)で、ラジオ体操をしているグループもあった。顔が合えばいかにも同好の士へと向けたような、快活な朝の挨拶をかけられ、その度に斎木はぎこちなく応じた。自分にも同じ魂胆がひそんでいるのには違いないが、あまりにも剝き出しな健康志向には、気恥ずかしさが伴う気がした。

それで、斎木は、通勤や通学の人影が消える頃合いを見計らって散歩をするようになった。石段の奥行きがあるので、一段を一歩ずつでは、かなり大股な足取りとなる。かといって、一段に二歩かけたのでは、足の運びがやや窮屈だった。斎木は、降りるときには一歩ずつ駆け下り、上るときには二歩刻みでゆっくりと歩むようにした。最初は、一往復こなすだけで息が切れたが、十日も続けると、身体が慣れて、続けて二往復するのも案外と平気になったものだった。

今日のところは一往復でやめておこう、と思いながら上りにかかると、後ろから早足で追い抜かされた。黄色いTシャツを着て、大股に一歩でぐいぐいと上っていく後ろ姿に、強い見覚えがあった。

以前の人目を避けたつもりの散歩でも、よく見かけた老人にちがいなかった。年は七十過ぎといったところで、一見楽隠居と見える年恰好だが、革靴履きで、ズボンの裾をまくり上げ、いつも決まって黄色いTシャツを着ている、という出で立ちがやや異様だった。心持ち顎を引いて、口をへの字に固く結び、鋭い目をわずか前方に据えた硬い表情を崩さず、息の乱れも感じさせずに歩く。二往復や三往復ではきかない回数をこなしている風だった。斎木が会釈をしても、何も周りのものは見ていない、といったように無視された。

老人は、いつも惣門(そうもん)の前に止めてある黒塗りのハイヤーの運転手が恭(うやうや)しく開ける扉の中へと消えたものだったが、いま、斎木が後ろを振り返って見ると、白い自家用車が停まっていた。散歩の時間も変わったことだし、引退したのだろう、とみるみる小さくなっていく黄色い姿を見上げながら、斎木は想像した。

240

姿は見えないが、キビタキの複雑な囀(さえず)りがさっきから同じ場所でずっと聞こえていた。斎木は、音のする方に見当をつけて、しばらく山桜の枝に目を凝らした。中ほどの枝に、キビタキを見つけた。いったん見つけさえすれば、黒に黄色に白という目立つ色彩をしており、警戒心も薄いのでゆっくり観察することができた。

ほかにも鶯やヤブサメの声が聞こえているのにまじって、昨日聞いた三光鳥に似た啼き声をまた聞いたような気がした。

その姿を確かめたくて、斎木は石段の脇の雑木林の方へと分け入った。そこは子供の頃は「ざわざわ」と呼んで、石段の登り口に自転車を止めては、大山らとよく遊んだ記憶がある場所だった。しかし、馴染みのあるはずが、すぐに藪漕ぎをしながら進む羽目に陥り、往生させられた。昔の悪童共ならいざ知らず、今は、こんな山菜や茸も採れないような中途半端な雑木の林にわざわざ踏み入る者もいないのだろう、と斎木は想った。

それでも、ムキになったように背丈よりも高い草を掻き分けながらずんずん山懐へと入っていくと、いつしか山のてっぺんにいつも見慣れているテレビ塔たちやクレーンも隠れてしまい、工事の槌音も、下界の車の音もすっかり掻き消えた。

音が途絶えると、この谷間にかつて響いていた、子供たちの遊ぶ声が蘇ってくるような心地に斎木はなった。あの頃と同じように、頭上を鳶が輪を描いて飛翔しているのが見える。

そうだ、一人でここへ来たこともあった、と斎木は思い出した。小学校の低学年のときに、虫歯が疼いて、固い肉の揚げ物がどうしても噛めずに給食袋に隠して持ち帰った。給食を残すことは先生に固く禁じられていた。そして、人目を避けるようにして、このあたりに捨てたのだった。そのとたんに、ぶわりと風を切る羽音が耳元でして頭を覆うと、鳶が獲物をくわえていった。……

高圧線の鉄塔の下に出ると、斎木は足を止めて休むことにした。そこは鉄塔の保守管理の者が訪れるらしく、新しく雑草が踏みしだかれた跡があった。色褪せたどぎつい女の裸の写真が見えている雑誌類が散乱しているのを斎木はなつかしい物のように見た。

立入禁止のフェンス塀の上に有刺鉄線が張られている隣の配水所の敷地の中で人影が動いた。いつもは無人のはずだが、職員が点検にでも来たのだろうか、と目を向けると、青い野球帽を被った少年の後ろ姿が、ちらっと見え隠れした。

241

市民センターで草木染を教えた帰り、奈穂は朴葉巻をお裾分けしようと、『衆』へと向かっていた。「山」の上は梅雨時はひんやりとしているが、下まで降りると蒸し蒸しした。川べりの柳のみどりがすっかり濃くなっていた。

今日は、パッチワークを教えている人を特別に講師として呼んだ。前から、ずいぶん染めた布がたまってきたので、パッチワークに挑戦したいという声が生徒さんたちから出ていた。奈穂は講師の女性が説明するのを、覚えたての手話で、井戸さんと藤塚さんに通訳した。わからない言葉は、メモ紙に書いて渡した。

簡単な単語を通訳するだけだが、それにしても手話通訳はけっこうしんどい、と奈穂は痛感した。専門学校で長く手話を教えている井戸さんは慣れているが、この春からキリスト教系の高校で教えはじめた藤塚さんも、肘が痛くなるということだった。最近の女子高生のマナーが悪くて、と藤塚さんはこぼし、授業中に眠そうにしているので、顔洗ってこい、というとぴしっとすると笑った。それから、私語が多いというので、

――生徒がうるさいって、わかるものなんですか。

と奈穂が訊くと、

――うるさいのは、口をあけてワーワーしゃべっているのでわかる。

と藤塚さんと井戸さんは口を揃えて答えた。

パッチワークの講師は、手話でのやりとりを実際に目にして、だからテレビの手話ニュースはあんなに大げさで、二人で交替してやるのか、と納得顔になった。

井戸さんが、いくら手話ができても、例えば戦争体験の悲惨な話をしに来た人がいたが、表情を変えずに話したので、ぜんぜん悲惨な感じが伝わってこなかった、と話した。それを聞いて奈穂は、手話ができるだけじゃだめだ、というのは、語学学習にも通ずるところがあると思った。

昼時を少し過ぎていたので『衆』の客は、あかりさんが一人だけだった。奈穂が、いつもいただいてばかりですから、と朴葉巻を差し出すと、わ、おいしそう、と早絵さんが歓声を上げた。五つ持ってきたので、あかりさんにも行き渡った。

「いや、これは、桜餅とも柏餅ともちがって、何とも素朴でいい味だ」

酒呑みだが、甘い物も大好物なマスターが感心したように言った。その左手の人差し指に包帯が巻かれているのに、奈穂は気が付いた。

「先週山に行ったときに、草刈り鎌でついうっかりとやってしまいましてね」

とマスターが教えた。

242

「帰りの電車の中では、出血しないように、ずっと左手を心臓の上にあげっぱなしで来たのよ」

早絵さんが言葉を継いだ。

「それで、病院には」

「だって、休日だもの。救急病院になんて行くほどのことじゃないって言うし」

「まだ傷口は完全にはふさがってはいないんだけど、毎日消毒してますから大丈夫です」

「それで、山へはしばらく行けそうにないの」

そうなんですか、と奈穂が神妙に頷くと、でもね、とマスターが弾んだ声を上げた。

「今年も、『奥の細道』の旅がはじまりましたよ、と斎木さんに伝えてください」

早絵さんが、ほらあそこ、と本がたくさん積み上げられている中の一角を指差し、そこに芭蕉に関連したコーナーができているのを見て、ああ、そうだった、と奈穂は思い当たった。毎年、マスターと早絵さんは、店があるので長い旅には出かけられないからと、ずっと『奥の細道』をその記述がされた日と同じ日に、その箇所箇所を読み返しているのだった。それをはじめて聞いたときに、斎木は、なるほど、そういう旅もあるんですねえ、と感じ入ったように言った。

「元禄二年、一六八九年三月二十日に、芭蕉は江戸を出立しています。これには異説もあるんですが、まあ曾良随行日記に従うことにすると、新暦では五月九日となるんです。それで、草加から日光、那須野と来て、東北に入り、六月八日に白河に泊まってます」

「それで、いまがちょうど、この街にさしかかったあたりなの」

「そういえば、今の時季でしたね」

　奈穂が思い出したように言うと、マスターと早絵さんも深く頷いた。七、八年前、山中の小流れのそばに野営して、芭蕉が訪れた記念にと、一晩歌仙を巻いたことがあった。そのとき斎木は、ようやく山歩きができるまで、体調が恢復したばかりだった。「あのとき、鵺の声は残念ながら聞こえなかったけれど、これを最近拾ったんです」

　奈穂は、バッグの中からクリアケースと『野鳥の羽根』図鑑とを取り出した。ほんとうにトラツグミかどうか、鳥に詳しい二人の意見も聞いてみようと、出がけに持ち出した物だった。

「ああ、確かにそうだ。この黄色と黒に分かれている羽根が重なって、トラツグミの特徴のある帯状の模様になるんですね。結構、トラツグミはワシタカ類に襲われることがあるんです」

　しばらく眺めていたマスターが太鼓判を捺し、鵺の落とし物だ、と早絵さんが興がった。

「それにしても、すっかりこの『野鳥の羽根』図鑑が大活躍しているのねえ」

「ええ、前は図書館から借りていたんですけれど、始終使うので思い切って買ったんです」

ときどき返却するのが遅れて催促の電話をもらったりして、と奈穂が図書館でアルバイトをしているあかりさんを見て首をすくめるようにした。

「朴葉巻ごちそうさまでした。何だか田舎でおばあちゃんが作ってくれた栃餅を思い出しました」

それまで黙って、皆のやりとりを聞いていたあかりさんが、自分の方に水を向けられたように話し出した。

「いまの梅雨時は、図書館は一年間のうちで一番大変なときなんです。返却された本を棚に戻すときに、一冊や二冊ならいいんですが、何十冊もまとめて運ぶと、本が湿気を含んでいるのでとても重いんです。いまは職員の他にアルバイトでも本を運ぶカートを使ってもいいことになったんですが、アルバイトをはじめた頃は、本を運ぶカートを使えなくて、手で持ち運んでいたためなおさら大変でした」

ああ、確かに、そうかもしれない、と『衆』にあるたくさんの本を移動したりする早絵さんは頷いた。へえ、と奈穂は、どんな仕事にでもその仕事をした者でなければわからない苦労があるものだ、と感心して聞いた。

「それに、働く人によって本の入れ方もちがうんです。本棚の奥まで押し込もうとする人や棚一列ぎっしりと詰め込む人もいるんですが、わたしは少し隙間があった方が取りやすいと思って間隔を空けていたら、職員の人に、もっと入るじゃないですか、と叱られたこともあって。そのときの上司によっても本の入れ方を微妙に変えなければならなかったり」

「でも、楽しいことや面白いこともあるでしょ」

と奈穂は訊いた。

「ええ、それはもちろん」

とあかりさんは微笑んだ。「私の専門の歴史のことを聞かれると嬉しいです。映画の原作になったものだとか、お目当ての本を探してあげて、『へえ、アルバイトなのによく知ってるねえ』と言われたりするとやり甲斐を覚えます。最近では私が出ている日曜祝日に通ってくる馴染みのお客さんもいるようになって、私を指名して頼りにするおとうさんやおばあさんもいるんです。でも、ちょっと困るのは、『おねえさん、とりあえず面白いのをいろいろ見つくろって』なんていうお客さんもいることかなあ」

そう言ってあかりさんは、自分でも眺めていた店の分厚い鳥の図鑑を慣れた手付きで元へ戻した。

「おっ、さっすがあ図書館員」

早絵さんがあかりさんに声をかけた。「ここのコーナーに並べてある本は、本を取り出すのも戻すのも難しいの。ほら、棚で仕切ってあるわけじゃなくって、本をぎゅうぎゅうに詰めて、天井までぎっしりと積み上げるだけでバランスを取っているでしょ。下手に本を取ろうとして本の山が崩れちゃ大変だから、ふだんはわたしが取ってあげることにしているの。あかりさんだけは、特別」

早絵さんに言われて、ああそうか、と奈穂は気付いた。そういえば斎木も、目当ての本を見付けると、いつも済みませんがと言って、早絵さんに取ってもらい、戻すときも頼んでいたものだった。

「この店でも、鳥の図鑑は最近引っ張りだこなの」

早絵さんが、ねっ、とあかりさんに目配せをした。

「そうなんです、今日もさっきまで熱心に眺めている人がいて、河原さんと入れ違いに帰られたんですよ」

「この春から新しく店に来るようになった人なんだけど、鳥のことに急に興味を持ち出したみたいで、よくここで調べていくの。今日もセンダイムシクイだとかヤブサメだとか見ていた」

「それから、鳥の啼き声が入ったテープもこの前貸してあげたんです」

とマスターも話に加わった。「そうしたらね、時鳥(ほととぎす)の啼き声が自分のところでも聞こえているのに気付いたって喜んで。啼いて血を吐くホトトギスは知っていたけれど、山奥じゃないと聞こえないとばかり思っていたって。単身赴任で住んで十年にもなるのに、まさか自分のところでも聞こえていただなんて知らなかったって言ってました」

「連休中に野草園で開かれた探鳥会に、人に勧められて出てみたんですって。それがきっかけだったみたい」

「へえ、そうなんだ」

奈穂は思いがけないという声を発した。「わたしたちも、今年も野草園の探鳥会には出たんです。でも、ちょっと斎木に用事があって、途中で引き揚げたんですけれど。ちょうど夏鳥が来はじめたときで、確かにセンダイムシクイもいました」

「じゃあ、お互い見知ってるかもね」

と早絵さんが言うのに、さあ、と首を傾げてから、奈穂は、そろそろ失礼します、と腰を上げた。

「斎木さんによろしく」

マスターに挨拶されて店を出ると、見送ってきた早絵さんが、

「たぶんこの店も、あと一年で閉めることになると思う」

と何気ないふうを装って奈穂につぶやいた。

245

『衆』を後にした奈穂は、大きな橋の袂にあるバス停で野草園行きのバスを待った。

小降りだった雨の雨足が急に激しくなったので、傘をさしたまま、すぐそばの寺の門の庇の下へと入った。トラックが、水しぶきをあげて走り去って行った。

傘を差しても降り込んで来る雨を避けようと、小柄な老婦人が同じように雨宿りに来た。

「ご一緒させてくださいね」

奈穂は笑顔で、どうぞどうぞ、と脇を少し空けた。この街ではこんなとき、知らない人から何気なく声をかけられることが多かった。新しいものに触れる刺激が少ないと感じられるときもあるが、のんびりとした街の人たちの風情は好きだった。

「どこ行きのバスですか？」

野草園行きです、と奈穂が答えると、婦人は、もっと西の先にある丘の上の団地の名を言った。そこは、譲り受けた重い編み機を運んだところだった。あの婦人とも、こうやってバス停で顔を合わせることがあるかもしれない、と奈穂は想った。

「あたしは歯を抜いてきたところ。七十になるまで、全部自分の歯だって自慢してたんだけど、とうとう入れ歯のお世話になるみたい」

婦人は確かに歯並びのよい白い歯を覗かせた。

「うらやましいです。わたしはしょっちゅう歯医者さんに通っているものですから。あの、歯を削られるのが、今でも苦手で」

「ええ、あたしも。痛かったら手を上げてくださいって先生が言うから手を上げたら、まだ削ってませんよ、なんて言われちゃったりして」

二人は顔を見合わせて笑った。

「ああ、あたしの方が先だったみたい、じゃあお先に」

傘を閉じながら小走りでバス停に向かった婦人に、お気を付けて、と奈穂も声をかけた。

間もなく着いた野草園行きのバスは混んでいた。リュックを下げていたり、着物を着飾ったりしている人を見て、野草園で開かれているあじさい祭りに行く人たちだろう、と奈穂は想像した。

バスが、「山」の西斜面をくねくねと縫うように走っているときだった。

「あなた、傘の雫がこっちに垂れているのがわからないの」

突然、立っていた和服姿の婦人が尖った声で注意した。注意されたのは、それまで大声でインターネット・ショッピングの話題を話し込んでいた、ときおり乗り合わせる放送局の電話受付のアルバイトの若い女性たちの一人だった。

重い沈黙に包まれた車内で、ほんの些細なやりとりが、梅雨時の憂鬱な気分を強めたり、拭い去ってくれたりする、と奈穂は実感していた。

246

鉄のトンネルをくぐった奈穂は、マンションの西側に残っている雑木林に朴の木を探した。様々な青葉が重なっている中に枝先に大きな葉が傘かプロペラのようについている朴の木が、すぐに見つかった。

朴葉巻を送ってくれた、顔を見知らぬ斎木の信州の友人と、その母親がていねいに朴葉巻を作っている様を想像しながら、朴の木がこれまでよりも、格別な意味を持った樹木となったことを感じた。

奈穂が帰宅すると、

「井戸さんからＦＡＸが来てるぞ」

と、迎えた斎木がすかさず言った。

〈河原先生へ

今日はお忙しいところ、ご指導ありがとうございました。今日は少し、しゃべりすぎて（?）済みません。松林の向こうの海岸に、ハマナスがまだ咲いています。お時間があるときに、ぜひご主人と一緒に見に来てください。それから、鉄塔、うちからも見えてますよ。先生があそこに住んでいるんだなあと、毎日のように見ています。小さな鉄塔が少しずつ伸びていくのも

見えますよ〉

　奈穂は、文面を声に出して読んでから、

「井戸さんの手話も、それから読唇術で読み取って声に出す口語もずいぶんわかるようになったの、確かに今日なんかはちょっとうるさいぐらいだった」

　と斎木に言った。

「そうだな、ひさしぶりにハマナスにも会って来たいな」

　斎木は伸びをして、浜辺に咲く紅色の野茨（のいばら）に似た強い香りを放つ花を思い浮かべながら答えた。井戸さんが住んでいる近くの浜辺は、高校時代に所属していた水泳部の練習で、堤防を十キロほどランニングして向かった場所でもあった。

　それから奈穂が、早絵さんに言われた『衆』の閉店を口にすると、そうか……、と少し考えるようにしてから、

「あの店がなくなるのは淋しいけれど、でも、マスターも還暦を過ぎたんだから、念願の晴耕雨読の生活に入るのにいい潮時かもしれないなあ」

　と思いを向けるように視線を遠くへ向けた。

「そういえば、マスターが『奥の細道』の旅を今年もしてますって伝えてくださいって」

　そうか、と斎木は、意味ありげに頬笑（ほほえ）んだ。

「実はおれも、今年は少しそれに倣（なら）っていてね、最近になって、前の家に住んでいた頃にマス

ターに言われた意味が遅まきながらよくわかったんだ」

どういうこと、という目を向けた奈穂に、前に住んでいた山麓の家には、裏庭に大きな栗の木があっただろう、と斎木が話しはじめた。

247

……その栗の木は、今の時季にはたくさんの雄花をつけて、むせ返るような甘いにおいを放っていたものだった。

北隣の家の主人が、栗の木を見上げては、

——栗虫が落ちてくるから、いやだなあ。

と言った。それで、斎木たちは隣の庭まで伸びている分だけの枝を毎年伐った。

斎木は、ポトッと落ちて来る黄緑色をした大きな栗虫を見付けしだい、燃やすことにしていた。奈穂は栗の木の下を歩くときには傘をさしていた。

二人とも、秋には、よく身の詰まった大きな栗の実にたくさんありつけるのだから、少々の栗虫ぐらいは我慢しなければ、といった気持ちで過ごしていた。栗の毬(いが)は、保存しておけるので、冬場の貴重な染めくさともなった。

そして、裏の物置からは、畑仕事に使っていたらしい道具類と共に、お爺さんが愛用していたらしい杖も見つかった。それは、栗の木で作ったとおぼしかった。

「そのことをマスターに話したら、『栗の木は西の木って書くでしょう。だから西方浄土に縁のある木なんですよ』って教えられたことがあっただろう」

「そう言えばそんな気もするけど……」

「そうしたら、ほら、早絵さんが、『じゃあ、斎木さんたちの前に住んでいた一人暮らしの老人は、さしずめ栗爺さんだね』って」

「ああ、それはよく覚えている」

「あのときは、栗の木を丹精に育てていたから『栗爺さん』なんだ、とばかり思っていたんだけど、最近手元に置いて『奥の細道』を読み返していると、あこのことだったんだなって気付かされたんだ」

そう言って、斎木は、仕事机の上から文庫本の『奥の細道』を持ってきて、ページを探した。あ、ここだ、ここだ、と斎木が示したのは、芭蕉が福島県の須賀川の宿の近くで、大きな栗の木陰をたのんで庵（いおり）をかまえ、世をさけている僧の所で書き付けたという箇所だった。

〈栗といふ文字は西の木と書きて、西方浄土に便ありと、行基菩薩の一生杖にも柱にもこの木を用ひ給ふとかや、
　世の人の見付けぬ花や軒の栗〉

そこを読んだ奈穂も、ああほんとうだ、と深く頷いた。

「それで、脚注をよく読んでみると、件（くだん）のその僧は、俳号を『栗斎』と書いて『りっさい』と

いったそうなんだ。だから、早絵さんは、それにかけて、『栗爺さん』と呼んだ訳だったんだよ」

248

「そうだったのか……」

奈穂は、いかにも得心が行った、というようにつぶやいた。

「たしかに、あの家の栗の木も、庭の西側に植えてあっただろう。そして、行基菩薩が一生、杖にも柱にも用いていたと伝えられているように、お爺さんも杖にしていたんだよ。『世の人の見付けぬ花や軒の栗』。世の人の目にとまりにくい栗の花が、この庵の軒近くにひそやかに咲いている。あたかもこの庵の住人の人柄に照応するかのように——と解すると、会ったこともないお爺さんの在りし日の姿が浮かぶように思えたんだ」

斎木のその言葉に、ほんとうにそうだ、と奈穂もお爺さんの人柄を偲（しの）んだ。

近所の皆が、風が吹くたびに葉っぱの掃除が大変な杉の木を森林組合に頼んで伐ってもらったとき、風よけの木だからと、頑として伐ることに応じなかったこと。周りが次々と二階を上げたり、家を建て替えるようになっても、古い平屋に住み続けたこと。連れのお婆さんが亡くなってからはずっと一人暮らしで、めっきり口数が少なく、気難しくなってしまったらしいこと。栗の木の育て方がうまくて、町内でも大きくてうまい栗がなると有名だったこと……。

「何だか、不思議な気がする。私は、生きているときのお爺さんの姿をまるで知らないし、血の繋がりがある血族という訳でもないのに、今でもこうして懐かしく感じているのは、どうしてかな」

最後は、半ば自問自答するようだったのに、おれもうまくは言えないんだけど、と斎木は応じた。

「シェークスピアの芝居の『テンペスト』の中に、《われわれは夢と同じ材料でつくられていて、われわれの生は眠りに囲まれている》っていう科白(せりふ)があるんだ。つまり、自分の夢心地な気分の中に、栗爺さんの姿があらわれるのと同じように、いつしか自分の存在も、また他の誰かの夢心地の想いの中に出てくるかもしれないだろう。自分だけの人生だと思っているその周りは、実は大きな眠りの世界が取り囲んでいると考えると、一回きりの人生ははかないものだけれど、だからこそ永遠の世界にも属しているという、あたたかくもさびしい満足感のようなものをもたらしてくれる気がするんだ」

第六章

249

「奥さーん、伸びてますねえ！」

洗濯屋さんが、開口一番に言った。

その声は、いつものことながら元気がよいので、居間で仕事をしていた斎木にもよく聞こえた。

昼少し前の時間にインターフォンで呼び出された奈穂は、オートロックの施錠を解除すると、玄関へと向かって扉を開け、扉の下の隙間にドアが閉まらないように先を三角に切った木片を挟み込んで、洗濯屋さんを待ち受けた。

重い冬物のクリーニング品を両手にたくさん持ち抱えて通路を急ぎ足で歩いてきた洗濯屋さんは、奈穂の顔を見るなりそう言ったのだった。

七月も半ばとなって、梅雨寒の日も少なくなり、東京の梅雨と同じような蒸し蒸しした日が続くようになった。奈穂は暑がりなので、昼食後のひとときなどに部屋に伸びていることがあった。そんな様子が外見にもあらわれているのだろうか、と奈穂は一瞬心配になった。

斎木もてっきり、暑さでバテている奈穂の姿を見て言ったのだろうと思った。斎木のほうは、暑さはまるで苦にならない質だった。そればかりか、季節のなかでいつがいちばん好きかと訊ねられたら、ためらいなく夏と答えるほどだった。それも、盛夏。肉体労働で生計を立てていたときも、炎天下流れ落ちる汗を拭いもせずに滴らせながら働くのが好きだった。かえって身体中の筋肉や血管が熱を帯びて一回りも膨れあがったような気さえして、猛然と力が湧き出たものだった。

それは斎木が生まれたのが、土用のさなかの暑い日だったせいかもしれない。奈穂は、十二月の生まれだった。人は自分が生まれた頃の季節感にもっとも肌で親しみを覚え、その季節を好むものなのかもしれない、と斎木は思うことがあった。

くぐもって聞き取れない笑いを含んだやりとりが玄関先で続くのを聞きながら、ともかく梅雨が早く明けないものか、と斎木は待ち遠しく思った。

「もうセーター類は、全部クリーニングに出してもいいよね」

いったん顔を出して確かめるように訊いた奈穂に、ああ、さすがに暑くなってきたから、もう着ないだろう、と斎木は頷いた。

「じゃあ、お預かりしていきまーす」

洗濯屋さんの声が聞こえ、やがて戻ってきた奈穂に、何だかからかわれていたみたいじゃないか、と斎木は笑って声をかけた。

「わたしも最初はそう思ったの。でもよく聞いてみると、鉄塔のことだった」

安心したような奈穂の言葉に、ああそうか、と斎木も考え違いを面白がった。

250

昼は、久しぶりに売店で買って来て済ませることにして、奈穂は正午になると混み合うのでその前にと外へ出た。

鉄のトンネルをくぐって、いつものように何気なく左手の鉄塔工事の現場を目にしながら、売店へと向かった。洗濯屋さんが言っていたように、鉄塔はぐんぐん伸びて、顔を真上近くまで上げないと先端が見えなかった。そこまで、鉄塔と共に、外側に取り付けられた工事用のエレベーターも伸び、クレーンも高さを増していた。

（そういえば最近、あの眼鏡をかけた少年の姿を見かけない）

と奈穂は少し気になった。

売店に入る前に、今は工事のために臨時に移っているが、本来のバスターミナルの向こうに、洗濯屋さんの白い軽ワゴン車が停まっているのが見えた。そうして、公衆トイレから洗濯屋さんがハンカチで手を拭きながら車へと戻った。その表情は、今まで見たことがない、険しいものだった。

「箱崎さん……」

なぜか「洗濯屋さん」ではなく、チラシに書いてあって覚えのある名前が奈穂の心の中に衝いて出た。そんな人目を意識していない表情を見てしまったことが、少し後ろめたいような気がした。

「おひさしぶりです」

と売店に入ると、

「あ、いらっしゃいませ」

おねえさんがいつもと変わらない、笑顔を向けた。

「おいなりさん三個入りのもできたんですね」

二個入りのおいなりさんを二パックと、鮭と昆布のおにぎりを取って渡してから、奈穂が言った。

「ええ、お客さんの希望で二個じゃ足りないって言われたものですから」

とおねえさんが答えた。鳶の親方の吉岡さんが毎日決まって買い求めていくのだった。奈穂も、「けつねのおじさん」の話は斎木から聞かされていた。

そのとき、何かぼこっという音がして、

「ばかやろう！　あぶねえじゃねえか」

という怒声が挙がった。

作業員の人たちが、ワーワー叫びながら下を探しているのが、ガラス越しに見えた。

「ああ、またなんか落ちたんだ。結構多いから気を付けた方がいいですよ」

今では慣れっこになったように、おねえさんが苦笑した。

「こんにちはー、和風ラーメンに半カレーね」

と言いながら、洗濯屋さんが入ってきた。奈穂に気付くと、さっきはどうも、と笑顔になった。

251

その夜、斎木と奈穂は、皆既月食を観るためにいつもより夜更かしをした。

晴天に恵まれて、東の空から出た満月が中空に昇ると、午後九時少し前から左下が次第に暗い影に入っていった。それを、奈穂の仕事場を少し片付けてスペースを作ったリビングの床に二人は横になって眺めた。フローリングの床の冷たさが身体に心地よく感じられた。集合住宅の他の部屋でも、親子でベランダに出て観測しているらしい声が起こった。月の変化はゆっくりなので、観ている最中にも、色々な物思いに誘われた。

(前にもこんなふうに寝そべって空を仰いだ)

と奈穂は振り返った。

……それは、まだ草木染を師匠に就いて修業中の身だった奈穂が、鬱病にかかった斎木に付き添うために、早めにもらった夏休みの最後の日だった。

車でただ運ばれているのは気が紛れるからと、のんびりと日本海側の方を取材を兼ねて旅行し、斎木のアパートにほぼ一週間ぶりに戻ってきた。

百三十年ぶりに大接近するというペルセウス座流星群がいちばんよく観られるというその夜に、街の明かりを消そうという呼び掛けが、市民が中心となってずいぶん前からなされていた。それに応えて、市の中心部のネオンやビルの照明もいっせいに午後九時から三十分消されることになっていた。九時少し前にアパートを出た斎木と奈穂は、川べりの自動車教習所の練習コースの道路の上に坐って星空を見ることにしたのだった。

午後九時になった。そのとたんに、東の空の明るみが消えた。市内で一番高い三十階建ての高層ビルの航空障害灯の赤い光だけになった。反対の山側のテレビ塔のライトアップも落とされた。多くの家の明かりも消された。

寝そべって空を仰いでいると、目が慣れてくるにつれて、果たして、次第に多くの星が浮び上がって見えてきた。北の空に北斗七星をまず見付けた。それから、ひしゃくの部分を延長させて、と小学生の頃習ったのを思い出して、北極星の黄色い輝きを見付けた。次は、北極星を挟んで、北斗七星と対する位置にWの形に連なって光るカシオペア座。

そんなふうに簡単な星を見付け合いながら待っていると、流星らしきものが、北東の方角から現れて、西の山裾に消えた。

――あ、今のがそうかな。

斎木が言った。

――えっ、どこっ？　あー見えなかった。

と残念そうに奈穂は言った。

252

確かにほうきの尾を曳いた残像は、まだ目蓋の裏に残っているのだが、あまりにもあっという間の出来事で、光も弱く、斎木は目をこすってみる曖昧な心地になった。何事にも確信の持てない心弱りもあった。川向こうの山の方向からも、詰め掛けているらしい観衆のざわめきが起こっているのが聞こえてきた。

二人は、今度こそ、と目を凝らした。するとすぐに、今度は紛うことなき輝かしい流星が、一閃白い尾を引いて天空を飛んだ。

――見えた！

と奈穂が声を張り上げた。

山の方からも、どよめきと、一瞬、間を置いて歓声が挙がった。「見えた見えた」と興奮して叫ぶ男の子の声も聞こえた。

星月夜に、川向こうの山の夜の闇が草いきれで濃密に匂った。杜の方で、神の使いであり、あの世とこの世を自在に往還するという霊媒の鳥でもある鴉がざわめいていた。

夏の匂いがするな。ほんと。斎木と奈穂は、満足そうに深呼吸をした。

八月のその日は、その夏、唯一盛夏を思わせる日で、東北地方でようやく記録破りの梅雨が明けたと発表された日だった。だが、後に気象庁は、その夏東北地方では梅雨が明けなかった、と訂正した。……

月が次第に光をうしなっていくのを見ながら、斎木の方は、昨年の秋に、夜半過ぎまで起きていたにもかかわらず、天気にあまり恵まれずに一個を観たにとどまった獅子座流星群の夜を思い返していた。

……その朝、食後のコーヒーを飲みながら朝刊を読んでいた斎木は、「車、海に転落一家3人死亡」という地方版に載っている小さな見出しの記事を目に留めた。

〈午前零時十分頃、港の埠頭で釣りをしていた男性が、乗用車が海に転落するのを目撃して、近くを巡回中の警察官に通報した。管轄署が埠頭の南側の海中を捜索したところ、午前八時三十分頃乗用車を発見し、運転席から五十三歳の男性、後部座席からその父親で八十三歳の男性と、母親で八十一歳の女性の三人の遺体が見つかった〉

新聞記事では憶測を避けているが、おそらく事故ではなく心中だろう、と斎木は推測した。

そして、その日、草木染の教室から帰ってきた奈穂が、少し興奮した口調で、やはり心中だったみたい、と斎木に告げた。

——生徒さんで、八百屋さんのおかみさんをしている遠藤さんが、テレビで知って、ああやっぱり、って咄嗟に思ったんですって。

253

――どうしてそれが？

怪訝な面持ちを向けた斎木に、

――ああ、遠藤さんは、その亡くなった人たちのすぐ近所に住んでいたの。

と奈穂は説明して、話を続けた。

――母親だという人の足が悪くなってから、買い物に来なくなったので心配してたからって。その前からご主人も体調を崩していて、息子さんも、去年から職を失ってたそうなの。市の福祉サービスを利用したらって、近所の人たちもすすめてたらしいんだけど、うちは大丈夫ですからって、応じなかったって。それでね、そこは、狭い路地に家が建て込んでいるので、駐車場までは、少し歩いていかなければならないんですって。だから、ああ一昨日（おととい）の夜、自分が寝てるときに家族みんなで自分の家の前をゆっくりと歩いていったと思うと、たまらない気持ちになるって言ってた。

そうか、と斎木は押し黙った。

獅子座流星群を待ち受けながら、斎木は、深夜に最後の散歩に赴く人たちの姿がまぶたに焼き付いて離れず、何度も溜息をついた。

足が不自由だったという母親に肩を貸す、五十を過ぎた独り身の男の姿が見えるようだった。

引きずるように運ばれる足と、その脇を背を丸めて力無く手をだらりと垂らしたようにして歩く父親の姿も。そして、埠頭へと車を走らせた。

──そういえば、今頃は、流星を見物しようという車が、あの埠頭には一杯だろうな。星を観るのにいい場所だと、テレビで紹介されてたから。

斎木はそう思うと、もしかしたら心中した一家は世間の人々が流星を観に夜更かしする前に、と決行を早めたのかもしれない、と気付いたのだった。……

月食を観始めて、およそ一時間後、月は地球の陰にすっぽりと入った。ちょうどその頃、青葉木菟が啼きはじめた。その月の色は、何と表現したらよいものか、暗褐色、赤錆色、赤銅色、煉瓦（れんが）色……と二人で口にしては、ちょっとちがうなあ、と首を傾げた。

「そうだ、古くなった十円玉の色」

と奈穂が言い、ああそんな感じだ、と斎木は頷いた。

月食中の月には日光が当たらず、真っ黒になって全く見えないと思われるのが、実際は黒ずんだ赤褐色に光って見えるのは、地球の大気のいたずらが原因だと、夕方天気予報で説明していた。夕日が赤いように、大気中を長く通った光は、より波長の長い赤い光の成分だけが乗り越えて通り抜けて行くことができる、という説明を思い出して、

「そうか、月面上に地球の夕焼けが映っている色なのか」

と斎木はひとりごちた。

一雨ごとに、背丈を伸ばしていった藍が、葉の真ん中に、染められる徴であるＶ字型の黒い模様をつけた。

さっそく奈穂は、藍の生葉染めをすることにした。茎の先を十五センチほど刈り取ると、また芽が出てくるので、秋口になって花穂を付けるまで二番藍、もしくは三番藍まで採って染めることができた。山麓の町に工房があったときには、斎木の手を借りて、藍を発酵させる藍建ても試してみたが、うまくいかなかった。工房が見つかったら、また挑戦してみたい、というのが二人の望みだった。

鋏で葉を刈り取りながら、奈穂は、昨夜皆既月食を観ているときに、鳴き声を少しだけ聞いた蝦蟇蛙を探してみたが、姿は見つからなかった。

蝦蟇蛙の声を聞きながら、斎木は、

――ああ、腹がいっぱいだ、とでも鳴いているのかなあ。

と言った。そして、

――月に兎が住んでいる話は知っているだろうけれど、蟇蛙も住んでいるというのを聞いたことがあるかな。

と奈穂に訊ねた。

奈穂が知らないと答えると、ふたたび、少しずつ太陽の光を受けて輝く部分が生まれてくるのを見ながら、斎木がこんな話をしたのだった。

唐代の中国では、月には仙人が住み、大きな桂樹が生え、兎が不老不死の仙薬をつき、そして蟇蛙が住む、といわれていたというんだ。そして、月の満ち欠けは、蟇蛙が月の丸い光を蝕むために起こる、というんだよ。蝦蟇蛙というのは、もともと蟇蛙の俗称だから、同じ蛙のことなんだ。……

そんなことを思い出しながら、奈穂は、用意したミキサーに、刈り取った藍の葉と水を入れ、すりつぶしては木綿袋で漉す作業を繰り返していた。すぐに、指が藍色に染まった。

そこに、インターフォンの呼び出し音が聞こえて、奈穂は珍しく斎木に、悪いけれど出てくれない、と大声で頼んだ。はいよ、と斎木が応じて、受話器を取ると、

「浅野です。奈穂さんいらっしゃる」

という甲高い声が響いた。

「おーい、浅野さんだって、どうする」

斎木は、受話器をふさぎ大声を出して、庭とベランダの境で作業をしている奈穂に告げた。

「じゃあ、いま手を放せないので、ベランダのほうへ直接回ってもらうように言ってくれるかしら」

と奈穂が言い、斎木はそれを浅野さんに伝えた。

「まあ、なんてラッキーなんでしょ。ちょうど染めているところを見せていただけるなんて」

間もなく、自転車置き場のほうから回って来て姿をあらわした浅野さんが、弾んだ声を上げた。

255

「奈穂さん、何、染めてらっしゃるの」

と、すかさず浅野さんは、興味深そうに訊ねた。

「藍です」

「藍? 藍染めって、この葉っぱのままのが」

「ええ、藍の生葉で染めてるんです」

奈穂はそう言って、庭に植えてある藍を教えた。今日は試しにほんの少し刈り取っただけで、一坪ほどの畑には、まだ藍が青々と伸びていた。

「へえ、これが藍なの。あたしインド藍って粉になって売っている藍では染めたことがあるんですけど、植物の藍ってはじめて見たわ」

「藍は蓼(たで)科の植物ですから、結構強くて、プランターなんかでも育てやすいんです」

「そうなの」

と浅野さんは頷いて、「こうやってマンションの庭でねえ」と不思議なものを見るように見やった。

「ここから海まで見通せるんですよ。今はちょっと木が繁ってしまって見えにくいですけど」

「海は、あたしの家からも見えるわよ」

「そういえば、先日は用事があったものですから失礼しました」

奈穂が詫びると、

「そうそう、連絡がないからどうしたんだろうって思って。でも、うちの電話番号も住所もまだお教えしていないことに気付いて、今日はお伺いしたっていうわけ」

「ああよかったです。わたしもどの辺かしらって、歩いて探してみたんですけど、見つからなくて。またバスでお目にかかるのを待っていたところなんです」

そうよね、顔は知っていても、連絡のしようがないものねえ、と浅野さんは笑顔を浮かべた。

「どうもはじめまして」

と斎木は仕事の手を休めて、ベランダへ顔を出して挨拶した。

「あ、お邪魔しています。浅野と申します」

浅野さんは少し慌てたように挨拶を返した。

「僕はときどきバスでお見かけしていたんですけれど」

「そうですってね、こちらは全然気がつきませんで、失礼しました」

浅野さんは、空いているときは、たいていバスの一番前の席に座るようにしている。だから、バスでどんな人と乗り合わせているのか、あまり見ることがなかった。斎木の方は、一番後ろに座ることが多かったので、白髪を束ねた浅野さんの後ろ姿を目に留めていた。

256

「それで、この藍の生葉ですか、これではどんな色が染まるんですの」

斎木が仕事場に戻ると、浅野さんは、奈穂のほうに向き直って訊いた。

「そうですね、いい水色が染まるんです。青磁色といったらいいでしょうか」

「そう、見てみたいわね。媒染剤は？」

「媒染は、今日は少し緑がかった色に染めたいので、薄い銅でやろうと思っています。でも媒染剤ではありませんが、発色をよくするには過酸化水素水、オキシドールを使ってもいいんです」

　奈穂は思わず、教室で生徒さんに教えているときのような口調になっていた。

「ああ、傷の消毒に使うオキシドールね。うちにもあるわ。そのうちあたしにもできるかしら」

と浅野さんは、微笑んだ。

「よかったら藍の種をお分けします」

「まあうれしい。でもこれからじゃ遅いでしょ」

「そうですね、来年の春にならないと」

　そのときにはお願いしようかしら、と言ってから、浅野さんは、足元の小さな白い花に目を留めて、これも植えてらっしゃるの、と訊いた。

「ええ、現の証拠です。煎じて胃腸薬にもなりますが、これもグレーが染まる染めくさなんです」

「ああ、これがそうなの。うちの庭にもあるけど、雑草だとばかり思って抜いていたわ」

「その脇の草は、葉っぱが鮒の形に似てるので小鮒草といって、萌葱色が染まるんです。向こうに少し伸びているのは、あめりかせんだん草といって、よく田圃の畦なんかに生えている雑草です。秋になると黄色い実をつけるのを、こちらの人たちは子供の頃に『バカ』と呼んで、よく服にくっつけたりして遊んだそうですけど」

「ああ、あたしも知ってるわよ」

「それも、とても鮮やかな黄色というか金色が染まるんです」

へえ、と感心しながら、浅野さんは最初とは違った目でマンションの狭い庭を改めて見回した。

「ほかのお宅は、きれいな花を育てたり、芝生にしてますけど、うちは雑草ばかり」

と奈穂が笑った。

「それでは、お仕事の邪魔をしてもいけないから失礼しますけど、ぜひ一度うちを見にいらしてね」

「はい。あ、今日の三時頃には染め物の手が空きますので、もしよろしければお伺いしていいでしょうか」

奈穂が訊ねると、ああ、その時間ならちょうどいいわ、どうぞご主人もご一緒に、と浅野さんは答えた。

「そろそろ浅野さんのところへ出かけるけど」

奈穂に声をかけられて、斎木も、どうれおれも散歩がてらに行ってみるか、と立ち上がった。

外へ出て、すっかり習慣となったように鉄塔を真上に見上げるようにすると、転落防止用の緑色のシートを被せられた上部は、すっかり細くなっており、後はそのまま数段伸びてその上にアンテナが取り付けられるだけ、と窺われた。

「もう、三分の二は建ち上がったってところだろう。工事用のエレベーターが、最初は傾斜が付いて上っていくけれど、最後の方はほぼ垂直に上っていくだろう。おれも上ったことがあるけれど、後ろに倒れていくような感じがして、あまり気分が良いものではなかったな」

と斎木が思い出したように、奈穂に言った。

「そういえば、中学を出たてらしい、ちょっとふっくらとした眼鏡をかけた少年がいたでしょう。最近見かけないの」

鉄のトンネルをくぐりながら奈穂が心配げに言った。その言葉に斎木も塀の中を窺うと、確かに、もう一人の長身の少年の姿はあったが、眼鏡をかけた少年の姿は見えなかった。

「前に、野手口さんのところに胡桃を採りに行ったときに、現場事務所の前を通ったら、一所懸命仮設トイレの掃除をしていたんだけど」

「そうか、トイレ掃除は一番下っ端の仕事だからな。おれもやらされたよ」

と斎木は答え、「怪我や嫌気がさして辞めたりしたんじゃないといいけどなあ」と鉄塔の向こうを思い遣るように視線を向けた。

売店には、客はいないが、三時の休憩を控えてその準備らしく、おねえさんが忙しそうに立ち働きしていた。その前を通り過ぎて、団地へと向かう右手の坂を下りてすぐ、近道の急傾斜の石段を下りていくことにした。

半ばほど降りたところで、左手に広がっている空き地を指差して、ほら、ここに畑を作っている人がいるの、と奈穂が教えた。

「へえ、まるで崖畑だ」

と斎木が興味深そうに目を向けた。

「前に来たときに、向こうの崖に臭木（くさぎ）があるのを見つけたの。秋になったら実を採りたいから、それまでにこの畑の持ち主と会えるといいけど」

と奈穂が言った。

坂道を大きく二つ回って、二軒目の先を右手に入るの、と浅野さんに教えられたところは、もしかしたら、と奈穂が前に思った、左手に大きな柳の木がある家だった。細かく十四段ある石段を上って玄関へ立つと、表札はやはり出ていなかった。

インターフォンも呼び鈴らしいものもないので、奈穂は玄関戸を軽くノックした。中から、クラシックの声楽曲らしい音楽が聞こえていた。

しばらく待ったが返事がないので、さっきよりも少し強く扉を叩いて、「ごめんくださーい」と声を張り上げた。今度は、はーいと声が上がり、ごそごそと人が動く気配がした。

開き戸を鐘の音を立てながら開けて浅野さんが顔を出し、

「あ、奈穂さんお待ちしてました。ラジオを高くかけていたので、いらしたのがすぐわからなくてごめんなさい。あ、ご主人もご一緒で、どうぞどうぞ」

と、後ろに控えていた斎木も手招きした。FMラジオから流れているのは、シューベルトの歌曲集『美しい水車小屋の娘』だ、と斎木は聴いた。

「なかなか片付かなくて、取り散らかってますけど、さあどうぞ」

浅野さんは玄関を開けてすぐの所にある板の間の小さな丸テーブルの上のラジオを消すと、二人を居間へと案内した。先に向かいながら、ふだんは午後はずっとミシンの丸椅子に腰をかけて、ひなたぼっこしているの、と教えた。そこはサンルームのように窓が大きく切り取られてあった。その奥の、いつか草木染もできるようにと大きくしたという流し場は、籐の間仕切りと積み上げられた段ボールなどで窺えなかった。

廊下から引き戸を開けて居間へ入ると、すぐ左手に、年代物のライティングデスクと、濃紺のベルベットの貼り地の大振りな椅子が置いてあった。子供の頃、近所の医者にいくと診察する医師が座っていたのは、こんなふうなゆったりとした椅子だった、と斎木は想った。ライティングデスクの書棚には、電気工学に関した専門書が並んでいた。

「二階に書斎があるんですけど、亡くなった主人は、なぜかいつもここで仕事をしたがったの」

浅野さんは苦笑を浮かべた。

居間は、二人が住んでいる集合住宅の奈穂の仕事場を兼ねたリビングの倍以上、二十畳はありそうな広さだった。やはり庭側一面に窓が大きく切り取られているが、東向きなので、午後になると日が翳ってしまうようだった。

部屋の中ほどの壁際にピアノがあるのを見て、あ、ピアノがある、と奈穂が嬉しそうに言った。

「奈穂さん、ピアノ弾くの」

「いいえ、ほんの少しだけです。家にはなかったので、いつも学校の音楽室で弾かせてもらってました」

259

それから奈穂は、ピアノの脇の壁に掛けてある剝製らしいものを指差して、少し訝しげに訊いた。

「これは……、小さなワニかしら」

「ちがうわよ」

浅野さんは、頭と共に大きく手を横に振った。「よくご覧になって。大トカゲよ、魔除(まよ)けなの」

斎木が近付いてみると、それは生きている姿に似せて膚(はだ)を艶々と光らせた剝製というよりも、脱け殻のようにカサカサして白っぽかった。

部屋の奥にソファセットがあり、そして、電気炬燵がテーブルがわりに置かれていた。

「東北は梅雨が明けないと炬燵が仕舞えないものね、おたくもそうでしょ」

炬燵へ座るようにと促しながら、浅野さんが同意を求める口ぶりで言った。

「ええ。でも、うちはもう仕舞っちゃいました」

奈穂が答えると、それはお若いから、と浅野さんはぴしゃりと言った。奈穂は、撥ね付けられたようで、少し淋しく思った。草木染教室のときも、年輩者の中には、よくそういう物言いをする人がいた。

「だって戦時中のことをご存じないから」「東京で生まれ育った方だから」「お子さんがいらっしゃらないから」……。

すると、本人に悪気はないのはわかるが、奈穂は、その話題についてそれ以上話を続けることができなくなってしまう。

「どうかしら、ここを工房にしたら」

浅野さんはそんな奈穂の思いを知ってか知らずか、いきなり本題に入った。

「……ええ」

奈穂は少しぼんやりと口を開いた。それから思いを強く持って答えた。「広さは充分過ぎるほどですし、私が主に作るのは、窓辺に飾って光を透かして観るようなものが多いので、これだけ外光が入る部屋は、夢みたいです」

「そうでしょう。奈穂さんの仕事にはここはぴったりだと思ったの。マンションじゃやっぱり草木染のイメージに合わないもの」

どうだろう、という目を奈穂に向けられた斎木も、この広さがあれば、編み機も何台かは置いたままにできるし、将来生徒さんに教えるにも充分だろうな、とまずは賛成する口ぶりで言った。

「もちろん、条件が折り合えばの話だけど」

奈穂は頷き、家賃などの条件はどのようにお考えでしょうか、それから流し台も実際に見てみたいんですが、と浅野さんに訊ねた。

「台所は今度お見せできるように片付けておきます。条件の方は、息子にも相談しなければならないから、もう少し待っていただけるかしら」

と浅野さんは答えた。

260

とりあえず、条件の話は後回しとなり、お互いの事情を付き合わせながらゆっくり話を進めることになった。

「去年にちょっと気を失って救急車で運ばれたことがあるの。だから少しでも知っている人がそばにいると思うと心強くて。ともかく、これからよろしくね」

と浅野さんに挨拶されて、斎木と奈穂も、こちらこそ、と頭を下げた。

「そうそう、奈穂さんに見てもらいたい着物があったのよ。いま出してくるわ」

それと決まると、浅野さんは思い出したように言って話題を変え、奥の和室らしい部屋へと向かった。やがて紫色の着物を手にしてきた浅野さんに、

「ちょっと庭を見せていただいてよろしいでしょうか」

と斎木は訊ねた。

どうぞどうぞ、少し草がぼうぼうになってますけど、と浅野さんは笑顔で応じた。

それから、奈穂の方に向き直って、

「これなんですけどね、紫色をもう少し地味にしたいの。若い頃は、気に入ってよく着たんだけど、だんだんあんまり明るすぎる色は似合わなくなってきたから。羽織にでもしようかと思うんだけどどうかしら」

「そうですね。この上から、栗の毬や、野茨で染め重ねたら、落ち着いた色になると思います」

と奈穂は答えた。

「そう、それで染め直していただけるかしら」

「それでは、このままでは染めにくいので、反物の状態にしてからでしたら大丈夫ですけれど」

「じゃあ、あたし、自分でほどいて縫っておきますからお願いできますか」

「ええ、それでしたらお引き受けいたします」

「まあ嬉しい、草木で染めていただけるなんて」

と浅野さんは、手を合わせた。「なるべく早く台所を片付けて、そうしたら連絡しますから、使い具合を確かめにぜひ染めにいらして」

「ええ、じゃあ今度は一緒に、藍の生葉染めをしましょうか」

「ほんと。何だか夢みたい、ここで本格的な草木染を一緒にできるなんて」

浅野さんは、念願が叶った喜びを子供のようにあらわにした。

母屋の庭に出ていた斎木からも、そんな二人の女性の打ち解けた様子が、窓越しに窺うことができた。知らない人が見れば、その姿は、歳の離れた母娘とも見えるかもしれなかった。

斎木は、母屋の庭に目を戻すと、

261

「これはちょっと植え込みすぎだな」

とつぶやいた。

石段の下に柳があり、上がったところの玄関前に百日紅、そして下草が茂った庭には、前の家との境のフェンス際に右手から大きな山桜、松、檜葉、梅擬き、紅葉、八つ手、と並んでいる。その隣の木を、これは木蓮だろうか、それとももしかすると辛夷だろうか、と斎木は少し浮き立つ思いで見上げた。

木々の下にも、橘や姫林檎、躑躅、木犀などが植えてあり、もう少し日が当たるように、上の木の枝を払えばいいんだが、と眺めやった。

北側の側面は、左隣の家との境の石塀となって、角に大きなヒマラヤ杉が目隠しのように生い茂り、その並びには青木と、そして染めくさになる胡桃と枇杷の若木もあった。

家の窓のそばには、室内に緑色の光を射し込ませる楓が植えられてあった。その脇に、若葉はウルイといって山菜になるオオバギボウシが大きな葉をひろげ、擬宝珠に似た紫色の花を付けていた。

下草のところどころに、枝がなく直立している濃緑色の棒のような茎が出ているのに気付いて、

「おやっ、木賊がある」

と斎木はひとりごちて近付いて行った。

子供の頃、木賊を見付けては、爪を研いだり、ヤスリのかわりに木を削って平らにするのに

使って遊んだものだった。家の庭にも、植えておきたくて、胞子が飛ぶ夏に採ってきて裏庭に植えたこともあったが、

——トクサとアザミは、ほかのものを食ってしまうので庭に植えるものではないよ。

と母親に止められた。ほかにも、ゼニゴケやシソなどを植えては、母親を呆れさせた。

斎木は木賊を一本失敬して、節があり、表面に溝があってざらつく感触を確かめてから、昔のように、たわむれに爪の先を研いでみた。

木賊が密集して生えているところへ向かうと、そこは小さな池の縁だった。いまは涸れているが、雨水が少しだけ溜まっている。以前は、藤棚を作っていたのだろうか、支えを失った藤が池を覆うように這いつくばっていた。葉の多くが虫に食われていた。

池の中をよく見ると、濁った水と保護色となっているかのように、蝦蟇蛙が一匹だけいた。

「家で飼っていた多くのオタマジャクシが孵ったあの後、一匹だけ実家に棲み付いた蝦蟇蛙のほかの蛙たちはどうしただろう？　この蛙は、もしかすると跳び去って野草園へ向かった彼等の子孫かもしれない」

斎木は、子供のような愉しい想像をした。

「チリン、チリン」

262

鈴の音が聞こえて、斎木の父親は慌てて外へ出た。近所で飼っている猫が逃げるのが見えた。

なんだ、猫の首輪に付けられた鈴か、と落胆した。

「あの鍵にも、落としてもわかるようにと、妻が紐で結んだ鈴が付いていた……」

斎木の父親は、出がけになって慌てふためき、うろたえていた。戸締まりをしようとして、いつも使っている鍵を探したが、見つからないのだった。妻は、直腸の内視鏡手術を受けるために、昨日から市立病院に入院していた。

仕事をしていた頃は、出勤前に朝着替えるときに、妻が、財布や鍵、手帳、ハンカチ、ちり紙を洋服と共にいつも揃えて支度してくれた。

十年前に、健康を害したのをきっかけに、第二の職場も辞めてからだろうか、ときどき財布や鍵の在りかを探すようになったのは。それまでも、人並みに酒を嗜んだから、記憶を無くすほどに深酒をして、二度か三度は財布や傘を店に置き忘れたことはある。だが、それとはちがって、ふだんの行動を思い出せないことがあった。探し物はいつも、トイレのタンクの上に置いてあったり、下駄箱の中に入っていたり、台所の流しの前の棚にあったり、と思いがけない場所から見つかった。

一度、職場のOB会で街中に出たときに、公衆電話ボックスの上に財布を置き忘れたこともあったが、そのときはすぐに気付いて慌てて戻ってみると、幸いなことにまだ誰も使用していなかったらしく、財布はテレホンカードを取り出したそのままに、ちょっと斜めになって置いてあった。

今日ももちろん、そうした思い当たるところは全て探した。下駄箱の中の革靴も一つ一つ中まで調べた。茶の間で自分の坐っている脇の小机に載せてある、老眼鏡やテレビのリモコンをしまっている小箱の中も確かめた。

散歩に出かけるときは、たいてい妻がいるので鍵は持たずに出かける。もし妻が急用で外出するときには、家の裏の物置の中の秘密の隠し場所に鍵を置いて出かけることにしてあった。それでも、この数日の散歩の際に着たジャンパーやズボンのポケットの中も手を入れてみた。洗濯機の脇の籠も掻き回した。もちろん物置の隠し場所も。だが、どこからも鍵は出てこない……。

梅雨明け間近だが、低気圧の急接近で雨模様となっていた。入院の保証人になってもらう末の息子と、午後一時に病院で待ち合わせているから、もう出かけなくては間に合わない。玄関口から、いつもちらと見えるはずの「山」は靄でけぶって、鉄塔も何も見えなかった。

263

斎木と奈穂は、野草園発十二時十分のバスに乗ることにした。市立病院には、三十分も早めについてしまうが、次のバスだと一時を少し過ぎてしまう。親父はせっかちだからなあ、と斎木は笑って、早い時間の方のバスにしようと言った。

「山」の上にも靄がひどく立ちこめていた。飛行機で雲の上に出たときに見える雲の固まりのようなものが、すうっと目の前を流れていく。いつもは、庭の枝垂れ桜の向こうに街並みとその奥に海が見えるが、いまは枝垂れ桜の背後から靄が立ち込めて視界がないので、自分のいる場所がまるで宙に浮かんでいるように感じられた。

奈穂は、ベランダに出てみた。湿気があり、冷たい空気の流れが顔に当たって気持がよい。小学校の低学年の頃、父親に連れられて登山をしていたときのこと、頂上が近くなると、雲が間近になるので、友達からビニール袋を預かり、雲を入れていく約束をしたことがあったのを思い出した。

斎木とともに表へ出ると、目の前の鉄塔もほんの下側までしか見えず、上の方は靄に閉ざされていた。売店では、ちょうど昼時なので、職人たちが所狭しと食事をしていた。外の縁石に座ってラーメンを食べていた職人さんが、この霧が晴れてくんないとどうしようもないよ、と声をかけた。

「前にもここの病院にきたことがある」

と奈穂は、バスを降りて、目の前の白い建物を見上げながら、少し沈んだ思いを抱いた。五年前の盛夏に、当時住んでいた山麓の町で、藍を育てるのに借りていた農家の畑へ、水をやりに軽自動車で急いでいるときに、反対車線に停めてあったトラックの陰から、突然飛び出してきた六十代の男性を避けきれなくて、人身事故を起こしてしまった。足を骨折したその男性の見舞いに何度か訪れたことがあったのだった。

　病室に着き、珍しく約束の時間になってもあらわれない斎木の父親を待っていると、やがて息せき切ってやって来た斎木の父親は、鍵を無くした顛末を話した。合い鍵で戸締まりをしてきたけれど、誰かが鍵を拾って、自分が出かけるのを見張っていて泥棒に入るかもしれない……。

　そんなに心配しなくても、親父、大丈夫だよ、と斎木は宥めるように言った。入院の承諾書に斎木が署名捺印すると、少しは落ち着いてきたようで、ほら、と斎木の父親は、嬉しそうに窓の正面を指差した。ちょうど霧が晴れてきて、「山」と鉄塔が見え始めていた。

「ここからは鉄塔がよく見えるじゃないか」

「そんなこと。こっちは、明日の手術を前にして、そんなものを見ている心の余裕はないわよ」

　と斎木の母親はにべもなく答えた。

264

「これで三度目か」

　斎木の母親の手術を、手術室の前の長椅子で父親と待ちながら斎木は心の中でつぶやいた。

　それは、自分と同じ日に母親も内視鏡検査を受けて、病変が見つかった、と奈穂に知らされたときにも湧き上がった思いだった。どういうわけか、斎木は母親と同じときに身体を病むことがこれまでにもあった。

最初は、中学二年生から三年になるときの春休みだった。ぎっくり腰になって一人で歩けない母親に肩を貸して近所の整形外科まで附いて行った。その頃バスケットボールの選手だった斎木は、練習のやりすぎからか、しばしば腰に痛みを覚え、足先にかけてビリビリ痺れるような感覚に悩まされていた。母親の診察が終わってから、念のため、斎木もレントゲン写真を撮ってもらうと、椎間板ヘルニアで、即刻入院を言い渡された。退院したのは新学期も過ぎた五月だった。

二度目は、東京で最初の所帯を持ったばかりの頃だった。長女が生まれ、母子ともまだ病院におり、ひさしぶりに一人暮らしをしてのんびり風呂に浸かっているときに、下腹の性器の付け根に小さな塊があるのに気付いた。病院に行く暇もなく、そのまま放っておくと、それは姿といい大きさといい、鱈子を想わせるような大きな腫れ物となっていった。膿が黄色く下着を汚すようになった頃、我慢が出来ずに病院に行くと、たぶん脂肪の塊だろうという診断で、翌日に手術して切ることになった。よく、そんなになるまで放って置いたものだ、と医者が呆れたように言った。

部分麻酔で済んだので、少し休んでから家に帰ると、珍しく父親から電話があった。そこで、はじめて斎木は、子供が産まれたことを知らせたのだった。そして、父親からの電話は、母親が子宮筋腫で、子宮の全剔出（てきしゅつ）手術を受けたという知らせだった。

それを聞きながら、斎木は、家出同然に上京して、親子の血のつながりを否定するように生きてきたが、それでも逃れられない不思議な親子の紐帯（ちゅうたい）があることを思い知らされた気がしたものだった。

そして、いままた母親は、自分と同じ手術を同じ時期に受けている。モニターに映っていた、細い針金でできたスネアーという「なげなわ」のような器具を腫瘍にひっかけて高圧電流で焼き切る様が、斎木の脳裏にありありと浮かんだ。

隣で父親が、ぽつりと何か言った。聞き返すと、

「うちに、おまえたちが入ってくれないだろうか。裏を改造すれば染め場にもなるだろうし」

265

朝から共同住宅の駐車場で遊んでいる子供たちのはしゃぎ声が、いつまで経っても止まない。

（ああ、今日から夏休みがはじまったのか）

と仕事をしていた斎木は気付いた。ということは、自分の誕生日でもある……。子供のときのように喜ぶ気持とは遠いが、やはり少しは特別な日に感じられた。

ベランダに立って見ると、手前の欅（けやき）の大木が強い陽射しを浴びて白っぽく見える枝葉を大きく広げているので、冬に比べるとだいぶ視界が狭まっているが、それでも市街の向こうに河口と海が見通せた。海からは、積乱雲が立ち上っている。

「これは間違いなく梅雨明けだな」

と斎木は、両手を握って背伸びしながらひとりごちた。もうカモガヤの花粉に悩まされることもない、もっとも過ごしやすく好きな季節の到来だった。

奈穂は、染め直していただきたい着物をほどいて反物にしました、という電話が、浅野さんからかかってきたのを受けて、手が早いことに感心しては、さっそく引き取りに出かけていた。

「梅雨明けだって、売店のおねえさんが言ってた」

紺色の風呂敷包みを持ち帰った奈穂が教えた。

「やっぱり。これからは缶ビールが売れるぞ」

斎木は笑顔で答えた。

実際、肉体労働をしていたときに、仕事の後に飲むビールの味は格別だった。よくぞ男に生まれけり、とでも言いたくなるほどの充実感を覚えた。

炎天下、汗を滴らせながら穴を掘り建柱した外灯の数々を斎木は想った。穴掘り一つとっても、土のかたさ、やわらかさ、ガラ、石ころの多さ、少なさに応じて腕の力の入れ加減を変え、地中に縦横に埋まっている配管や高圧ケーブルなどを傷つけないようにと、繊細な神経が要求された。それを感じ取る能力を斎木は、「絶対音感」ならぬ「絶対土感」と呼んで密かに誇っていたものだ。大きな石は丹念に周りから掘り起こし、スコップの刃と軋(きし)り合いながら、石がぐらりと動く瞬間の喜び——それは座業になった今の生活では味わえないものだった。

夕食は、奈穂が鰻丼を作った。斎木の誕生日には、土用の丑の日に生まれたことにちなんで、鰻を食べるのが、この数年来習慣のようになっていた。鰻はスーパーで買い求めたものだが、蒸し器を使って、蓋の下には手拭いを敷いて水蒸気が中へこぼれ落ちないように丁寧に蒸すと、ほどよく脂が抜けて、上品な味になった。

その食事の間中、ほうぼうの部屋の窓が開け放たれているので、さまざまな物音が聞こえる中、青葉木菟も負けじと啼き募っていた。

266

「今日、浅野さんと話したんだけど」

夕食後、浅野さんから頂いた枇杷を食べながら奈穂が言った。「できれば、不動産屋さんなんかは通さずに、直接契約したいそうなの」

「それは条件にもよるだろうけど。でも、後になって揉め事にならないように、ほんとうは不動産屋を間に立てた方がいいとおれは思うがな」

「ええ、それはわたしも心配。でもね、浅野さんが言うには、不動産屋さんを通すとなると、家の中の荷物を全部まっさらに引き上げなければならないからって。そうすると、広間にあったピアノなんかも処分しないといけないでしょ。それにも結構お金がかかるそうなの。それから、家の裏に、浅野さんが趣味でやっている畑仕事の道具が色々置いてあるらしいんだけど、それも置いたままにできないかって。それに部屋の荷物も、すぐにはアパートの方にすっかり移すことも無理だからって、弱った顔をされて……」

「そうか。確かに、ピアノや道具なんかは置いたままでも、おれたちは全然構わないけどな」

「うん。というより、ピアノは弾かせてもらってもいいなら、ちょっと楽しみだなあ」

「まあ、まだ決まった訳じゃないんだし、それに、おれたちの方も、これからのことを合わせて考えなければならないと思うんだ」

斎木は、少し嗜めるように生真面目（きまじめ）な表情になった。「例えば、浅野さんのところが借りられることになったとしたら、この住宅も引き払って全部引っ越すのか、それとも、仕事場だけ移すのかもまず決めなきゃならないだろう」

「そうよねえ……」

奈穂も考える顔付きになった。「二階もあるから、住まいと仕事場の両方に使っても充分すぎる間取りだとは思うけれど。でも、ここはいつか買えるといいなって気に入っているから、すっかり引っ越してしまうのは、躊躇ってしまうかなあ」

「おれも、ここはちょうど自分たちにふさわしいというか、これでも前からすれば、夢みたいな住まいだっただろう。正直のところ、浅野さんの家を一軒借りて住むのは、身分不相応な気がするんだ」

斎木の言葉に、奈穂も大きく頷いた。

「だから例えばさ、当面は台所と工房に使う下の広間と、その奥にあるっていう和室だけを間借りさせてもらうように頼んだらどうだろう。そうすれば、他の部屋には、アパートに入りきらない浅野さんの荷物を置いたままでも構わないし……」

その斎木の話の途中に電話がかかってきた。受けた奈穂が硬い表情で、「細井さんから」と受話器を差し出した。

267

それは、斎木の別れた妻の旧姓だった。夜分の電話は取り次がないことにしているが、だから奈穂は珍しく斎木に電話を替わったのだった。

「もしもし、あたしですけど……」

広い空間の底から聞こえてくるように、妙に静まった、そしてどこか媚びをふくんだ声が聞こえた。「瞬が家出したの、まさかそっちに行ったりしていないでしょうよね」

「いいや、連絡も何もない」

と斎木は答えた。瞬は、斎木と前妻との間に生まれた末の息子で、長く会っていないが、中学三年生になっているはずだった。「そうか、奴が家出したか」

そういえば夏休みだもんな、と少しとぼけた思いが萌した。

「そんな悠長なことを言ってる場合じゃないでしょうが。ねえ、どうしたらいいのよ。中学校の友達のところにもどこにもいないのよ、そうしたら、自転車で東京まで行くって友達に言ってたって。確かに自転車と大きなスポーツバッグが無くなってるのよ……」

話しているうちに、急に激してくるのも以前と同じだった。

「どうしたらって、そんな急に言われてもな」

「警察に連絡した方がいいかしら」

「そんな必要はないだろう。夏だから野宿だって出来るし、行き倒れになることはないだろう。そのうち、ケロッと帰ってくるんじゃないのか」

「そんな自分では捜しもしないで。いつもそうなんだ、何にもしないで、面倒をあたしにだけ押しつけて」

最後は涙声になった。

「そんなことはないと思うがな」

と斎木は答え、こんな話は押し問答にしかならない、と思い、話題を戻した。「それで、瞬の奴はいくらか金を持って出てるのか」

「さあ、少しはそっちから送ってもらったクリスマスや誕生祝いのお金は貯めてたみたいだけど。それでも一、二万てとこでしょ」

「それから、書き置きなんかはなかったのか」

「それは無かったんだけど……」

こういう思わせぶりな彼女のやり方が、自分はどうしても馴染めなかった、と斎木は思い出し、

「無かったんだけど、何だっていうんだ」

と強い口調で問い質(ただ)した。

「……あたしの携帯に、瞬からメールが届いたの」

「何だ、瞬まで携帯持っているのか」

斎木は呆れたように言い、ともかく携帯のメールアドレスを聞き出した。

268

斎木も奈穂も、携帯電話やPHSを持たないので、どんなふうにしてあの小さな画面でメールのやりとりをするのか想像も付かなければ、仕事で使っているパソコンからでもちゃんと送ることが出来るのかも不案内だったが、とにかく教えられたメールアドレスに送ってみる、と返事をして斎木は電話を切った。

心配げに様子を窺っていた奈穂に、末の息子が家出したらしい、と斎木は苦笑を浮かべて言った。

「自転車で、東京を目指して走っているらしい。もっとも、携帯で母親には連絡しているらしいが」

「そうなの」

と奈穂は少し安心した顔付きになった。「それにしても、自転車で東京へ行こうと考えるな

んて、やっぱり男の子は、勇気があるのね」

「それはそうだ。芭蕉が『奥の細道』でやって来たのを逆に辿っていることになるな、もちろん本人はそんなことを考えてもいないだろうけれど」

斎木は、一度仕舞ったノートパソコンを食卓へ置いた。アドレスは、携帯電話会社のらしいプロバイダー名の前に、どういう意味なのか「bump.」「ch-ic-ken」といった名前とはちがった暗号めいた文字が並んでいた。ともかく、その妙なアドレスに向けてメールを書いた。

〈瞬、元気か。届くかどうかわからないが送ってみる。自転車で東京に向かっているとお母さんから聞いた。今、どのあたりだろうか。何か困ったことがあったら、このメールに返信しろ。それから、おれに相談することがあったら連絡しろよ。父より〉

たぶん、あまり多くの字数は送れないと思うので、電報の文章のようになってしまったと思いながら、斎木は送信した。

これまでも、それぞれの子供たちの誕生祝いやクリスマスの度に、短い手紙を添えて、贈り物を贈った。一年間ノルウェーに滞在していたときも、そうした。だが、手紙での返事はおろか、届いたのかどうなのかを知らせる便りも一切なかった。礼を言って欲しいわけではなく、そういう当たり前の習慣を持たずに大人になることは、斎木は常に気がかりだった。

「言わなかったけれど、最近は、あまりあの家に住んでいないと思うわ。水道料金が少ないから」

ふいに奈穂が言った。

家のローンと養育費を払うかわりに、せめて水道料金ぐらいは支払人の名義を変えて支払ってくれるようにこの十年間何度も手紙で頼んだが、返事は梨の礫（つぶて）で、別れた妻子の住む家の水道料金は、いまだに斎木の通帳から、引き落とされていた。

269

そうか……、と斎木は溜め息をついた。今では、財布をすっかり奈穂に預けて、別れた妻子の住む家の住宅ローンの返済や、月末の家賃の支払いや、公共料金などの自動引き落としがかかる銀行への金の移動など一切合財を任せている。

ノルウェーに滞在していたときまでは、複数の借金先への返済のやりくりなどをいちいち教えるのも面倒だったし、養育費の支払いもあったので、気が引けたということもあったが、ともかく奈穂にはせっかく留学のチャンスが与えられたのだから、余計な心配事に煩わせたくなかった。

それが帰国後、奈穂の方から、これからは自分が少しでも家計のやりくりをして、斎木の精神的な負担を分け持ちたい、と申し出たのだった。

最初のうちは、住宅金融公庫や銀行のローンの他に、家の施工を請け負った工務店の温情にすがるように支払いを延ばす形で個人的に借金しているものや、斎木が身体をこわして仕事ができなかったときに生活費と仕送りにあてるためにやむを得ず借りたカードローンなどの支払いの多さに呆然するると共に、返済期日までに入金をするのを忘れていたために、銀行からカードの使用を停止する処分を受けたりして意気阻喪したこともあった奈穂だったが、今ではようやく慣れて、帰ってくる度に落ち込んでいるようなことはなくなった。

当初は、家のローンと、末の息子が二十歳になるまでということで養育費を払い続けていた。ところが、ノルウェーから帰ると、車の名義を変えたいので印鑑証明書を送って欲しい、と突然、前妻から電話がかかってきた。応じるのはいいが、重要な印鑑証明書をただ送るわけにも行かないので、斎木は詳しく事情を問い質した。

——再婚したのよ、だから。

と前妻はようやく口を割った。

——それなら、あの家は空き家になってるのか。

——ううん。再婚はしたけれど、この家にはまだ子供たちもみんな住んでいるわ。

と前妻は答えた。

そして、じゃあ再婚した相手が一緒に住んでいるのか、と聞けば、相手は近所に住んでいるが、同居はしていないという。

斎木は、いったいどうなっているのか、頭が混乱した。ともかく、家のローンや養育費のことも考え直さなければならないから、詳しいことを教えて欲しいと頼んだ。それに対して、

——向こうにも子供がいるし、両親とも同居していて、いまは、まだ向こうの家に入る決心

が付かないの。お願いだから、もう少しこのままの状態にしておいて。

前妻は、急に態度を変えて、哀願したのだった。

270

——それで、再婚してどれぐらい経つんだ。

と斎木はつとめて、平静に訊いた。

——そんなこと、いちいち教える必要はないじゃない。そっちだって勝手に再婚したんだから。

斎木の前妻は、声を荒らげて一方的に電話を切った。

そう言われても、こっちには、税金の確定申告の際に、養育費を支払っている子供たちを扶養にしてきたが、再婚相手の扶養に入ったとしたらそれを訂正しなければならないなど、色々と確認しなければならないんだが、と斎木は受話器をやり切れない思いで見遣ってから、置いた。

それに、何よりも、子供たちが元気にしているのかどうか、が知りたかった。

離婚してから斎木が、子供たちに会うことが出来たのは、離婚した翌年に中学校に上がった長女の文化祭で、小学四年生の次女と小学二年生だった末の息子たちとも会ったのと、その少し後に、前妻に連れられて斎木の住む街へ買い物にやって来た子供たちにお年玉を渡したこと、そして小学校三年生になった末の息子が、一人で電車に乗って連休中に一日会いに来たこと、それぐらいだった。

斎木が子供たちに会いに来るのは、世間の目があるから絶対にやめて欲しい、と前妻が頑なに拒むようになったのは、再婚した人と付き合いはじめたからだろう。その気持ちは斎木もわからないではなかったので、こちらから無理に会うことはせずに、せいぜい誕生日やクリスマスなどに、子供たちに手紙を書くようにしたのだった。

そのうち、思春期になった娘たちは、もう男親にはあまり会いたがらないものだろう、と斎木は想像した。ただし末の息子が心配で、いつでも会いに来るように、と手紙には必ず記したが、それに応じて来ることはなかった。

――車で、キャンプや釣りに誘ってくれる人がいて、瞬はブラックバス釣りに夢中なの。腕前はなかなかなのよ。

と、以前、前妻から電話で得意げに教えられたときには、それはそれでよかったのかもしれない、と斎木は安堵した。

人並みに車も運転しなければ、家庭サービスもしたがらない、それは、生活に追われていたからではあるけれど、そんな斎木に向かって、

――あなたがよそみたいにふつうのお父さんだったらよかった。

と言うのが前妻の口癖だった。

二人のどちらが悪いというのではなく、ただ相性が合わず、互いに求めるものがちがっていたということなのだろう、とそのとき斎木は思った。

前妻が再婚したことを打ち明けた電話があってから、斎木は印鑑証明書を送り、その後何度か電話や手紙でどうなったのかを問い合わせたが、電話には誰も出ず、手紙の返事も届かなかった。

半年も経った頃だったろうか。離婚する前に住んでいた北関東の町の役場から、滞納している自動車税を支払うように、という通知が来た。車の名義は、自分から前妻に変わったはずだが、妙だな、と思い、斎木は支払書のコピーとともに、いったいどうなっているのか知らせるようにと、強い文句で手紙を書き送った。再婚した相手の姓を知らないので、旧姓宛で申し訳ないが、とも一言添えて。

それでようやく、前妻から電話がかかってきた。

——ああ、あの車は古くなったので廃車処分にして買い換えることにしたの。こっちで役所には連絡するから、支払書は支払わずにそのままにしておいて構わないから。

それは、携帯電話かららしく、声は途切れがちで、雑音も混じって少し聞き取りにくかった。それでも、生活が落ち着いているのか、物言いはかつてに比べれば柔らかになっていた。そして、彼女は取って付けたように言い加えた。

——そういえば、向こうが子供たちの部屋を増築してくれて、引っ越しすることにしましたから。

——わかった。それじゃあ、家のことと養育費をどうするか考えて、近いうちに手紙を送るよ。

と斎木が答え、子供たちは元気にしているか、と訊ねると、高校生と中学生になっている娘たちの成績がよいことを誇らしげに言い、小学生の末の息子も身長が低いが元気に友達と遊び回っている、と聞かされて、取りあえずの安堵を得た。

そして、前妻は電話を切る前に、

——あなたたちも早く子供を作った方がいいわよ。

と含み笑いをするように言ったのだった。

そのとき、斎木が電話を切るなり、奈穂が、

——いま、どっちに住んでいるって？

と訊いた。

——さあ、聞かなかったけれど、引っ越しをするっていうことだから、まだおれが建てた家に住んでいるんじゃないかな。

と斎木が答えると、

——たぶん、あの家にはもう住んでいないと思うけどなあ、ここ二回の水道代、引き落とされてるのは、ほとんど基本料金だけだもの。

奈穂はそう言って、大きく溜め息をついた。確かにそうかもしれない、と斎木も思った。もちろん、電話の最後に前妻が言い放った言葉は、奈穂には告げなかった。

272

斎木は前妻に宛てて手紙をしたためた。

〈細井幸子様（新しい姓がわからないので旧姓で失礼します）

先日は電話で返事を頂きありがとうございました。お元気でお暮らしのことと思います。子供たちの養育、感謝しています。家の件と養育費についてこれからどうするか、私の考えを左記しますので、ご検討の上、回答いただければ幸いです。

一、このまま家に住み続ける場合

その場合は、私の名義のままにしていただけるなら、住宅ローンの支払いは、私の方で全額行います。その金額の中に、養育費も含まれると考えて下さい。

二、財産分与として家と土地をという場合

財産分与の額は、おそらく二分の一が適当と思われますので、その分を名義変更してもいいのですが、まだ返済がかなり残っている公庫や銀行から、一括返済を要求される可能性もあります。また、名義変更後、そちらで家を売っても高い金額にはならず得策ではないように思えます。

以前、瞬の名義に、という話もありましたが、今すぐですと、贈与税の問題があると思われますし、金融機関との問題もあります。ともかくローンの支払いが無事終了した時点で、贈与税の問題などを考えて検討するということではどうでしょうか。

三、養育費について

再婚者の方の家に引っ越されるのであれば、これまで通りの養育費を瞬が成人するまで、月々支払い続けます。ただし、空き家となる家と土地は、こちらで売りに出します。その場合は、不動産屋に相談する都合もありますので、できるだけ早急に、家を明け渡せる時期を教えて下さい。

四、水道料金について

現在水道料金がこちらに請求が来ています。いまの家に住み続けるのであれば、これは役場に行って居住者の変更の手続きをとり、そちらで支払うようにしていただければ幸いです。

五、子供との面会について

娘たちは、難しい年頃で会いたくないということもあると思いますが、瞬の誕生祝いだけでも、今年は本人に直接会って買ってやりたいと思います。そちらでも都合があるでしょうから、いい日を教えてもらえれば幸いです。そちらの駅まで迎えに行きます。

以上の件についてご返事いただければと思います。どうぞ、皆さんお元気でお過ごし下さい。

さようなら。

斎木鮮(あきら)〉

これまでの経緯から、返事がなかなか来ないことがあり得るので、斎木は、返信用の封筒と、○を点ければすむようにした回答用紙を同封した。

ひと月ほど経って届いた返事には、財産分与として家と土地を、とも、再婚者の家に住む場合の養育費の方を選ぶとも印がついていなかった。そして、家のことはあと一、二ヶ月待ってほしいこと。相手側は、いつでも受け入れができるように改築もおわり、すぐにでも引っ越せるのだけれど、自分も子供達もなかなか新しい生活へ踏み切れないこと。それらの事柄が余白に記されてあった。

水道料金の件と、瞬と会わせることについては、承知する、という箇所に○が付いていた。だが、瞬に会うのに都合がいい日は空欄のままだった。そして末尾に、鈴木幸子という新しい姓名が記されてあった。

それを読んで斎木は、とりあえずはこのまま住宅ローンと養育費を支払うことを続けるしかないか、と嘆息した。その一方で、双方の家と家を行ったり来たりする結婚生活というものもあるのか、と合点が行かない思いがした。そして、家の増築までして迎え入れようとしたにもかかわらず、まだ決心が付かないと応じられている、前妻の見知らぬ再婚相手に、同情のような思いが兆した。

――再婚したのに、なぜ相手の家に引っ越さないのだろう。

と、奈穂は、肩を落とした。

一方斎木は、前妻が再婚して幸せになることは願っていたが、それによって自分が慰謝料に相当する金を払い続ける義務が無くなるとは思えなかった。斎木が奈穂と付き合い始めたとき、家では諍いが絶えず落ち着いて仕事が出来ないので、別居してアパート住まいをしていた。そこから、まだ続けていた電気工の仕事にも通っていた。だから、奈穂と出会わなくとも、前妻とは別れることになっていただろう。だが、そのときはまだ、形の上だけでも結婚生活が続いていたことも事実だった。その負い目を斎木が抱き続けていることを、ときおり奈穂はやりきれなく思うことがあった。

三匹の犬と共に暮らせるような静かな土地でやり直させて欲しい、という前妻の希望に叶った土地を、ある文学賞の賞金を頭金にして購入した翌日に、斎木は東京で奈穂と出会ったのだった。

274

二ヶ月待ち、さらに数ヶ月待ったが、前妻からの音沙汰はなかった。そんな日に、月末の支払いをしに銀行に出かけた奈穂が、潮垂れた様子で帰ってくると、無言で斎木に通帳を渡した。記帳されたページを斎木が眺めてみると、残高が百円にも満たなかった。肺機能障害と喘息、鬱病、高血圧の治療で、三ヶ所の病院通いを毎月続けながらの執筆では、もちろん奈穂も染色の仕事で助けてはいたが、二ヶ所の家計を賄うことは不可能になっていた。

——今月は、カードローンに充てる残金が少ないから、養育費の引き落としがかかる前にお金をうごかしておこうと急いだんだけど、間に合わなかったの。それに、まだしっかりと水道代も引き落とされている……。

俯いたまま、奈穂が言った。

——私の名義のカードで借金しないと、ここの家賃が払えない。

——こいつは何とかしないと共倒れになるな。

斎木は眉根を寄せた額を拳で叩いた。これではまるで、大量の睡眠薬を服んでしまったあのときと同じ状態だ、と心の中で頭を抱えた。

——水道代は、今度も基本料金ぐらいしか引き落とされていないから、たぶん再婚した人の家にもう住んでると思うの。私は、何も水道代にこだわっているわけじゃないのよ、だけど、向こうの生活に具体的にかかわっている費用の請求が、直に自分に来るのって、精神的に参ってしまう……。

そう言って奈穂は頭を振った。

——……あーあ、いまだったら、いくら好きでも、子供がいる人と結婚するのは考えるだろうな。

少し投げ遣りな奈穂の科白に、

――いまになってそんなことを言うのはよせよ。

斎木は思わず声を荒らげた。それから、二人はしばらく黙りこくって向き合っていた。

――……なあ。

と斎木は口を開いた。

――おれたちが仲たがいしてしまったら、それこそ向こうの思うつぼだろう。ともかく水道料金のことはすぐに抗議するとして、家のことは、誰か第三者に間に入ってもらうことを考えよう。いままで離婚の条件をはっきりさせなかったことにも問題があるからな。例えば、大山にでも頼んでみようかと思うんだ。

――そうね。それがいいかもしれない。

奈穂も、気持ちが落ち着いたように頷いた。

――さっき、悪いことを言ってしまったね、ごめん。

――まあ、ふつうの神経じゃ耐えきれないだろう。

――私、いやなことってすぐ忘れてしまうからなあ。

奈穂は気を紛らすように、いつも斎木に言われることを冗談口にして笑みを浮かべた。

275

外の格子戸が開かれるときに聞こえる鈴の音がした。まもなく重い開き戸を開けて大山が顔を出した。勤め帰りで、グレーのスーツ姿だった。

——よお、しばらく。

先に『一合庵』で夕刊を読みながら待っていた斎木は、手を上げた。客はそれまで彼一人だった。

——ほんとうだな、前に飲んだのは、ノルウェーに行く直前だったもんな。

靴を脱いで、掘り炬燵のように足を伸ばせるカウンターにつきながら大山が答えた。

物音がしたけれど、という顔つきで奥の台所から顔を出した女将が、ああ、ようこそいらっしゃいませ、と大山に声をかけて、すかさずおしぼりを取りに戻った。斎木と大山は、ゆっくりと酒が酌めるので、この店で飲むことが多かった。

——ひさしぶりに「山」から下りてきたよ。最近は街に出ることもめっきり少なくなって。

——どうだ、マンションてやつの住み心地は。

と大山が訊いた。

——まあ、住み慣れてみると、思っていたよりも長屋風の趣もあって、なかなか快適だよ。何と言っても、一戸建てとちがって雑草を抜く手間がかからないしな。

斎木は笑って答えた。

——そうかそれはよかった。

直接周旋してくれた不動産屋はちがうところだったが、ノルウェーへ行く前に引っ越し先を焦って探しているときに、斎木は大山にずいぶんと相談に乗ってもらっていた。それから、奈穂が車の人身事故を起こしたときも、斎木は自動車保険には不案内なので、電話で奈穂の話を聞いてもらった。そして、斎木の別れた妻子が住む家の土地を探して世話してくれたのも彼だった。

女将がビールとお通しのそら豆を運んできて、改めて三人で乾杯し、

――息子が釣ってきたメバルがあるんです。煮付にしようと思いますけど、よろしいですか。

といわれて、そいつは豪勢だな、ぜひお願いします、と彼等が口々に答えると、女将はまた自宅のものと兼ねている台所へとさがった。

話はどちらともなく、不景気の話題となった。斎木がノルウェーに行っている一年間に、まさかつぶれることはないといわれていた地元銀行が破綻し、取引のあった中小企業の多くが連鎖倒産していた。そして、斎木が、今年に入って、月々の支払い額が三万円近く跳ね上がった住宅ローンのことを嘆くと、

――あれは、「ゆとり返済」じゃなく、いまは「おとり返済」っていうんだぜ。

と大山が苦笑した。

276

――それで相談なんだが。

斎木は切り出した。

――前の女房が、近所に住む人と再婚したそうなんだ。

——そうか、まあよかったんじゃないかな。

大山は答えた。大学時代を東京で送った彼は、前妻が土地に馴染めず、逃げるように度重なる引っ越しを斎木が繰り返したときに、車の運転をしない斎木に代わって、引っ越しトラックの運転を引き受けてくれたものだった。前妻も大山にだけは、不思議と愛想を見せ、子供好きなので、斎木の子供たちからも親しまれていた。

——じゃあ、それで、あの家がいま空き家になっている、というわけだ。

だいたい相談の内容の想像がついたというふうに、大山が小さく何度も頷きながら言った。

——いや、それが、そうじゃなくて、たぶん再婚した家に入ることになるだろうが、まだ決心が付かない、と彼女が言っているんだよ。

——そうか……。

大山は息をついた。斎木の前妻の性格は、彼にはよくわかっていたので、意外な顔付きにはならなかった。

——ただ、おれとしても、家のローンと養育費を払い続けるのはちょっときつくなってきているんで、財産分与を不動産でするか、それとも養育費の方を選ぶか決めて欲しい、と手紙を出したんだ。

——だが、家と土地はまだローンが残っているだろうから、財産分与というのは難しいだろうな。

——ああ、やっぱりな。たぶん家の方は明け渡してもらって売りに出して、養育費を末の息子が二十歳になるまで払い続けることに収まるとは思うんだが。

——まあ、それが妥当だろうな。

——それで、まだはっきりと決まったわけではないが、家の売却にあたって色々と教わりたいと思ってな、よろしく頼むよ。

——ああ、わかった。それで、残高はいまどれぐらい残っているんだ。

——それが、はっきりした額がわからないんだ。

——わからないって、お前、銀行から年末に残高証明が送られてくるだろうが。

——それが、向こうの家に届くだろう。いくら転送してくれと頼んでも、送って寄こさないんだ。

——そうか、なるほど。

と大山は苦笑した。

——じゃあ、これまで住宅取得控除も受けなかったのか。

——ああ、確定申告の時期には、いつもどうしようか悩まされたんだが、証明書もないし、自分は家を出て、別れた妻子だけが住んでいるという引け目もあってな。そういうことも含めて、大山に間に入って交渉してもらえないかと思ってな。

わかった、一度連絡を取ってみるから、住所と電話番号を教えてくれるか、と大山は快諾してくれた。

――もっとも、今は部署が変わっているから、家の売買の方は、おれが直接担当するってわけにはいかないんで、うちの若い奴に担当させるよ。ローンの残高も、銀行に行かせて調べさせるから。明日にでも、担当者に挨拶の電話をかけさせる。

――そうか、いつも済まないな。

斎木は深く頭を垂れた。

――それにしても、土地を一緒に見に行ったときには、まさかこんなことを頼むようになるとは思わなかったよ。まあおれの自業自得だな、勘弁してくれ。

――まあ、草ぼうぼうだったところを更地にするところから付き合ったんだから、色々とおれの思いも複雑だけどな。でも、うまく交渉がまとまって、養育費でということになれば、おまえの負担も減るだろうから、よかったんじゃないか。

と、大山は思い切るように言った。

――だがな、はっきり言って、売ってもローンの残債は何百万も残るだろうな。これまでの返済はほとんど利息分ぐらいで、元金はいくらも減っていないはずだから。おまけに不動産もかなり値下がりしてるし。

——それは覚悟してるよ。

——じゃあ、そうだな、来週中には、だいたいの売値を鑑定させて知らせることができると思う。

と大山は請け合い、空の銚子を振った。斎木が奥へ、酒を注文した。

——ところで、子供たちにはまだ会わせてもらえないのか？

——ああ。

——一番下の、瞬君と言ったか、いくつになった。

——中学生になってるはずだ。

そうか、おれが知っているのは幼稚園のときだもんな。大丈夫だよ、大きくなれば向こうから会いに来るさ。おれも、幼稚園のときに別れた母親に、二十歳のときにようやく会うことが出来たんだ。おまけに、再婚した親父のところには、十三も年の離れた可愛い妹もできたんだからな。

大山は元気づけるように言った。

——何だか深刻そうだったんで。

燗酒を運んできた女将が言った。

——いいえ、たいがい済みましたんで、おかあさんも一緒に飲みましょう。どうぞビールを持ってきて。

斎木が、ビールしか飲まない女将に言った。

――うちでもね、財産問題で揉めていた前のアパートを取り壊すことが正式に決まったんですよ。

ビールを手にカウンターに戻ってきた女将が、さばさばした口調で言った。

278

それから、斎木と大山は、二週間と経たないうちに『一合庵』でふたたび酒を酌むことになった。何度も足を運んだ馴染みの界隈なはずだったのが、斎木は知らないうちに、店への曲がり角を過ぎ、店の前にアパートがあった場所を通り過ぎていた。

いざ取り壊すと決まれば、容赦なく、呆気ないものだな、と呟きながら、斎木は踵を返した。

更地の向こうに、いつも横っちょに設けられている店の入口からしか入らないので、目にすることの無かった家の表玄関の門灯が、路地の曲がり角から、直に風に曝されているように見通された。

――前に、裁判が持ち上がってるってことはお話ししましたよね。実は、アパートが借金の形になっていたんです。それがいつの間にかアパートの名義がかわっていて裁判所に差し押さえられてしまってたんです。元々は、死んだ亭主がこさえた借金が原因なんですけれど。これが、義姉にしてたんですよ。そんなことあたしはちっとも知らなかったんです。アパートが建っている土地の半分は、その義姉の名義で、あとの半分は、息子の名義になってました。だからほんとうは、あたしはアパートには何の関係もないんです、でも実際ずっと管理してきたのは自分ですけれど。

それが急に、不動産屋から訴えられて裁判だなんていうことになって……。義姉が土地を不動産屋に売ってしまっていたんですよ、それで何でそんなことをしたのかということになって、義姉があたしの亭主の昔の借金のことを持ち出してきたという訳なんです。あたしは争う気なんか全然ありませんから、裁判にも一度も出てません。子供たちゃ義姉と不動産屋が、あたしの知らないところで、何だか勝手にやってると思ってただけです。その裁判に負けてしまったらしいので、アパートは取り壊されることになったんです。

なんだか、あたしはこの家に嫁として入っただけで、この家のことには何も関わらせてもらえないんだなあって、寂しい気がしましてねえ。家っていったい何なんでしょうね。あたしは、生きているうちにどんなに狭いところでもいいから、アパートで独り暮らしてみたい、それがただ一つの願い、夢なんですけど……。

前に訪れたときに、女将が自分から思い切るように言った口調が思い出された。女将は、鳥取の生まれで、母の顔を知らずに小さい頃からずっと父親の面倒を見てきて、たまたま鉄道工事に訪れた亭主に見初められ、何も知らないこの東北の地に嫁いで来たということだった。

——ここまで事を運んでもらいながら、振り出しに戻すようで、ほんとうに済まない。

斎木は、遅れて店に顔を出した大山に、正座して頭を下げた。

——まあまあ、顔を上げろよ。

大山は明るい声で言った。

——こんな商売をしていたら、ときにはこんなこともあるさ。

大山に間に入ってもらい、前妻には養育費を払うことに、いったんは話が落ち着いた。引っ越しも済み、それを受けて、正式に家を売ることになり、大山から引き継いだ不動産屋の若手の担当者からも、まず当初の売値が提示された。買い手が付かなければ、また値を下げるということだったが、いずれにしても数百万ではきかない残債は、覚悟しなければならないようだった。

家が建っているのは、この街から電車でおよそ小一時間南に行った土地だった。温暖な海辺の土地の林檎や苺などの果樹園が広がる山裾にあるので、駅から六キロほどあり電車で通勤するには少し不便だが、例えば工芸家のような人の中には購入する人もいるかもしれない、と考えて、斎木も奈穂の仕事仲間などに声をかけてもらうことにした。それから、ずいぶんと無沙汰している街のバーへ赴いて、マスターに事情を話して客のあてがあったら紹介して欲しい、と頼んだ。ホテルのバーで修業したマスターは顔が広く、また野鳥好きなので、斎木とも話がよくあった。

——このあいだ、仕事帰りに、こんな街中で怪我をしているフクロウの子供を拾いましてね、どうしようかと思い迷った末に、交番に届けたんです。お巡りさんもすっかり困ってしまいましてね、結局、動物園に保護してもらったんです。

と、その夜も土産となる話を聞かせてもらった。

そうしている矢先に、先妻から、やはり家をすっかり移ることはできないので、売るのは止めて欲しい、という電話がかかってきたのだった。

——一度移ったけれど、やはりだめで、子供たちと一緒に戻ってきたの。お願いですから、この家に住まわせ続けて下さい。

と電話口で哀願された。携帯電話からではなく、家の電話かららしいのが、静まった広い空間の底から聞こえてくるような声で窺われた。

——最後に、子供たちの姓は元に戻しましたから、と謎めいた科白を残して電話が切れたんだが……。また離婚したってことだろうか。

斎木が、どう思う、と目を向けると、

——だが、この前会ったときには、お腹が大きい様子だったからな。

と大山も首を傾げた。……

そのときから、およそ二年が経っていた。

斎木は家のローンを払い続け、相変わらず、水道料金も引き落とされていた。その額は月によって極端に多かったかと思うと、基本料金程度のこともあった。それによって、まだ再婚先と斎木が建てた家とを行ったり来たりしているらしいことが窺われた。

斎木は、三ヶ所の病院通いは相変わらず続いていたが、病気を飼い慣らしながら一年間に三冊の本が出せるほど仕事をこなすことが出来るようになり、奈穂も年に二回個展を開いて、客を呼べるようになった。カードローンの借金はあったが、その額もどうにか少しずつ減るようになっていた。高校の教師をしている高校時代の友人から、斎木の長女が、東京の医療短大に進学した話や、次女が同じ高校に入学した報せがもたらされもした。

子供たちからも前妻からも、直接、音沙汰がないのは、何とか向こうで無事にうまくやっているしるしだろう、と思うようにしていた。

そこへ、突然飛び込んできた今度の瞬の家出の連絡だった。

「あれだけ色々なことがあったら、家を出たくなる気持ちもわかる気がするなあ」

と奈穂は言った。

メールを送ってから斎木は、こまめに電子メールが届いていないかチェックするようにしていた。

「おっ、瞬の奴から届いたよ」

ふだんは夕食時に晩酌をした後は、目が疲れる上に不眠の原因ともなるのでパソコンの画面を見ないようにしていたが、いまはそうも言っておれず、夕食後もパソコンに向かっていた斎木が奈穂を呼んだ。「どれどれ、《じでん車で、東京へ向かっている。夜は野宿している。ケイタイのバッテリーがなくなるからもうじき連絡がとれなくなる》」

斎木は電文を読むようにした。そして、じでん車か、と苦笑した。携帯電話のメールは話し言葉なので、訛り（なま）もそのままなのだろう。連絡があってから三日経っているから、北関東あたりまでは辿り着いただろうか。

ともかくバッテリーが無くなる前にと思い、斎木は、さっそく返事を出すことにした。

〈携帯電話のバッテリーは、大きな電器屋が見つかったら、そこでただで充電させてもらえるはずだ。それから、ガソリンスタンドや市場に行けば、自転車ごとヒッチハイクさせてくれるトラックも見つかると思う。ともかく元気で。何かあったら連絡しろ。戻ってきたら一度会おう。父より〉

そして末尾に、住所と電話番号を付け加えた。

その日の深夜、斎木の先妻からもまた電話がかかってきた。斎木は導眠剤を飲んで眠っていたが、奈穂が代わって話を聞くわけにも行かず、無理に起こして電話口へと立たせた。

翌朝、斎木はおぼろげな記憶しかなく、電話を切ってすぐに奈穂に伝えていた言葉を教えられて、前夜の話の内容を知った。瞬から携帯電話で、もうバッテリーが無くなるから連絡はつかないのでそのつもりで、という連絡があった。いったいどうしたらいいんでしょうか、と慌てて相談してきたようだった。大丈夫、そのうちぶらっと帰ってくるよ、と斎木は応じていたという。

その、あまり心配していないような態度が相手の気に触ったらしく、少し押し問答があった末に電話を切り、

——瞬の奴、ずっと中学に行っていなかったそうなんだ。いつもそういう肝腎なことをギリギリになってから言ってくるんだからまいるよ。

と奈穂に言ってから、ふたたび床に就いたということだった。

朝になって、そのことを知らされた斎木は、自分も経験したようなただの家出ではなかったのか、と改めて思った。それは放っておけない事態だった。

さっそく詳しい話を聞こうと二度、三度と前妻のところに電話をかけても出なかったが、それ

でも何度も電話をかけ続けた。どちらの家にいるとしても、どこかに出かけているとしても、以前のように朝から布団を被って寝てしまっているとしても、それしか連絡をとる方法はなかった。

昼近くになって、ようやく前妻は電話に出た。近くで赤ん坊の泣き声が聞こえていた。

「朝から何度も電話してたんだが」

と斎木が言うと、

「こっちは子供も抱えて、駅まで送り迎えもしなければならないし、忙しいんだから」

と前妻はきつい口調で応じた。

「忙しいところ悪いけれど、昨日の電話のことでどうしてももう一度聞きたいことがあって」

と斎木は切り出した。「瞬が中学校に行かなくなったのはいつからなんだ」

「昨日言ったでしょう」

「悪いがおれは九時には寝る薬を飲んで寝てしまうんだ。そうしないと翌朝の仕事に差し支えるんで。だから、夕べの話はあまりよく覚えていないんだよ」

「どうせ酔っぱらっていたんじゃないの」

と前妻は言ってから、「中学二年の二学期から」と答えた。

282

何だって、もう一年にもなるじゃないか……、と斎木は心の中で呻いた。

「その間まるっきり中学校に行っていないのか」

「ええ、ほとんどそう」

「何か、登校拒否をするようになった原因のようなものはあるのか」

「それがよくわからないのよ。ただ……」

「ただ、何だよ」

「去年の夏休みに、瞬が友だちを誘って、友だちの親からお金をだまし取ろうとしたらしいっていうことで、先生が家に来たのよ。瞬はそんなことはやっていないって言い張ったんだけど。結局、未遂に終わったし、事を荒立てることもないだろう、ということで話は済んだんだけど、そのことがきっかけだったのかもしれない」

「それじゃあ、おれがその先生に会って話を聞いてみるよ。今度の家出の原因も、おれはその年頃にはよくあることだとのんびり構えていたけれど、色々と奥がありそうだから」

「そんな、やめてよ。こっちには来ないって、約束だったでしょ。こっちにはこっちの生活ってもんがあるんだから。こういうときだけ、先生に会おうかなんて、さも子供の心配をしているようなふりをして。ふだんはそっちでいい気に暮らしているくせに。ともかく、もう済んだことなんだから、蒸し返すようなことはしないでよ」

「そうか……」

斎木はあきらめたようにつぶやいた。

(いつも問題が起こったときだけ、急に連絡をしてきて、それも肝腎なことは告げずに。登校拒否をしていたことも昨夜になってはじめて聞かされたのだから、どうしようもなかったじゃないか)

(前には、瞬は元気に友だちと遊び回っているって、得意そうに言っていたじゃないか。釣りやキャンプに連れて行ってくれる人と再婚したとも)

(再婚してそばで泣いている赤ん坊も産まれたというのに、なぜ相手の家で暮らさないのだろうか)

(それとも、前に子供たちの姓を変えましたから、と意味ありげに言い加えたのは、また離婚してあの家に戻って来たということなのだろうか)

(なぜ、あれほど何度も約束しながら、いまでも水道費の請求をおれのところに寄こしているのだろうか。しかもその金額を見ると、あの家と再婚先の家との行ったり来たりを繰り返していることがこちらにもわかるんだが)

だが斎木は、前妻に何も問い質さなかった。彼女の神経を刺激することも避けたかったが、再婚した以上、彼女たち夫婦の問題でもあったからだった。

283

ちょうど梅雨が明けた誕生日の日に、前妻から末の息子の瞬の家出を知らせる電話がかかってきたが、斎木は鬱屈ばかりしているわけではなかった。

　ここ一年中学校に行っていないという瞬のことは大きな気がかりだったが、それでも家に引きこもっているよりは、どんな形であれ外へ足を踏み出したことはよかったではないか、後は、十四歳の少年の生きていく力を信じるしかない、と斎木は思っていた。

四十三歳の誕生日を迎えたのを機に、子供も大事だが、その前に働き手の自分が倒れでもしたら、それこそ皆共倒れだからな、と斎木は「山」を降りたところにあるスイミングスクールに通うことをはじめた。

　医師からも水泳は、膝などへの負担がかからず、高い運動効果を得ることが出来るうえに、身体の免疫力を高めて癌の再発を防ぐのにも効果がある、肺機能を維持するのにも効果的だ、と以前から勧められてきた。それに、斎木は、高校生の頃は水泳部員だったから、水泳には馴染みがある。生きていくためには、努力が必要なのだな、と斎木は一念発起して、スイミングスクールの入口のドアを押した。

　案内書を見せてもらうと、指導員に習わず、自由に泳ぐことが出来るコースが割安に設けてあった。幼児や主婦、小学生、選手コースの時間割の間に挟まれて、昼時の十二時四十分から午後二時までが、フリーで泳げる時間帯になっている。これなら、朝早く起きて一仕事終わらせた後に、気分転換に出かけるのにちょうどいいし、歩いて通うことが出来るので交通費もかからず有り難いと、さっそく入校を申し込んだ。

翌日から、斎木は、軽く昼食を摂った後、夏休みにプールに通う小学生よろしく、ビニールのバッグに水泳道具一式を詰めていそいそと一方通行の坂道を下ることとなった。

「山」を下りていくのがほどよい準備運動になっているので、簡単な体操だけで、プールに入る。まず、歩いたり浮き身をして、ひさしぶりの水の感触を堪能してから、ゆっくりと泳ぎにかかった。高校生の頃よりも肺活量がずいぶん落ちているせいか、すぐに息が上がった。それでも、一日おきに三回ほど通った頃には、ゆっくりながら、バタフライ、背泳、平泳ぎ、クロールと、二十五メートルずつ、合わせて百メートルを個人メドレーの順番で泳げるまでに身体が慣れた。

他に年輩の男性が二人いるだけの人気のまばらなコースロープの浮いたプールは、罫だけが引かれた真っさらな原稿用紙にも似ていた。

284

斎木は、少しでも末の息子の参考になればと、仕事の合間を見て、インターネットで登校拒否の子供達を受け入れるフリースクールや施設、それから高校の通信教育などについて調べ、その中のいくつかからは、資料を取り寄せた。隣の県にも、そうした全寮制の中学があるようだった。

奈穂も、学んだ大学は教員になる者が多く、自分でも教育心理学を専攻したので、あれこれ対策を案じた。彼女自身、草木染の修業をしていたときと、山麓の町で暮らしていた頃は、家庭教師をして生計を立てていた。その生徒の中には、やはり登校拒否をしていた高校生の女子と中学生の男子がいた。

高校二年生だった少女は、知らないうちにお尻からガスが洩れてしまい、周りの生徒たちに臭いといわれるのが厭で学校に行かなくなってしまった。春休みに大学病院の診察を受けて、腸の病気だといわれたが、薬を服んで治ったと診断されていた。それでもまだ気にして学校に行かないでいた。六畳の勉強部屋で隣で教えていても、奈穂は何の臭いも感じなかった。そのときには奈穂は一計を案じて、一緒に映画を観に行こうと誘った。それで人前に出る自信が少し付いたようだったので、今度は授業を喫茶店や図書館で行うようにした。そして、二学期から彼女は学校に行くようになったのだった。

中学三年生だった少年は、学校でいじめにあって中二の三月から登校拒否をしていた。奈穂がはじめて面接にいったとき、少年の母親は変な子供と部屋に二人きりになるのは恐いと思われるのではないか、と杞憂していた。

奈穂は、まず夜通し起きていて朝寝るという生活習慣を変えなければと、午前中に教えるようにした。その頃奈穂は、帰ってくるなり、畳に仰向けに寝転がっては、彼がほんの少しずつだが、確実に態度が変わってきたことを斎木に報告したものだった。

彼がピアノを弾いてくれたこと。公園に小さなアンプを持参してエレキギターを弾いてみせたこと。染めくさの胡桃の葉っぱを採るのを手伝ってくれたこと。ずっと閉め切っていた部屋の厚手のカーテンを自分で開けて待っているようになり、次にレースのカーテンも開けられたこと。そして秋晴れの日、とうとう中学校が見える窓を自分で開けたこと……。夜に、誰もいない中学校に行ってみたときには斎木も同行して、サッカー部員だったという少年と、下駄履きで一緒にボールを蹴った。

それから間もなく、彼は中学校へ行くようになり、翌春、公立高校にも合格したのだった。

285

しかし奈穂は、いま斎木の末の息子にもそうして接してやることができるだろうか、と自問しては、やっぱりできそうにない、と心の中でかぶりを振った。自分と出会う前だったとしても、斎木と別の女性との間に生まれた子供だという複雑な感情は拭えなかった。

前妻から突然、子供が家出したことで相談する電話がかかってきてから、表面では鷹揚さを取り繕いながらも、息子宛にメールを書いたり、その返事をずっと待ち続け、また新たに知らされた登校拒否のことに頭を悩ませている斎木を見ていると、今さらながら、この人は三児の父親だったのだ、と思い知らされて気が塞いだ。

東京で会社勤めをしていた頃から、結婚している男性を好きになった同年代の女性は周りに何人か知っていたが、相手に子供がいる場合は、結局離婚はせず、結ばれないことがほとんどだった。相手を諦めて、見合いで結婚したり、国際結婚に踏み切った女性も、ときおり届けられる便りではそれぞれ幸せそうに見え、いまではそれはそれでよかったのだ、と奈穂は心底思うようになった。その一方で、むろんまだ独身のままでいる女性もいた。

離婚した相手に腹を刺された、という上司だった男性が、それでもまだ自分たちには子供がいなかったから、ドロドロの争いにならなくて済んだ、とつくづく話していた言葉の意味も、奈穂はいまになってようやくわかるような気がした。

息子が家出をして一週間になろうかという晩、関東地方が激しい雷雨に見舞われた、というテレビのニュースを視て、斎木はベランダへ出てしばらく案じるように外を眺めていた。

この数日、青葉木菟の啼き声が途絶えていた。斎木はそれでも、眠れずにいる深夜、青葉木菟の啼き音のような幻聴を静まりの中に聞くことがあった。そして、耳という奴は、聞こえなくなれば聞こえないで、立たない音を聞こうと懸命になる、厄介なものだ、と思い悟った。

雷雲がこの地にも湧き上がるのか、蒸し蒸しする風が吹く中、青葉木菟が啼かない小暗い森の方へじっと目を注いでいた斎木は、やがて意を決したように、前妻の所へ電話をかけた。

「それから、瞬からは連絡がないのか」

珍しくすぐに通じ、勢い込んで斎木が訊くと、

「瞬なら一昨日帰ってきました。どうも心配かけて済みませんでした」

と斎木の前妻は答えた。電話口から聞こえる口調からは、しおらしくしているとも、あっけ

らかんとしているとも区別がつかなかった。

家出をした末の息子が帰ってきたことで、一件落着したわけではなく、斎木はともかく早急に会わせてくれるように言った。前妻は承知し、それじゃあ本人同士で待ち合わせの打ち合わせをすればいいと言って、電話を切らずに受話器をそのまま置いた。

少し離れた場所から、

「瞬、瞬、電話よ、電話。パパから、早く」

と呼ぶ声が受話器を通して斎木の耳に伝わってきた。

そう言えば、パパという呼び名も自分は馴染めなかった、と思い出した。彼女は、リビングにある電話台から離れて、廊下へ出ると、階段口から二階の子供部屋へ向かって声を張り上げているのだろう。だが、斎木には、もはやその家の間取りさえも確かではなくなっていた。

しばらくして、もう勝手にしなさい、と叫ぶ声が聞こえたと思うと、電話の向こうは人の気配が掻き消えてしまったように、静まった。前のときのように、赤ん坊の声も聞こえない。広い空間に、受話器を外したままの電話機が、見放されたようにぽつんと置かれている様を斎木は想像した。

それでも、斎木は待ち続けていた。どうしたの、と不審そうな顔付きで見遣っている奈穂に、

「息子と替わると言ったんだが、それっきり誰も出ないんだ」

と斎木は説明して、ひたすら電話の向こうに耳を澄ませ続けた。

そのときだった。不意に、息を吐く音が受話器から洩れた。遠くから近付いて来る足音のような前触れも何もなかったので、一瞬斎木はたじろいだ。

「瞬か、瞬だろう、おい」

斎木は慌てて声をかけた。

ふたたび息を吐きかける音が聞こえた。それは、はじめて聞く、声変わりした息子の声だった。そして、うん、とも、ああ、とも付かない気怠（けだる）そうな返事がした。

「お父さんだ、わかるか」

「……うん」

「瞬、元気か」

「……ああ」

「お姉ちゃんたちも元気か」

「うん」

「お母さんは、どうした」

「さあ、車でどっかに出かけた」

それがどうしたというように、少し語勢が強くなった。

「とにかく一度、お父さんと会おうや。なるべく早い方がいいんだが、いつがいいだろうか」

……いつでも、と瞬がぼそっと答えた。

第七章

287

夏空を衝くように、先端部に近付いていよいよ尖ってきた鉄塔が、高さ一四六メートルを目指して、着々と伸びていった。

その後で、アンテナが取り付けられると、アンテナの先端は一七一メートルになる。強い陽射しを浴びて銀色に輝くアンテナの組み立ても、地上で進められていた。

斎木が、息子に会うために、午前十時二十分のバスに乗ろうと家を出て売店の裏手にさしかかると、いつもバカヤロウと怒鳴っている鳶の親方が、十時の休憩中らしく、缶コーヒーを片手に、

「おねえちゃん、脇から入ってごめんね。けつねちょうだい、朝食べとらんのや」

と裏門から頼んでいる姿を見かけた。笑みを浮かべながら、斎木が表へ回ると、売店のシャッターはまだ閉まっていた。

工事中だけ、五十メートルばかり東に場所が移ったバスの停留所には、プレハブの待合所と、簡易トイレも作られていた。そして、バスの発着の際は、工事の誘導員が丁寧に誘導した。斎木が停留所へ近付いていくと、

「ご迷惑をおかけしています」

二十を越したばかりと見える誘導員が頭を下げた。どうもお世話様です、と斎木も礼を返して、バスへと乗り込んだ。

今日の運転手は、と運転席の後ろのネームプレートを見ると、「岩沼修一」とあった。手書きではなく、真新しく白い地にちゃんと刻字されていた。いつものように、一番後ろの席に座り窓の外に目を注いでいると、見覚えのある洗濯屋の箱崎さんの軽ワゴン車が団地の坂道を上ってきて、曲がって行くのが見え、間もなくバスは誘導を受けて出発した。

洗濯屋さんの姿を見留めて、路地の縁石に座り、朝食がわりのいなりを食べていた鳶の親方は、慌てて手を上げて呼び止めた。

「ああ、吉岡さん、先日はどうもありがとうございました」

車を止めて、窓から洗濯屋さんは挨拶した。連休中に出してもらった麻のスーツや毛布は、一週間後に、特別洗いにしたビッグスウェードのジャケットは、さらに一週間後に、それぞれ昼休み中の現場事務所へと届けた。

「また、クリーニング頼みたいんやけど」

「毎度ありがとうございます」

「今すぐ持ってくるさかい、ちょっと待っとってくれへんか」

そう言って、吉岡さんが急いで手にしてきたのは黒いダブルの礼服だった。

「盆にな、静岡で全国の工事中の事故で亡くなった職人たちの合同慰霊祭があんのや。それに間に合うように頼むわ」

と吉岡さんは言った。

288

「キリストがよみがえるー」

と団地の坂を宣伝カーがゆっくりのぼって来て工事現場の前を通り過ぎた。

かと思うと今度は、反対側のバス通りから、

「竹やー　さおだけー」

とこれも大きな音量がのぼって来た。

赤い地下足袋を履いた若い職人が、

「こりゃあ、キリストと、さおだけの戦いやー」

とおどけた調子で言い、休憩中の周りの職人たちにどっと笑いが弾けた。洗濯屋さんもそれにつられて声を出して笑ってから、

「では、また一週間後のお昼に現場事務所に届けさせていただきます。それから、いまは何でも三点で九百八十円というセールをやっておりますので、事務所の壁にでも貼っていただけませんでしょうか。ここに私の携帯の番号も書いてありますので」

と吉岡さんにチラシを渡し、車に乗り込んだ。

「さあ、休憩は終わりや、早う持ち場に着け」

吉岡さんが、鳶の親方に戻って怒鳴る声が後ろで聞こえた。

洗濯屋さんは、鉄のトンネルを越えると、夏休みに入って駐車場で遊んでいる子供たちに気を付けながら、マンションの共同玄関の前に車を横付けした。まずは黒松さんと、とひとりごちて荷台からワイシャツを三枚取り出す。自動扉の前に立って、開かない扉越しに管理人を見遣ったが、うつむいたまま何かを書き付けている。そうだ、また一一一号室を呼んでオートロックを開けてもらおう、と思い立ったときに、ゴミの袋を二つ提げた小太りの女性が出てきて扉が開いた。

これはどうも、と頭を下げて中へ入りかけたところを女性が呼び止めた。生ゴミの臭気が漂った。

「お宅は毛布もやってくれるの」

「はい」

「いくら」

「あの、シングルでしょうか、ダブルでしょうか」

「うちは合わせ」

「そうしますと七百円になります」

洗濯屋さんは答え、車に戻ってチラシを取り出して、彼女に渡した。そして、鍵を持った彼女の後に従うようにして、再び扉の中へ入った。

じゃあ、考えとくから。それからも、あれこれ料金を訊ねていた彼女は、エレベーターが来ると足早に乗り込み、扉を閉めてしまった。

（これは注文はないな、クリーニング感覚が全然感じられない）

と洗濯屋さんは首を振った。

管理人室を窺い見ると、管理人が熱中しているのは、雑誌のクロスワードパズルだった。

289

斎木は四つの在来線が集まるターミナル駅の二階の構内にいた。太い円柱に背を凭れながら、斜め前に見える改札口から出てくる人々にじっと目を注ぎ続けた。

――じゃあ、明日の十一時に、駅の中央改札口でいいか。話を聞いた後、昼飯でも一緒に食おう。

――ああ、わかった。

昨日の電話で、そう打ち合わせた。十一時まではまだ二十分近くあるが、息子が乗ってくる列車は、一時間に一本程の割なので想像が付いた。それが、そろそろ到着する頃だった。(およそ六年ぶりに会う息子の姿を、おれはちゃんと見つけることが出来るだろうか)待ち続けながら、斎木は自問していた。声変わりしている年頃になった息子の顔を想像するのは難しく、目に浮かぶのは、最後に会った小学三年生だったときの顔と姿ばかりだった。背丈もどれぐらい伸びているか見当もつかない。

列車が到着する度に、人波がこちらへ向かってきては、やがて途絶える。夏休みに入ってもクラブ活動があるので、制服を着た高校生の姿もあった。女子高生の姿を見かけると、知らず知らずに、その年頃になっている次女の面影を斎木は探していた。母親にしっかりと手を引かれた幼稚園児ぐらいの男の子が、背伸びして改札係の駅員に切符を渡し、鋏を入れてもらった切符を嬉しそうに触って眺めているのを見て、母親の実家にでも行くところだろうか、と斎木は想像した。

到着時間が過ぎ、おそらく、今度来る人波の中に、末の息子もいるかもしれない、と思った斎木は、円柱の場所から改札口の正面へと立つ場所を移動した。間もなく、ホームの階段を上って通路へと折れ、こちらへ向かって歩いてくる人波があらわれた。

斎木は、心を弾ませながら、やって来る一人一人に目を凝らした。ジーンズにTシャツ姿の中学生とおぼしい少年を見つけ、斎木はその子の方に近付いて行った。近くで見ると、見覚えがまるでなく、訝しそうな顔を向けて歩き過ぎて行ったので人間違いだと知れた。斎木は、慌てて改札口の前へ戻り、改めて息子の姿を探した。

やがて人波が途絶えてしまったが、息子の姿を探し当てることは出来なかった。改札員に、電車の遅れが出ていないか訊ねたが、全ての路線で正常運転されているという返事だった。

それから、念のために二度ほど人波を確かめてから、最初に立っていた円柱の所へ戻った。一本電車を乗り過ごしたのかも知れない。ともかく、次の電車が到着するまで待とう、と斎木は思った。

290

十一時を十五分ほど過ぎるまでは、もしかすると前に着いていて、駅の外からやってくるかもしれない、と斎木は辺りにも注意を向けていた。そっとこちらを窺っている少年はいないかと、何度も見回してみた。

やはりひと電車遅れるのだろうか、念のために連絡が入っていないか奈穂に確かめてみよう、と改札の脇の公衆電話から電話をかけた。奈穂はおらず、留守番電話のアナウンスが聞こえてきた。そうだった、今日は染め物の仕上げ屋さんに行ってくると言っていたっけ、と斎木は思い出して電話を切った。奈穂は、その帰りに、喫茶店にも寄って、少しぼうっとしてこよう、とも言っていた。斎木が末の息子と会うので、少し気持を損(そこ)ねているようだった。

電話をかけている間も斎木は、周りをずっと気にしていた。次に、前妻のところへ電話をかけたが、誰も出なかった。

やはりのんびり待つしかないか、と思いながらまた円柱のところに戻った斎木には、六年前に末の息子と会ったときのことが自ずから思い出された。あのときも瞬とここで待ち合わせた……。

……前妻から連休前に突然電話がかかってきて、連休中に末の息子と会わないか、ともちかけられた。

母親が乗車駅まで車で送って乗せるといった列車の時間通りに、斎木は息子の瞬と再会した。前に会ったときは、近寄ってきた息子を、斎木は抱き上げてやったものだったが、今度はそういうわけにはいかず、「でかくなったじゃないか」と中途半端に頭の上に軽く手をのせただけだった。

瞬は無言で、照れ臭そうに横を向いた。それから斎木と瞬は、駅から西へ延びている大通りを並んでゆっくり歩いた。街路樹の欅の青葉が鮮やかだった。

――どうしてた、元気だったか。

――………。

――友だちはできたか。

――………。

歩きながら斎木が何か話しかけても、瞬は言葉は発さずに、ただ首を縦に降ろすか、横に振るかしかしない。それも、体力の消費を節約しているとでもいわんばかりに、微かに動かすだけだった。

なにしろひさしぶりに会うんだ、最初のうちは仕方あるまい、と斎木は思った。

瞬は、ちょっと息を荒らげては、ポケットに入れてある吸入器を取り出して、喉の奥に「シュッ、シュッ」とスプレーした。それは、斎木も常備している喘息の発作止めの薬だった。

291

――いつもそんなにやってるのか？

たまらず斎木は訊いた。

瞬の首は動かず、かわりに得意げに、また一吸いした。

その薬は自分も今持ってはいるが、動悸など心臓に副作用があるので、よほどの息苦しさでないかぎり、斎木はなるべく使わないようにしている。それを瞬は、まるでガムか飴玉のような感覚で、手慣れた手つきで気軽に口の中に吸入している。

瞬は、生まれて間もない頃に、高熱を発した後に心臓に後遺症が起こることがある川崎病という病気に罹っていた。あのときは、赤ん坊だった瞬は、酸素テントに入れられて、胸をブリキ板のようにペコンペコンさせて喘いでいた。今でも、心臓の定期検査を行わなければならない身体だが、その病気のことを母親は本人に告げているだろうか、と気になった。

——ちょっと休もうか、トイレに行くから。

ホテルの前にさしかかったのをこれ幸いと、斎木は促した。

尿意はなかったが、小用を済ませてから、ロビーの片隅に置いてある椅子に、瞬と横に並んで座った。これだけは、いうことを聞こうと聞くまいと、言っておかなければならない、と斎木は瞬に、吸入薬を使いすぎないように説いた。

——まだときどき発作は起きるのか？

瞬は頷くというよりも俯くという感じで、首を縦に動かした。昨日の電話で、前妻が、一時はずいぶんよくなっていたのが、ここのところまた小児喘息がひどくなって学校も休みがちだと言っていた。

——いま歩いてきたぐらいでも苦しいか？

と斎木が訊くと、瞬は首を傾げるようにした。

——よし、じゃあもうちょっと先の公園まで歩こう。屋台が出ているはずだから、そこで昼飯になんか食べよう。

そう言って、斎木は立ち上がった。

桜の名所として知られる公園は、枝垂れの八重桜が少し花を残しているだけで、多くは葉桜となっていたが、連休中までは花見の名残のように、提灯が飾られ、多くの屋台が出ていた。

斎木は、できることなら、この先にある橋を渡り、対岸から分け入ることが出来る渓谷に連れて行こうと思っていた。そこは、ちょうど息子ぐらいの時期に、よく「冒険」と称して遊んだ場所だった。だが、それは次の機会にしたほうがよいだろうか、と瞬の体調を慮（おもんぱか）って迷った。

何、食べたい。斎木が訊くと、何でもいい、と瞬はぼそっと言った。

292

斎木は、焼きそばを二つと、瞬にフランクフルトとジュースを、自分にはビールと焼き鳥を買った。ここで食べようかとも思ったが、昼にはまだ少し時間があり、せっかくの機会でもあることだし、やはり息子を渓谷へ連れて行きたいと思った。

――この先に面白い場所があるんだ。そこで食べようと思うんだが、いいかな。

斎木が訊くと、うんいいけど、と瞬はつまらなそうに答えた。

駅から小高い山の上にある城に向かって、真っ直ぐに伸びている通りに架かっている橋を渡ると、斎木と瞬はすぐ左に折れて反対側の川べりを下った。右手に内濠だった名残の沼があり、留鳥となったカルガモが泳いでいた。

〈この先行止まり〉と書いてある看板を無視して斎木が歩いて行くのを見て、

――いいの？

と瞬が聞いた。

――大丈夫、構わない。

と斎木は応じた。そこから、川へと流れ込む沢へ分け入ることができた。少し段差がある斜面を滑らないようにして降り、沢の入り口へと立った。その付近は、水量も少なく、流れも穏やかだった。

斎木が先に、天然の飛び石伝いに歩いてみて、瞬を後に従わせた。手を貸そうとすると、

――こんなのへっちゃらだよ。

と瞬は言った。少し前から咳は止まっており、スプレーを使うこともなくなっていた。

途中から、瞬の方が先頭になった。いよいよV字形に深く切れ込んだ峡谷に出たとたん、瞬の足が止まった。水音がごうっと反響して聞こえた。大きな樹木が両方の絶壁の上から覆いかぶさっているので、にわかに薄暗くなった。

こんなとこあったんだ、というように辺りを見回している瞬に、

――いいところだろう。

と斎木が満足げに言った。

カラスに混じって聞こえてくる鳥の声があった。四十雀に山雀だ、と斎木は瞬に教えた。それから、赤肌の崖の上の方に見えるヤマセミとチョウゲンボウの巣穴を指差した。

ところどころ地下水が染み出て、小さな滝となっている飛沫を浴びながら、なお上流へと進むと、大木が細い流れに横たわっているのに遭遇した。昨年の台風のときにでも、折れ裂けて流されてきたのだろう。大木に攀じ登った斎木は、瞬に手を差し伸ばした。息子の、まだ華奢

で柔らかい手の感触が、ひさしぶりに伝わってきた。

293

斎木が中学時代によく採集した、貝の化石がたくさん露出している場所に出た。

――ずっと昔、ここは海の底だったんだ。

化石を説明しながら、斎木は教えた。

――ずっと昔って、どんぐらい前？

――人間も動物も生まれるずっと前。

――じゃあ、土器とかよりも昔？

ああ、そうだ、と斎木は頷いた。

山ウドでも採ってきたのだろう。向こうからやってくる男女があった。

――こんちは。

――こんにちは。

擦れ違ったおじさん、おばさんと、斎木が挨拶を交わすのを見て、

――知ってる人？

と瞬が訝しげに訊いた。

斎木は、いいや、とかぶりを振り、山では擦れ違う人に挨拶するもんなんだ、と教えた。

真上に大きな橋が見える場所に着くと、手頃な岩に腰を下ろして、ここで飯にしよう、と斎木は言った。この辺りがもっとも谷が深く、高さ七十メートルほどになる。

橋の上からは、動物園や遊園地に向かう車の走行音がひっきりなしににぶく響くが、行楽に車が欠かせない多くの家族連れは、橋の下にこんな自然の景観が延々とのびていることを知らないだろう、と斎木は思った。

斎木は、まず缶ビールを半分ほど飲んだ。汗ばんだ身体に染みた。瞬は、と見ると、いっこうに箸を取ろうとしない。さあ、食べよう、と焼きそばのパックを渡したが、瞬は受け取ろうとせずに押し戻した。どうした、と斎木は訊いた。

——……ぼく、焼きそばきらいなのに。……覚えてないの?

下を向いたまま、瞬が不満げに言った。

そうだったかな、斎木は少しうろたえた。さっきの屋台がある場所で言ってくれれば、好きな物を買いに行かせることもできたが、ここでは無理だ……。

これだけでいいよ、と瞬はフランクフルトを手にした。じゃあ、焼き鳥も半分ずつ食べよう、と斎木は二人の間に置き、焼きそばを食べはじめた。

——おまえの好きなものってなんだったかな。

——……ラーメンとか。

——ああ、そうだった。そういえば、お父さんの仕事場に来たときに、一緒にラーメン食ったっけな。

斎木は懐かしそうに言った。離婚する前、アパートを借りて、別居していた時期があった。そこに、まだ小学校に上がる前の瞬が、一度だけ泊まりがけで来たことがあったのだった。

……

294

駅の構内の大時計は、一本遅れの列車がそろそろ着く頃であることを示していた。

だが、あのときに瞬を渓谷へと連れて行ったのは、結局のところ、おれの自己満足に過ぎなかったのかもしれない、と斎木は思う。

斎木自身が、幼稚園の頃に、はじめて渓谷に連れて行ってもらったのは、父親によってだった。そのときも一緒に、あの橋の下あたりでおにぎりを頬張った。赤と黄色の花が、流れに嚙んだ岩の上に供えてあるのを見て、

——あれ、お墓?

と斎木が、父親に指差して訊ねた。

——ああ、飛び降り自殺した人に供えてる花だ。

と斎木の父親が教えた。

斎木は、恐る恐る真上の橋を見上げた。

――あんな高いところから、恐くないのかな？

――さあ、父さんにもわからんな。

と父親が答えた。

――死ぬのって恐い？

その頃、死を意識するようになったばかりの斎木が、少し考え込む顔つきになって訊くと、

――大丈夫だ、そう簡単に死んだりしないから。

と父親が笑顔で言った。

その日の帰りに、斎木の父親は杉鉄砲を作ってくれた。杉の実を竹の筒の両はしに詰めて、心棒をおすと、ポンと音を立てて杉の実が飛び出す。やってみせながら、父親は、杉の実がなかったら、新聞紙を水に濡らして玉を作ればいい、とも教えてくれた。そのとき、斎木は、もう一つ、大山の分も作ってほしいと頼んだ。父親は、そうか友達できたか、と嬉しそうにいって引き受けた。

それから小学校に上がると、その渓谷は斎木の腕白時代の秘密の遊び場となった。裸足になって沢のぼりをしたり、洞穴探険をしたり、崖をよじ登ったり。一度、マムシに嚙まれた大山をがたがた震えながら介抱したこともあった。中学生になってからは、化石の採集に熱中した。だから斎木は、一度息子を連れてきたいものだ、と常々思っていたのだ。

だが、瞬は、そうしたことには、あまり関心がないようにも見えた。もともと斎木は、自分

の子供の機嫌を取ったり、喜ばせるようなことが苦手だった。特に、テレビゲームなどは、せがまれてもやろうとしなかった。

この前に会ったときも、帰り際になって、

――やっぱりテレビゲームは買ってくれないんだ。

と拗ねたように瞬は言い出したのだった。……

そんなことを振り返ると、斎木は、今日は瞬とは会えないような気が強くした。

295

「河原さん、気持ちはわかるけど、それは我慢しないといけないと思うな」

早絵さんが言った。

仕上げ屋さんからの帰り、奈穂は街中の喫茶店で、一人でコーヒーを飲んでぼうっとしたい、とはじめは思っていたが、途中から、誰かにこの気持を聞いてもらいたい、という思いの方が強くなった。そうなると、この街で思い浮かぶのは、『衆』の早絵さんだった。

今頃は、斎木はひさしぶりに息子と一緒に昼食を摂っているだろうか、と思いながら、奈穂はコンビニエンスストアで買ったサンドイッチを川べりで頬張った。斎木も中学生のときに家出をしたことがあること、そして、高校の卒業式を待たずに家出同然に上京したことを聞かされていたので、やっぱり親子は似ているのだろうか、と思い、そこには自分が入り込めないようで淋しかった。

ランチのお客さんが帰って店が空く頃を見計らって、少し重い気持で『衆』の扉を開けると、

――あれっ、どうかしたな。

と、勘の鋭い早絵さんが、すかさず声をかけた。

――やっぱり、わたしってすぐ顔に出ちゃうのかなあ。

奈穂は、苦笑いした。仕事のトラブルがあったり、作品がうまくいかないときなど、斎木にも、すぐ見透かされてしまうことが多かった。

幸い、店には客がおらず、奈穂は斎木の息子の家出にまつわるいきさつを話しはじめた。

――ああ、斎木さんがどうかしたわけじゃないんですね、よかった。

マスターは、まずそう言って、早絵さんと一緒に奈穂の話を聞く姿勢になった。

ひと通り、斎木の前妻の再婚のことまで話し終えると、早絵さんが奈穂に諭すように言ったのだった。マスターも、僕もそう思うな、と口を揃えた。

「河原さんは、斎木さんに子供がいることも覚悟の上で結婚したんでしょ。だったら、これぐらいのことは我が身にも引き受けないと」

「ええ、それはわたしも、頭ではわかってるんです。でも……」

「わたしだって」

早絵さんは、ちらっとマスターの方へ目をやってから、ふたたび口を開いた。「わたしだって、

最初は戸惑ったわ。でもそのうちに慣れちゃった」

「……そう、娘は、一時期は実の母親よりも、彼女になついてましたから」

マスターも思い出したように言い、だから河原さんも大丈夫ですよ、と頷いた。

296

「わたしの方も、河原さんに話したいことがあったの」

と今度は早絵さんが打ち明ける口調になった。「前に、お店を閉めるかも知れないって言ったでしょ」

「ええ、どうしたんだろうって心配してました」

「実はね、わたしの母が、病気で、ここのところ週末には出来るだけ実家に行くようにしていたの。パーキンソン病って知っているかしら」

「ええ。知っている方のご主人がそうで、手足が震えたり、そのうちに立ったり歩いたりするのも困難になる原因不明の病気だそうですね」

奈穂は答えた。最初に編み機をゆずっていただいた南材さんのご主人がそうだった。南材さん自身も、癌の治療を行っている身だが、その介護の方が大変そうに見えた。それでも、斎木の中学時代からの友人で日本画を描いている息子が、独身で、母屋の隣のアトリエで寝泊まりをしているので、少しは頼りとなっているようだった。

「まだ、うちの母親は初期なんだけど、でも今のうちから手を貸して身体をうごかすようにしてやらないと、筋肉が固まってうごけなくなるの。だから、あと半年ほどで店を閉めて、越路と一緒に、母親と同居することを決心したの」

「ああ、そうだったんですか」

奈穂は頷き、早絵さんと越路さんことマスターの方を交互に見遣った。

「三月ほど前にはじめてお会いしたんですが、いいお母さんでしてね。書道教室を開いているんですよ。だから、家も広くて、いつでも斎木さんと河原さんも泊まりに来てかまいませんから」

そう言うマスターにいくぶん呆れたというように目を向けてから、「あんなこと言って、最初はずいぶん渋っていたんだけどね」と早絵さんが奈穂に含み笑いをした。

「でも、越路さんも早絵さんのお母さんと会ったんだ。早絵さん、よかったね」

奈穂は小声で囁いた。うん、と早絵さんも嬉しそうに頷いた。マスターは最初の結婚で懲りたといって、早絵さんとは長く一緒に住みながらも籍を入れず、両親とも会おうとしない、と前に聞かされて、奈穂はずっと複雑な思いを抱いていた。

「こっちは老人、そっちは少年。お互い色々あるけど頑張ろう」

早絵さんが笑いに紛らして言った。

奈穂は、思わず吹き出した。いつものように、早絵さんに見送られて帰途に就いたときには、心はずいぶん軽くなっていた。

「鉄塔、もうじき完成だね」

と早絵さんは言った。

297

夕刻になって、鉄塔工事の作業員たちが引き揚げてくるのに、売店のおねえさんが店の外に出て声をかけていた。

「お帰りなさい、お疲れさまー」

その隣に、マンションに住んでいる小学生の女の子もくっつくようにしていた。工事がはじまったばかりの頃は、職人たちが恐くて、売店のおねえさんの所に入りびたるのを止めていたが、今はすっかり職人たちとも顔馴染みとなっていた。

「里美、金魚の糞みたいに、おねえちゃんにくっついてばっかりいないで、ちゃんと手伝いもするんだぞ」

職人にからかわれて、

「えっ、やってるもん」

と里美ちゃんは、口を尖らせて応じた。

高所で作業していた者は、工事用エレベーターで、何回にも分かれて地上に降りてくる。

「鉄塔の上はけっこう揺れるんすよ。何だか、地面に降りてもまだ足元が揺れてる感じがして」

中卒の二人組の一人が、「ご苦労様」と迎えたおねえさんに言った。

へえ、そうなんだ。おねえさんは頷き、

「そういえば、相棒はどうしたの。最近見ないけど」

と訊ねた。

「ああ、奴はいま、他の現場に回されているんです。ちょっとここでしくじっちゃって」

少しヘルメットが大きいので、頭にタオルを巻いてヘルメットを馴染ませている、そのタオルで顔の汗を拭いながら、少年が言った。

「そうなんだ。でもせっかくここであれだけ働いたんだから、完成するの見たいだろうね。それまでに、また戻ってくるといいけどねえ」

いつも地上で作業をさせられていた眼鏡の少年が見えていたあたりに目をやって、おねえさんが言った。

「親方も厳しいっすから」

のっぽの少年は、首を竦めるようにしながらちょこんと頭を下げて、現場事務所の方へと大股で向かって行った。

バスがやってきて目の前を通り過ぎ、終点で停まった。乗客達は、バスを降りると、決まって鉄塔の伸び具合を見遣るようにした。運転手も降りて煙草を一服しながら、鉄塔を仰ぎ見た。

「あ、お帰りなさい」

バス停から向かって来た馴染みのある顔に、おねえさんはさっきと同じように挨拶した。相手は一瞬きょとんとしたが、すぐに表情を緩めて、ただいまー、と家族に言うように応じた。

298

「売店のおねえさんにも、『お帰りなさい』って言われちまったよ」

家に戻るなり、斎木は、玄関先まで出迎えた奈穂に、笑いながら言った。

「ああ、おねえさんは職人さんたちにも、いつも、そうやって声をかけてあげているものねえ」

と奈穂も答えた。

居間へと移ると、それでどうだった、とひさしぶりの息子との再会について訊ねる表情になった。

「見事に空振りに終わったよ。奴が乗り過ごしたかもしれないから、二本ばかりずっと待っていたんだが、現れなかった。そうだ、この留守番電話に何か伝言が入っていたりしなかったよな」

「ううん、何も」

「そうか。直前になって、やっぱり億劫になったのかもな。まあ、事情があったのかもしれないから、メールで聞いてみることにするよ」

斎木が、落胆の素振りを見せずに努めているようなのが、奈穂にも感じられた。「それで戻ってきて仕事をするには時間が中途半端になってしまったし、泳げる時間にも間に合わなかったんで、ちょっと早めだったけれど、病院に行って、予約の必要がない精神科の薬をもらってきた」

そう言って、斎木は、茶色の革のリュックから薬の袋を取り出した。ひと頃は、束となっていた薬の量もずいぶんと減っていた。

奈穂の方は、今日『衆』に寄ってきた話をした。帰り際に、「こっちは老人、そっちは少年」云々と早絵さんが言った科白に、斎木もひとしきり笑った後、そうかそういう事情があったんだなあ、と感じ入ったようにつぶやいた。

「でも、越路さん、早絵さんのお母さんとようやく会う気になったって。そして、すっかり意気投合して、同居することになったんですって。早絵さん嬉しそうだった」

そうか、と斎木も喜んだ。

「山」の東の方から、「キィキィキィ」とけたたましい甲高い啼き声が近付いてきた。鳶は「ピーヒョロロ」と啼くものだとばかり思っていた斎木たちは、はじめは何の啼き声かと訝しがったが、それはこの時期だけに聞こえる確かに鳶の啼き声だった。何度か繰り返される求愛行動や、雛に注意を促す啼き声なのだろう、と斎木は想像した。

そして、これから、鉄塔工事の鳶の職人に代わって、今度は鳥の鳶の親と子が日の暮れるまで「キィキィキィ」と啼きながら、新旧の鉄塔の間で飛ぶ練習を行うのだった。

末の息子が自転車に乗る練習には、自分も付き合ったことを斎木は思い返した。

奈穂が、今日は素麺にでもしようと、夕食の支度を始めたときに電話がかかってきた。奈穂から手渡されて、珍しく斎木が受話器を受け取ると、大山からだった。

「よお斎木、ひさしぶり」

「おお、大山か。夏休みで帰ってきてるのか」

「いや、予定よりも一年早く引き揚げてきたんだ。まあそれはあとでゆっくり話すとして、昨日の夜、イカ釣りに行ってな、大漁だったんだよ。それでお宅にも三十パイほど持って行こうかと思うんだが、これから行ってもかまわないか」

「ああ、そいつは大歓迎だよ」

「じゃあ、三十分後には届けられると思うから」

「楽しみにしてるよ」

斎木は電話を置くと、今日の肴は、新鮮なイカそうめんにありつけるぞ、と台所の奈穂に弾んだ声をかけた。

「ちょうどよかった。素麺のほかに、お酒のおつまみを何にしようかって迷ってたから」

「そうか。届いたら、ひさしぶりにおれが包丁を握るとするか」

息子に会えずに帰宅したときの鬱屈が晴れたような斎木の顔を見て、奈穂は大山に感謝した。

時間を計ったように、ほぼ三十分後にオートロックの外からインターフォンで呼ばれた。斎木は、一回鳴ったチャイムに、すぐ施錠を解除して招き入れ、急いで玄関先へと立った。大山は、魚屋で見かけるのと同じ、大きな発泡スチロールの箱を両手に抱えて通路を歩いてきた。一番端の斎木の部屋までは、少し距離がある。その中間に、近所で起きた殺人事件がきっかけで据えられるようになった防犯カメラのうちの一基があるのに目をやりながら、大山が辿り着くまでの間に、斎木は、二年前に管理人さんから、不審者を照合してほしいという申し出があって、大山の姿を妙な形で目撃したことを蘇らせた。

……月曜日のその日、玄関口に訪ねてきた管理人さんが言った。

――休日中のビデオに、通路の塀を飛び越えて侵入した者が映っているんです。おそらくお宅の知人だと思うんですが、ちょうどその日に、マウンテンバイクの盗難があったので、念のため確認していただけないでしょうか。

300

ああ、大山だな、とそのとき斎木は、すぐにピンときた。奈穂も二人とも留守にしていたときに戻ると、玄関の扉のノブに、獲り立てらしい小鰺とカワハギが保冷用品と共に詰まったビニール袋が、かかっていたことがあったからだ。手帳を破ったらしいメモには、東北の北の町でマンションを販売する責任者になったことが記してあった。

斎木は、狭い管理人室に入り、三ヶ月前までを記録することになっているという録画機を前に坐った。まだ慣れない手つきで管理人さんが操作して出した映像は、紛れもなく大山だった。外来客用の駐車場に車を停めて、訳知ったとばかりに斎木の部屋に近い通用門に向かった彼は、そこが施錠されるようになったことに戸惑った。そして共同玄関に向かったところで映像は切れ、ふたたび画面に現れた大山はしばし車で待っていた。やがて、痺れを切らした彼は通路へと向かい、少し逡巡してから、思い切って塀をよじ登った……。

——私の幼稚園来の友人が、釣った魚を届けに来たんです。絶対に怪しいことはない、と私が責任を持ちますから。

苦笑しながら斎木が言うと、

——ええ、それはもう。ただマウンテンバイクを盗まれた人に、確認してほしいと申しつかったものですから。お仕事中お手数をおかけしました。

管理人さんは済まなそうに答えた。

引き続き画面は、所用を果たしたというように、肩を張って通路を共同玄関の方へと向かう大山の背中を映し出していた。その背中へ、頑張れよ、と斎木は心の中で声をかけたのだった。

……

大山は、すっかり日焼けして元気そうだった。よお、と挨拶もそこそこに、濡れると困るから、まず新聞紙を玄関に敷いてくれるか、と言われて、斎木は台所の奈穂を呼び付けた。慌てて三和土（たたき）の靴を片付けて空けたところに、奈穂が新聞紙を敷き、そこに大山が、ヨッコラショと箱を置いた。そして、驚くなよ、ソレッ、と箱の蓋を開けた。

「わあ、すごい」

底に氷が敷き詰められてある上に、新鮮な証拠である見事な茶色をして形がすらりと揃ったスルメイカが、ぎっしりと並べて詰められてあるのを見て、奈穂が思わず感嘆の声を発した。

「どうだい、この箱で四箱、百パイも釣れたんだ。普通は、イカの旬といえば冬と思うだろう、ところがこのスルメイカは今の時季が逃せないんだ。小ぶりながら、身がやわらかで甘くておいしい。麦の穂が稔るころ美味となるので、『麦イカ』とも呼ぶぐらいでな」

と大山は得意そうに話した。

301

立ち話でもなんだから、と斎木が部屋に上がるようすすめると、

「いや、これから飯で、女房が待ってるから」

大山は、顔の前で手を振った。

「奥さんも元気なんだろう」

「ああ、それがちょっと体調を崩していてな」

大山が答えた。「やっぱりおれの単身赴任がこたえたみたいなんだ」

「あれっ、奥さんも一緒に付いていったんじゃなかったのか」

「ああ、はじめはそのつもりだったんだが、おれも販売の現場で寝泊まりすることが多くなったものだから、結局、単身赴任とかわらないということで、帰したんだよ。いまじゃ、それがよくなかったたって、正直のところ、後悔している」

「そうか……」

「まあそれは、今度ゆっくり酒でも飲んで話そうや。しばらく街にも出ていないんでな」

「そうだな、近いうちに誘いの電話を会社に入れるよ。本社で名前をいえばつないでくれるよな」

「それがさ、斎木。実はおれ、会社辞めたんだ」

斎木は、一瞬驚いたが、長年付き合ってきて性格もよく知っている彼が会社を辞めたというのだから、よほどの理由があってのことだろう、とすぐに察した。

「じゃあ、お前の方から、都合のいいときにうちに電話してくれよ。おれは、夕方の五時にはたいがい仕事を終えているから」

「わかった。それと、また大漁のときには、魚を持ってきても迷惑じゃないか」

「もちろんだよ、楽しみが増えたよ」

「単身赴任先で、海釣りだけはうまくなってさ。しかし、今日なんかまるで漁師だよな」

「ああ、まったくだ」

二人は顔を見合わせて笑い合った。

「今度は、メバルにカレイでも持ってくる」

大山は、それから、奈穂さーん、おじゃましましたー、と奥に向かって言った。

「いま、コーヒー淹れてますから。どうぞ飲んでいって下さい」

急いで台所から駆け付けて来た奈穂が言うと、すみません、うちのやつが待ってるんで、と大山は拝み手をした。駐車場まで見送るよ、と斎木も一緒に通路を歩いていると、さっきから聞こえているあの啼き声はなんだ、と大山が訊ねた。

「鳶なんだよ。ほら、二つの鉄塔の間で飛ぶ練習をしている」

斎木が指差すと、へえ、鳶があんな啼き方をするんだな、と大山は鉄塔の方を見上げた。

302

さっそく斎木は、スルメイカをさばきはじめた。手で触れると、赤、黒、褐色の斑点の色が変わっていくので、まだ活きているようだった。とりあえず、十パイばかり、イカの腹の中に指を入れて、破かないようにワタを引き抜いてみた。

塩辛は、いつもワタが大きくなる冬場に自家製のものをこしらえていたが、夏場でも思ったよりもワタがしっかりしているのを見て、まず塩辛をつくることにした。五つのワタは、濃い塩にしただけで、冷蔵庫へしまった。二、三週間経った頃に、新しいイカを買ってきて、身を細切りにし、ワタをつぶしたものであえると、極上の塩辛が出来上がる。もっとも、それまで待ちきれない思いもあるので、残りの五つのワタはつぶして塩をし、細切りにした身を加えたふつうの塩辛もつくった。こちらは、冷蔵庫に入れて毎日かきまぜてやり、三日ほどすれば食べられた。

あとは、イカそうめんと、ホイル焼きにして身と肝とをまぶして食べるゴロ焼きを作り、残りはすべて、さばいてから冷凍保存しておくことにしても、二人暮らしの食卓には多過ぎ、冷凍庫も満杯だった。斎木は、しばし腕組みをしてから、

「そうだ、お裾分けのお裾分けだ。とりあえず、隣と、管理人さんに三バイずつ配ろうか」

と奈穂に言った。

そうね、と頷き、時計を見やって、まだ管理人さんがいるといいけれど、とつぶやきながら、奈穂は二つのビニール袋に三バイずつ、イカを詰めて急いで出て行った。

「大丈夫、間に合った」

と奈穂はすぐに戻ってきた。「釣ったままで、まださばいていないいんですけど、と断ったら、管理人さんは新鮮そうだ、ととても喜んで。それでね、奥さんはなんと、お蕎麦屋さんをなさっているんですって。だから、料理だけはうまいんですって笑って。そしてね、『うちは、働かざる者食うべからずで、自分も定年になったけれど身体がうごくうちは、と思って管理人の仕事を始めたんです』って言ってた」

「へえ、今度、蕎麦屋の場所を聞いといてくれよ」

「ええ、そうする」

「それはそうと」

と斎木は、また腕組みをした。「まだ、おれたちには食べきれないほど残っているな。どこかほかに、お裾分けするところはないかな」

「そうね……」

少し考えてから、そうだ、浅野さんのところにあげてこようかしら、と奈穂が思い付いたように言った。「あ、それから、西多賀さんにも」

303

奈穂は、スルメイカの入ったビニール袋を手に、団地へと向かう石段を急いで駆け下りた。

食材を手にしているせいか、これまで何度か通った道が、はじめて生活感を帯びて感じられた。もしかして、浅野さんのところを工房に借りるようになったら、この道を毎日通うことになる、と思うと、親しみも覚えた。

幸い、浅野さんは在宅していた。明かりが点っておらず薄暗い家に何度も声をかけて、ようやく浅野さんが気付いて玄関に顔を出した。

「あら、奈穂さん。こんな夕方にどうしたの」

怪訝な顔付きの浅野さんにイカを渡すと、じゃあ今日の夕食にさっそくお刺身にしようかしら、ご馳走だわ、と嬉しそうな顔付きになった。そうして、早々に引き揚げようとした奈穂に、お盆に子供たちが来たら、荷物の整理を手伝わせようと思っているの、そうだ、孫たちには、母屋に泊まるのはこの夏が最後よって教えなくちゃ、ともう家を借りることが決まった、という口ぶりで言った。

まだどうなるかわからない、という当惑を抱きながら、

「そのことについては、近いうちに詳しいことを相談しに伺わせてください」

と奈穂は頼んだ。

「わかりました、お互いにいい話だと思いますから、ぜひ決心なさって」

と浅野さんは答えた。

帰り際に角を曲がるときに、奈穂は、姿のよい柳の木を振り返った。少しの風に、柳の枝先がかすかにそよいでいた。それが、もうなつかしいもののように、目に映った。

石段を、今度は上りながら、ヒグラシが鳴いているのを奈穂は聞いた。さっきは急いでいたので気付かなかったのだろう。この夏は、七月十二日にヒグラシが鳴き始めたと、リビングの壁に貼ってある仕事の予定を書き記しているカレンダーにはメモしてあった。その日付は、不思議なことに、年が違っていても二日と変わらない。

今年も最初にヒグラシの鳴き声を聞いたのは、朝の早い斎木の方だった。電気工の仕事と二足の草鞋（わらじ）を履いていたときにも、早朝に起きて寸暇を惜しむように筆を執っていた斎木は、薄明

にためらいがちに小鈴を振るように鳴くヒグラシの声を格別の思いで聞いたものだ、と言った。

右手の崖の畑になったところを見渡すと、イタドリが背の高さを超すほどに伸びている。崖の斜面には葛が生い茂っていた。どこかの庭から梔子のにおいがただよってきた。左手の奥まったところは、放送局の駐車場になっている。その隅に合歓の木があった。夕方になって、ちょうど薄目を開けるように花開いているのに、奈穂はしばらく見とれた。

304

いったん家に引き返してから、奈穂は、今度は「山」の北斜面を西多賀さんの家へと向かった。あいにく西多賀さんは留守だった、保冷剤は入れてきたが、生ものなので玄関先に置いてくるのも躊躇われた。仕方が無く、持ち帰った奈穂は、売店に明かりが点り、職人さんたちが五、六人まだ酒を飲んでいるのを見て、そうだ、あそこに届けようと思った。

裏口に回っておねえさんを呼び、事情を話して迷惑じゃないかしら、と訊ねると、

「いいえ、そんな」

とおねえさんはかぶりを振った。「ありがたいですよー。工事が、もう終わりに差しかかっているので、お盆休みに入ったら、それっきりこの現場を離れる人もいるんです。それで、わたしも何だか別れづらくて、このところは、少し営業を延長していたんです。全国のいろんな話が聞けてすごく面白くて。でも今日は、おつまみもちょうど切れかかっているところだった

んで、助かりました。このイカ、ほんとうに活きがよさそう」

おねえさんが喜んで受け取ってくれたので、奈穂はホッとした。帰って、斎木にそのことを知らせると、

「そうだ、おれ、どこか肝腎なところにお裾分けをするのを忘れてたと思っていたんだけど、そうだ、売店だよ。冷凍したんじゃ味が落ちてしまうから、やっぱり新鮮なうちに食べた方がいいだろう、冷凍用にさばいたやつを、もう五ハイばかり追加に差し入れしてきなよ。それと、いまゴロ焼きが出来上がったところだから、これも持って行くといい」

と斎木は、はしゃいだ調子で言った。

奈穂は、ふたたび売店に差し入れに行った。今度は店の前の開け放してある引き戸のところから入った。窓もすべて開け放たれて、扇風機が回っていたが、汗のにおいで店の中はむんむんとしていた。いつもの「けつねのおじさん」のほかに、見覚えがある顔があった。そうだ、野手口さんの胡桃を採ってきたときに、声をかけられた職人さんだ、と思い出した。

「奥さん、ごちそうさまー」

と、その彼が、からかうように言い、奈穂は少し頬を赤らめた。中卒ののっぽの少年の方は、コーラを飲んでいたが、あのとき仮設トイレの掃除をしていた少年の姿はやはりなかった。

調理場の中に入ると、そこはサウナのようだった。この中で調理をするのは大変だ、と奈穂は思った。そして、追加のイカを渡しながら、おねえさんに、少年の消息を小声で訊ねた。

305

「少年君、今はよその現場に回されてるんだって」

家に戻った奈穂は、売店のおねえさんに聞かされた少年の消息を斎木に伝えた。いつからか、気になる彼のことを、そう呼ぶようになっていた。「ちょっとここの現場で失敗してしまったらしいの」

「そうか……、腐らないで頑張っているといいけどな」

台所に立っている斎木は、遠くへ目を向けるようにした。「おれも、電気工になりたての頃はよく失敗したもんだよ。間違ってショートさせてしまってビルの警報ベルが鳴り響いたり、穴を掘っていて高圧ケーブルを傷つけそうになったり、それから、一度は失敗じゃないけれど、鋼管ポールに梯子をかけて水銀灯の球を取り替えているときに、ゆっくりとポールが倒れるように折れていったときがあってさ、たぶん前に車でもぶつかって罅が入っていたか、根元から錆びて腐ってしまっていたんだろうけれど、前のめりに空へ放り出されながら、夢の中でスローモーションの映像を見ているような不思議な心地になった」

「そういえば、わたしも、事故のときはそうだった……」

と奈穂がつくづくと思い出すように言った。

あれは、ちょうど今と同じ、盛夏の時季だったな、と斎木は振り返った。事故の知らせに慌てて現場へと自転車を飛ばし、奈穂が事情聴取を受けているのを持っている間、ノウゼンカズラの艶やかな橙色の花が咲いているのを不思議に醒めた思いで見ていた記憶が蘇った。

「さて、おれたちもご馳走をいただくとするか」

斎木は、イカそうめんと、新たに作り直したゴロ焼きとを食卓へと運んだ。奈穂は、ビールを冷蔵庫に冷やしておいたコップとともに出した。

うっすらと黄色味がかっているイカ刺しは甘くておいしかった。ゴロ焼きの肝あえも酒の肴に絶品だった。奈穂は、母親の故郷の函館で食べたイカそうめんを思い出す、と満足げに言った。

「さっきの工事のときの話だけど」

斎木は、ゴロ焼きをふうふう言わせて口にしながら話しはじめた。「やっぱり差し入れで焼肉用の肉をもらったことがあってさ、でも焼き網が無いっていうんで、マンホールの蓋をちょっと拝借してその上でバーベキューをしたこともあったよ」

ほんとうに、と奈穂は半ば呆れたような笑いを浮かべた。

「それから、夏祭りの準備で、よく広場に臨時の電灯をぶら下げる工事をしたな。もちろん後で、屋台の食べ物をご馳走になるのが楽しみでさ」

306

崖に背丈ほどに茂ったイタドリの向こうで、磐田さんはもがいていた。

戦争中にかかった左湿性胸膜炎の再発で肺に水が溜まってしまい、二十日間入院していた。磐田さんは、病院のベッドの上で鉄塔を眺めながら、その下の崖を耕している畑のことをあれこれと思い煩ったものだった。

(秋野菜の播種期は過ぎたが、それでも蒔きたい。大根、人参、レタスなどの生育具合はどうだろう。雑草のはびこりは。このぶんでは、好天の災いでのさばってるだろう。きびしい暑さにおしめりなく、喘ぎ喘ぎの野菜はどんなに苦しいだろうか)

(この頃、おじいさんさっぱり見えないなあ、と野菜たちは思っていることだろう。手塩にかけて育てた野菜に水がやれないのは、おじいさんも苦しいよ。そうだ、あの少年と、とうもろこしをあげると約束したっけ……)

今日ようやく退院した磐田さんは、昼前の暑いさなかに自宅に落ち着いた。やっぱり自宅はいいいな、と思いながら、おひるにはひさしぶりにおいしいものを食べたい、と奥さんに注文すると、勝手知ったとばかりに、好物の上寿司を注文してくれた。ビールで乾杯した後、

——お母さん、暑いところ看病ご苦労様だったね、ありがとう。入院前は食欲不振で随分心配をかけたけれど、猛暑にも負けずにこんなに食べられる。

と磐田さんは、奥さんに向かって両手を合わせた。奥さんは、

——お父さん、これからは体をいたわって、畑はいい加減にしてね。再発したらとても看護はできないからね。

と釘を刺した。

食事が済み、すぐ安静の時間だということで、磐田さんは床に就いた。目覚めたのは夕方だった。すると、畑のことが急に気になりだした。奥さんは、近所に出かけているのか留守だった。

——お母さん、ちょっと散歩。

ひとりごとのように言って、畑へ向かった。しばらく振りに訪れた畑は、ムッとする熱気が立ちこめ、土も野菜も、からからに乾燥して、野菜は枯渇寸前と見えた。

居ても立ってもおられないとばかりに、磐田さんは雨水を溜めてあるドラム缶からバケツで水を汲み上げて運ぼうとした。ずっしり重い手応えに、二十日間のうちに体力が弱ったことを実感した。

どっこいしょっ、もう一つ、と後向きになったそのときだった。突然、打ち杭に足を取られて、磐田さんはバッタリとひっくり返ってしまった。

ナムアミダブツ、ナムアミダブツ……。激しい胸の鼓動を覚えながら、磐田さんは唱えていた。

307

黒松さんは、埼玉の自宅から単身赴任先の東北の街へと向かう新幹線の車中にいた。

宇都宮で下りるまで、通路を挟んだ座席に座っていた若い男性は、何かが不首尾だったらしく、ずっとアタッシュケースを「ちきしょう、ちきしょう」と叩き続けていた。

その思いのいくぶんかは、黒松さんも同じだった。今回の帰宅中にも、妻と小さな言い争いをしてしまった。単身赴任の生活距離は、お互いの自由を保証し、かつ相手を思いやる気持ちも持てるちょうどよい距離だったはずよ、と投げつけるように言った妻の科白を思い出す。だから、最近のように、自分が毎週末に帰宅して三度の食事をすることは、彼女の自由をかなり束縛するという訳か、と黒松さんは苦々しく思った。妻から見れば、しょせん、亭主元気で留守がいい、のだろう。

そういえば、単身赴任族の会でアンケートをしたことがあったな、と黒松さんは思いを向けた。その中に、「単身生活でいい点は」という質問があり、「妻がいないこと」と答える人が大多数だった。そして、「単身生活でよくない点は」の質問には、「妻がいないこと」が、また大多数を占めていた。

妻がいてもいなくても、くすぶっている不満は解消されないわけだ、と黒松さんは皮肉な思いにとらわれた。それは留守宅を預かる妻たちにとっての、夫に対する思いも同じことだろう……。

要するに、夫も妻も、適度の自由空間が欲しいということだ、と黒松さんは、出がけの妻との諍いの記憶を振り切った。

同じ車内の前方に、さっきから酔った声で、携帯電話でひっきりなしに電話をかけている中年の男がいた。今も自宅にかけているらしく、

「第一問。お父さんは今どこを走っているでしょう?」

「第二問。新幹線は十二両編成です、さて何号車に乗っているでしょう?」

と、子供の夏休み気分が移ったとでもいうように、人目もはばからずばかげたクイズを出し続けていた。

郡山を過ぎると、途中まで立っていた乗客もいた車内もだいぶ空いて、ほうぼうで肘掛けを払って、座席に横に寝そべる姿が目立つようになった。身体を海老のように折り曲げ、うつ伏せ気味に背を外に向けている男の、薄い夏物の靴下の踵（かかと）が擦り切れて穴が開いているのに、黒松さんは目を留めた。

そしてその姿に、周囲だけではなく、荒い世間も、もしかすると家庭さえも、しばし拒絶したい、というけはいを黒松さんは感じ取った。

308

「ああ、もう土用波が立っているから泳ぐのは危険だ。短い東北の夏は、もう終わりだな」

砂浜に座っていた斎木は、隣の奈穂に海を指差して言った。波が荒く、遊泳している者はおらず、サーファーの姿が、いくつか見えるだけだった。浜辺で日光浴をしている若者がちらほらいた。ハマナスがまだ咲き残っていた。

昨晩、食事をしているときに、花火の音が遠くから聞こえた。さっそく奈穂がベランダに立っと、海の方で上がっている遠花火が見えた。青葉木菟も、花火に負けじと啼き募っていた。

斎木も、ベランダへやってくると、街を流れている川の河口にあたる町で、毎年この時季に行われる花火大会の花火だ、と奈穂に教えた。

――そうだ。一日仕事を休んで、海へ行こうか。

――それなら、前から誘っていただいている井戸さんの家にも寄ってみようかしら。

――ああ、そうしようか。ただ、お盆の時季だから、忙しくないといいけどな。

奈穂はさっそく、ＦＡＸで、突然で申し訳ないけれど明日伺いたい旨と、もしお盆で忙しいようなら日を改めることを付記して書き送った。すると、すぐに返事がＦＡＸで届いた。お盆といっても、うちには仏さんはないので構いませんとあり、「お待ちしてます！」と弾んだ文字が記してあった。

井戸さんは、周りを田圃に囲まれたバス停で待っていてくれた。斎木と奈穂が降りるとすぐ、井戸さんは、ほら、と斎木たちが来た方を指差した。稲のみどりから少し顔を上げると、その先に、「山」の上にほとんど四本勢揃いした鉄塔が遠目に見えた。

――先生の家あそこだものね。

井戸さんは手話ではなく、口話で言ったので、斎木にも何とか聞き取れた。十分ほど街道を歩いたところにあったお宅は、まだ真新しい二階建てだった。やはり聴覚障害者で大工をしているご主人が建てたということだった。来客があってもすぐに気付くように、リビングから玄関が見通せるつくりになっている、と井戸さんが説明した。

庭には、色々な野草が直播きや鉢植えであったが、整然と咲いている印象だった。草から芳しい匂いがするジャコウソウ、時計の文字盤そっくりの花が咲いているトケイソウ、ネコノメソウ、ゲンノショウコ……、そのそれぞれの根元に、名前を記したプラスチックの白い札が差してあった。

――こうしておかないと、名前をすぐ忘れてしまうから。

井戸さんの手話を、奈穂は斎木に通訳した。

309

井戸さん宅を辞去して、すぐそばの防砂林の松林を越えると、もうそこは海だった。打ち寄せる波の激しさを目にして、何だか恐いみたい、と奈穂はつぶやいたのだった。

ハマナスの群生を目の前にして、その香りを嗅ぎながら東北の太平洋の荒波を見ていると、斎木には、終日学校をさぼっては、茫洋とした風景に心を預けていた高校生の頃が蘇るようだった。

「潮かをる北の浜辺の　砂山のかの浜薔薇よ　今年も咲けるや」

という啄木の歌が口を衝いて出た。それとともに、野草園の名誉園長の長嶺さんと地元誌の対談でハマナス談義をしたことを斎木は思い出した。啄木の歌では、「浜薔薇」と書いて「ハマナス」と読んでいる。そうだ、「浜梨」「浜茄子」どちらが正しいかと議論するよりも、啄木に倣って「浜薔薇」と表記するのが、この棘のある浜辺の薔薇にはふさわしい。呼び名はやはりハマナスだけれど。斎木は、その思いつきを今度長嶺さんに会ったら伝えよう、と考えた。

現在は遊泳禁止になっている浜辺は、さびれていた。その河口の対岸は昨夜花火大会が行われていた漁港のある町だった。あらかじめ時刻を調べておいたバスで、河口に架かった長い橋を渡って向かった。子供の頃は、自転車ごと渡し船に乗せてもらって渡ったものだ、と斎木は懐かしんだ。

最後は乗客が自分たち二人だけとなったバスを降りると、斎木は、日和山と呼ばれている、標高わずか十メートル足らずの山へと向かった。その途中、ちまちまと建て込んでいる商店街で昔ながらのクリーニング店を奈穂は見かけた。硝子戸ごしに、湯気だった店内では六十代ほどの母親と、その息子とおぼしいアイロンを手にした男性が立ち働いていた。店の脇の狭い庭で、赤ん坊を背負った女性が、洗濯物を干していた。

日和山の石段の登り口には、昭和八年に起きた津波記念の戒石が建っていた。日和山と呼ばれる山は、全国各地に八十余ヶ所あるといわれ、いずれも外海に面した港の近く、それもせいぜい標高百メートル程度の山だという共通点を持つ。港町には、経験を積んだ日和見の専門家がいて、早朝に日和山へ登って雲行きや風向きを調べて天気を占ったというんだ、と斎木は奈穂に話した。

斎木は改めて四方を眺め回してみたが、埋め立て地に建てられた住宅が建て込んでいて、海への眺望はまるで得られなかった。反対の西の方角には、家々の屋根の上に、脊梁（せきりょう）の山々が遠望された。その手前に、「山」の上の鉄塔も見え、それと並んで、左手に三角のおにぎりの形をした山がちょこんと飛び出た恰好で見えていた。

310

それは、標高はわずか三二一メートルの里山だが、その形の美しさから、この街の富士山として親しまれてきた山だった。この港町の漁船にとっては、目印としてのシンボルの山でもあった。今は、「山」の上の鉄塔たちの方が、夜でも灯りが点って目立っているので、その役目を果たしているように斎木は想った。

せっかく港に来たんだ。寿司でもつまんでいこう、と斎木は奈穂を誘った。

新鮮なネタで知られ、街から人が詰めかけて行列が出来ることもあると聞いていたが、昼時を少し過ぎていたので、幸いカウンターの隅に座ることができた。座敷には、お盆休みに訪れたらしい、老いた両親とその子供たち、そして孫の三世代にわたった家族連れがあった。老人は、昼酒に顔を赤らめ、目を細めて孫の機嫌を取っていた。

「前に、ハマナスはハマナシがこの地方で訛ったものだ、という学説に長嶺さんが怒っていた話をしたことがあるだろう」

とビールを飲みながら斎木が言った。サービスです、とつまみに帆立のヒモの煮物が出た。

奈穂が頷くのを見て取って斎木は続けた。「子供の頃に、親父に連れられて、親戚の家に新年のあいさつに行ったことがあるんだ。たぶん、幼稚園にあがる前のことだったと思う。その家で、玄関口で御用聞きのような声がして、『おスシが来たんだけどどうする、まだ小さいから怖いかしら』と伯母さんが、おれに言ったんだ。それでおれは、おスシって、どういうお寿司？と訊いた。すると、伯母さんは、『なあに、ほんとは中に人が入っているんだから大丈夫』と答えて、それを聞いておれは慌てて、『ううん、いい』と断った。『そう。おスシを怖がるなんて、まだ子供だねえ』と大人たちに笑われてさ」

　頷いた後で、それで、と奈穂は斎木を促した。

「この土地では、スとシの発音が曖昧だろう。伯母さんが言っていたのはオシシ、獅子舞のことで、おれが思ったのは寿司のことだったんだ。子供のくせに寿司は大好物だったんだけど、伯母さんの話から人間の肉が詰まっているのり巻きを想像して、それだけは御免だと強くかぶりを振ったってわけだ」

　斎木は、そう言って笑った。ああ、そうか、と奈穂も笑いを誘われた。

「それから、この町からは、五十集（いさば）といって漁夫の女房たちが行商で来たんだ。主に、焼きガレイが名産でさ。今でも細々ながら続いていて、『一合庵』のおかあさんはよく買っていたな」

　斎木は、もう昼酒が回ってきたというように、いつになく多弁だった。

日のあるうちに、斎木と奈穂はバスを乗り換えて「山」へと帰った。バスを降りると、ツクツクボウシが鳴き始めているのに気付いた。

お盆中も法事の仕出しがあるためだろう、『四季亭』も売店も営業していた。それでも少しは早じまいするのか、おねえさんが幟（のぼり）を片付けているところを通りかかった。

挨拶を交わした後で、

「あ、そういえば眼鏡をかけていた少年がいたでしょう。彼、一昨日の夕方、ここに来たんです」

とおねえさんが言った。

「えっ、そう。よかった」

奈穂はホッとしたように言った。

「現場からお盆休みで帰る途中に寄ったんですって。それで相棒と一緒に、新幹線代を浮かせるために、名古屋までフェリーに乗って帰るんだって言ってました」

「ああ、そうか」

と斎木は声に出した。この街の港からは、一日に一便ずつ名古屋行きと苫小牧行きのフェリーが出ていた。午後四時半になると、仕事をしている部屋から、名古屋発のフェリーが海をゆっくりと進んで来るのが見え、それを潮に仕事を切り上げる日もあった。

「でも、もうこの現場には二人とも戻ってこないというので、別れるときは少ししんみりしちゃいました」

おねえさんの言葉に頷いてから、斎木と奈穂はしみじみと鉄塔を見上げた。今日も鳶が独特の声を立てながら、羽ばたく練習をしていた。

集合住宅のオートロックを入ろうとすると、管理人さんが小窓を開けて、

「預かり物がありますので」

と知らせた。

お父様だという方からこれを、と管理人さんが管理人室の扉を開けて持ってきたのは、水を張ったバケツいっぱいに挿してある待宵草(まつよいぐさ)だった。

「いつもありがとうございます、すぐにバケツを返しに伺いますので」

と礼を言って受け取り、斎木は部屋まで持ち運んだ。

それから、奥さんちょっと、と管理人さんが奈穂を呼び止めた。

「先日のイカ、とてもおいしくいただきました。これは女房からのお礼で」

と管理人の上杉さんは、小さな包みをそっと渡した。「女房の手作りのパウンドケーキなんです。孫たちがお盆で来てるんでたくさん焼いたもんですから」

「わあ、おいしそう。ありがとうございます」

と奈穂は喜んで受け取った。

「お預かりしていた植物、こんなにたくさんどうするのかと思ったら、染め物に使うんだってねえ」

「ええ、待宵草といって、紫色が染まるんです」

奈穂が答えると、そうですか紫色にね、と管理人さんは感心したように言った。前に、お宅の庭で植えているのは何ですか、と訊かれたことがあり、藍だと教えたことがあったので、奈穂の仕事のことは管理人さんも知っていた。

「そういえば、待宵草ってどこかで聞いたことがあるような気がする。……そうだ、宵待草っていうのもありますよね。それとはちがうんですか」

「同じです。待宵草が正式な名前なんですけど、確か大正時代に竹久夢二が作詞して流行した『宵待草』が有名なので、そう覚えている方が多いのだそうです」

「ああ、そうです、そうです。『待てど暮らせど来ぬ人を　宵待草のやるせなさ』でしたか。わたしもそれで」

管理人さんは、少し節を付けたように言い、合点がいったという顔付きになった。

「お盆中もお仕事大変ですね」

「いいえ、いつもちゃんと週休二日いただいておりますので」

奈穂がねぎらいの言葉をかけると、管理人さんは、仕事中のかしこまった口調に戻って答えた。

通路を部屋へと向かいながら、お義父さんは覚えていてくださったんだ、と奈穂は感謝した。前に、散歩の途中で川原に待宵草が咲き始めたのを見かけたら教えてください、と頼んだことがあった。そのときにどんな植物かと聞かれて、さっきの管理人さんと似たようなやりとりをした。そして、ああ宵待草、月見草のことだね、わかった、と斎木の父親は請け合ったのだった。

部屋に戻った奈穂は、さっそくお礼の電話をかけた。斎木の母親が出て、

「お父さん、散歩の途中で見付けたみたいで、約束したから早く届けなくっちゃって、電話もしないで、急いで訪ねたみたいなの。もういったん思い立つと、それだけで頭が一杯になって気がせいてしまう人だから」

と迷惑をかけたような口振りで言うのに、

「いいえ、ほんとうにありがたいです。明日さっそく染めたいと思います。それから、留守にしておりまして申し訳ありませんでした、とも、どうかお義父さんによろしくお伝えください」

と奈穂は答えた。

「いいの、いいの。届けたら気が済んだみたいで、いまはおいしそうにお酒を飲んでいるところ」

斎木の母親は、明るい口調で言った。

夕食後、奈穂はベランダに置いたバケツの中の待宵草にずっと目を注いでいた。花は、少し開き加減のもあれば、つぼみのものも、花が終わって萎(しお)れているように見えるものもあった。夕方になって少し雲が出てきており、月は雲間に見え隠れした。

斎木は、仕事場を兼ねた居間で、いったんしまったノートパソコンを持ち出して、電子メールのチェックをしていた。息子と会えなかった日に、さっそく携帯電話のアドレスに電子メールを送った。

――〈今日はずっと駅で待っていたが会えなくて残念だった。まあ、会う気になったらいつでも連絡してくれ。中学校のことを心配している。これからのことにも相談に乗りたいと思う。住所と電話番号をもう一度書いておく。それから、お父さんが住んでいる家は、街に電車で来ると、左手に見える山の上に、四本立っているテレビ塔の左から二番目の鉄塔の真下にあるマンションだ。駅から「野草園」行きのバスに乗って、終点で降りればすぐわかるはずだから、いつでも訪ねてきて欲しい。じゃあ、身体に気を付けて、お姉ちゃんたちにもよろしく。父より〉

だが、そのメールには、〈次のあて先へのメッセージはエラーのため送信できませんでした。送信先メールアドレスが見つかりませんでした。メールアドレスをご確認の上、再送信してください〉という返信がかえってきた。変だな、と首を傾げながら、何度も長いメールアドレスを確認し、携帯電話あてでは、文面が長すぎたせいではないかと、何度かに分けて送信してみても同じだった。電話をかけてみても、誰も出ない。そして、今夜も、出したメールは宛先不明で戻ってきていた。……

「……あ、開きはじめた」

斎木の方を振り返って、囁くように奈穂が教えた。時計を見ると、九時を少し過ぎていた。斎木も近寄って見ると、つぼみの一ヶ所が裂けて、下半分がふくらみはじめていた。なおも、二人は息を凝らしてじいっと視つめつづけた。すると、つぼみがふるえだしたと思うと、先端がかすかな音を立てて開いた。それは、ポンとはじけたようでもあり、たまった息を吐き出したようにも聞こえた。そして、二枚の萼(がく)がゆっくりと反(そ)り返り、そして花びらも反転しながら広がりはじめた。

一度気付くと、月の光が射すのを待ち受けていたように、あちらこちらのつぼみが身をふるわせては、吐息とともに花開いていた。それは、けなげに生きているという風情が感じられた。咲いた黄色い花は、まるで灯明が点っているようだった。

314

「あの、家をお貸しする件で、お盆で帰ってきた息子たちにも相談しましたので、条件を詰めたいと思うんですけど、奈穂さん、今日の午後はお忙しいかしら?」

お盆を過ぎて間もなく、奈穂がいつものように朝食を済ませて洗濯機を回している時間に、浅野さんから電話がかかってきた。斎木は朝食後、月に一度の喘息外来へ出かけていた。このところは体調もよく、咳も治まっていたので、今日は点滴にはならないだろう、と斎木は玄関口で言った。

「今日はずっと家におりますので、午後には大丈夫、お伺いできます」

と奈穂は答えた。

「そう、よかったわ。それでは、二時過ぎ頃にいらしてくださるかしら。今日は、台所も二階もようやく片付きましたから、お見せできます」

「そうですか。では後ほど、楽しみにしています」

その言葉と裏腹に、やはり浅野さんは、一軒丸ごと借りてくれることを望んでいるようだ、と奈穂の心に不安がよぎった。ともかくこちらの希望もちゃんと伝えなくては、と自分に言い聞かせた。

斎木は、出がけに言っていたとおりに、昼前に一ヶ月分の薬を手に帰宅した。

「やっぱり水泳の効果があるのか、血圧も低くなっていたよ」

とさっぱりした顔で言うと、売店で昼めし買ってくるとするか、と再び出かけた。

斎木が売店に入りかけると、現場事務所の方から洗濯屋さんと鳶の親方が一緒に歩いてくるのが見えて、軽く会釈を交わした。

「汗たくさん掻いて染みになったさかい、いっぺん着ただけやけど、またクリーニング頼むわ」

「かしこまりました。汗染みはすぐに出していただけるとほんと助かります。ちゃんと洗い落としを確認させますから」

　通り過ぎながら、そんなやりとりが、斎木の耳に入った。

「ちょっと淋しくなったねえ」

　売店のおねえさんに、天ぷらそばの持ち帰りを二つ頼んだ後で、斎木は、いつも赤い地下足袋を履いている職人だけがラーメンとカレーライスを食べている店内を見ながら言い加えた。

工事現場や今の時間の売店に見えていた馴染みの顔が、めっきり少なくなっていた。

「ええ、ほんとうに」

　と頷いたおねえさんに、赤い地下足袋の職人が、

「でも、おれはいいよ。何たって、さっきまでも奈美恵独占だったもんな」

　と冗談とも本気ともつかない真顔で言った。

315

　柳の木の向こうに、頬被りをした浅野さんが行き来している姿が見え隠れした。母屋からアパートへと、荷物を移動しているらしかった。

「今日は。おじゃましまーす」

「ああ、奈穂さん、いらっしゃい。ちょっとこれだけ運んじゃいますから待ってくださる」

甲高い声を上げた浅野さんが、重さによろけそうになるのを見て、あっ、手伝います、と奈穂は駆け寄った。大丈夫、と浅野さんは制して、手にしていた段ボールを抱え直してから隣のアパートの玄関先まで運んで置いた。

「暑いわねえ。さあどうぞお上がりになって、何か冷たい物をいただきましょう」

手の甲で額の汗を拭いながら戻って来た浅野さんの後に従って、奈穂も母屋に上がった。

「ここが台所」

と浅野さんが立ち止まった。前に訪れたときに、積み重ねられて視界を遮っていた段ボールの箱は片付けられていた。

「どう、ふつうよりも流しが広いから染めるにはいいでしょう。それから、このガス台が、前に言ったように火力が強いの。鍋を煮立てるだけじゃなくて、中華料理の妙め物なんかを作るときにも重宝なのよ」

「でも、アパートの方ではお使いにならないんですか」

「だって、向こうはプロパンガスになってるんですもの。こっちのは都市ガス用だから合わないの。それに、お料理っていっても一人で食べる分だけだもの、あたしにはアパートの小さなキッチンで十分。それより奈穂さんに使ってもらった方が嬉しいわ」

浅野さんは、笑顔を向けた。奈穂は、ここで染めるようになるかもしれない、と思いながら、初めて目にする台所を見回してみた。このガス台に大きな鍋をかけて、この床に大きな盥（たらい）を置いて、そしてこの流しで水洗いをする……。

連絡先の電話番号を記した黒板（奈穂の所も記されて丸で囲まれてあった）や、少し煤（すす）けたトースターといった使い込まれた物の中に、真新しい白い冷蔵庫が据えてあるのが目に付いた。

「前のが故障しちゃって、孫たちが来るからって慌てて買い直したの」

弁解するように浅野さんが言った。

じゃあ、これぐらいでよろしいかしら、と促されて居間に移ると、浅野さんは麦茶と初物の葡萄を出してくれた。

奈穂は、さあ、いまここで話さなければ、と息を呑んだ。

316

「あのう、わたしたち……、主人とも話し合ったんですけれど、この家を一軒すべて借りるのは無理だと思うんです」

「それは、お家賃がってこと？」

「ええ、それもあります」

「それだったら、大丈夫よ」

浅野さんは微笑んだ。「あたしね、ここの家賃は、いま奈穂さんが借りてらっしゃるマンションと同じぐらいで、と考えてたの」

それなら問題ないでしょ、と浅野さんに水を向けられて、奈穂は当惑した。それでも思い切って言った。

「いろいろと考えていただいて申し訳ないんですが、わたしたちは、今のマンションを移る気は当面ないんです。こちらは、あくまでも工房に借りたい、というのが希望なんです」

「そう。でもご主人のお仕事だって、ここなら住まいも兼ねて書斎にもなる広さがあるから、便利なんじゃないかしら。同じ家賃なら、奈穂さん、やっぱりマンションよりも一軒家の方が……」

浅野さんは、腑に落ちないという風だった。やはりこちらの事情を詳しく話さないことには、わかってもらえない、と奈穂は覚悟した。

「実は斎木は再婚していまして、別れた家族たちが住んでいる家のローンがまだ残っているんです。そういう状態で、庭もある一戸建てに住むのは、正直のところ身分不相応に思えて。今住んでいるマンションも、ほんらいは分譲のところを不動産屋さんに相談して賃貸にしてもらっているんです。少し狭いんですが、自分たちにはふさわしいと思って気に入って住んでいるんです」

「そう……」

浅野さんは、当てが外れたというように眉根を寄せて押し黙った。庭の山桜にきた四十雀が枝の中にもぐって盛んに啼いた。

「……ほんとうにすみません」

一軒丸ごと借りなければならなかったら、この話はあきらめよう、と思いながら奈穂は詫びた。

うふっ。浅野さんが小さく溜息とも付かぬ苦笑を洩らした。

「あたしったら、まるでこの家にお嫁さんを迎えるような気になっていたみたい。奈穂さんの都合も聞かないで、一緒に草木染ができるって自分だけでどんどん気持ちが先走りしてしまって……、謝るのはあたしのほう。でもね、あたしはともかく九月いっぱいでこの家を引き揚げるって決めてるの。その後に、お家賃はちょうど半分にしますから、ともかく下だけでも借りてみないかしら」

それでもいいんですか、と奈穂は声を弾ませた。

317

磐田さんは、キウイの棚の脇に作った木のベンチに男の子と並んで座り、とうもろこしを頬張っていた。

退院してから日課となった昼食後のひと眠りから目が覚めて、磐田さんは崖の畑へと向かった。この前、畑で転んだときに、手の付き方が悪かったのか、右の手のひらが今でもじーんと痺れるように痛かった。そのことは奥さんには教えなかったが、泥の付いたズボンを隠れて洗濯しようとして見付かってしまった。そして、お父さん、だいたいの事情はお見通しよ、という奥さんと、彼女に知らされて電話をかけてきたらしい息子に、畑は今年限りで止める、と言質を取られてしまった。

今日も、畑仕事はやらない、ただ、少しは足をうごかさないと弱ってしまうので、ちょっと散歩がてら見てくるだけだから、と奥さんを言い含めて出かけてきたのだった。

入院していた間、手をかけられなかったので心配していた野菜たちだが、水をやってからは何とか持ちこたえて、生育は少し遅いが大丈夫収穫できそうだ、と磐田さんは安堵しながら畑を眺め渡した。すると、木戸の入口から見覚えのある青い野球帽を被った少年が顔を覗かせているのが見えた。

——おーい、入っておいで。

磐田さんは、叫んだ。

このお盆は、入院したときに見舞いに顔を出したばかりだから、と長男一家は里帰りしなかった。顔を見せたら、少々形は悪いが、取り立てで新鮮な野菜を食べさせて、少しは土産にも渡してやれるのに、と磐田さんは残念に思った。口に出せば、奥さんに、そんな、お店で買ったっていくらにもならないのに、と呆れ顔をされるのが目に見えていたので、黙っていたけれど。

——おじいさんがいないときに、何回か来てみたんだろう。

磐田さんがやさしく声をかけると、男の子は、無言で頷いた。

——そうか、やっぱり。ごめんよ、ちょっと用事があって留守にしていたもんだから。そうだそうだ、夏になったらとうもろこしをあげるって約束したんだっけな。どうれ、食べられそうなのがあるかどうか、一緒に見てみよう。

磐田さんは、男の子を招いて、とうもろこし畑へと入っていった。とうもろこしは、男の子の背丈よりも高く生い茂っていた。

——ああ、このあたりのはよさそうだ。

磐田さんは、日のあたりのいい場所のとうもろこしの皮をちょっとめくってみて言った。そして、これをもいでごらん、と男の子に声をかけた。

318

男の子が力を込めてもぐと、バキッといい音がした。

——よし、その調子だ。もっと採っていいぞ。

と磐田さんは弾んだ口調で言った。とうもろこしをもぐのは、はじめてか、と聞かれて、男の子はぴょこんと頷いた。その顔は、興奮をあらわにしていた。

——この実のヒゲの部分が茶色くなったのはもう採ってもいいしるしなんだよ。さわってみて、頭のほうまでふくらみがあって手ごたえのあるものが、実がよく入っている。

と磐田さんは教えた。

五つほどのとうもろこしを両手に抱えた男の子に、とうもろこしは採ってすぐ茹でるとおいしいんだ、さあ、家に急いで戻って、おかあさんに茹でてもらいなさい、と磐田さんは急かした。

だが、男の子は、そのまま立っていた。

――どうした。

――……おかあさん、家におらんもん。

――そうか……。

磐田さんは考え込んだ。男の子が自分で茹でるというわけにもいかないだろうし、どうしたらいいだろう……。

――そうだ。家にはまだ帰らなくてもいいのかい。

磐田さんは、いいことを思い付いたというように訊いた。

――うん、お父さんが帰ってくるまでには、まだまだ全然へっちゃら。

と男の子は答えた。

――それじゃあ、ちょっとここで待っていなさい。おじいさんが、家でとうもろこしを茹でて、すぐに持ってくるから。

そう言い置いて、磐田さんはいったん家に帰り、奥さんにとうもろこしを茹でさせた。どうしたのかと怪訝そうに訊ねる奥さんに、ともかく話は後だ、と答えた。

そして、茹で立てのとうもろこしを笊に入れて崖の畑へと戻ってくると、男の子は、キウイの脇の棚にちょこんと座ったままでいたのだった。……

「どうだ、もぎ立てだから甘いだろう」

「うん、こんなにおいしいとうもろこし、ぼく、はじめて食べる」

男の子がそう言うのを、磐田さんは目を細めて頷きながら、満足そうに見ていた。

「あっ、誰か呼んでるよ」

男の子が言って指差す方を見ると、木戸の入口に見知らぬ女性が立っており、こちらに声をかけているらしかった。

319

何の用だろうと、磐田さんが近付いていくと、

「わたし近所で草木染をしている者なんですけれど、あの崖に咲いている臭木が、秋になって実を付けたら、採らせていただけないかと思いまして」

ジーンズにTシャツ姿の女性が言った。彼女は、息子の嫁と同じ、三十代半ばに見えた。

「ああ、ああ、それは構いませんよ、ここは私の土地というわけではないですから。どうぞ、どうぞ、ご自由に。この木戸から入って採って下さい」

と磐田さんはゆっくりした口調で答えた。それから、今ちょうど、もぎたてのとうもろこしを茹でて来たところなんです、よかったら食べていって下さい、と彼女にもすすめた。知って

いる人でもないのに、気軽に誘いの言葉が出たのは、男の子と並んでとうもろこしを食べていた浮き浮きした気分に、磐田さんが染まっていたからだろう。

「えっ」

女性は意外そうな声をあげたが、じゃあ遠慮なくいただこうかしら、と面白がるような子供っぽい表情を浮かべた。

「へえ、こうなってたんだ」

とひとりごちながら、彼女は崖の畑を見渡した。そこからは、海も一望でき、団地の家々の屋根の並びの中に木が鬱蒼と繁っている林も見えた。エンドウ豆、南瓜、ジャガ芋、大根、トマト……、植えてある野菜たちを彼女は声に出して言った。

コスモスのような細い葉が伸びているのを見て、あれはアスパラガスかしら、と彼女が訊ねた。

「そう、アスパラ」

と磐田さんは、笑顔になって頷いた。野菜に関心がある人に出会えたことが嬉しかった。

「あの崖のずっと上の方に白い花が咲いてますよね。あれが臭木の花なんです」

「ああ、名前は知らないけれど、山ではよく見かけるよねえ。何だか臭いんだよな」

「ええ、ビタミン剤のようなにおいが。だから臭い木と書いて臭木っていうんじゃないかしら」

「ああ、そうか、なるほどねえ」

ただ、実を採るときには、気を付けなよ。ここの食べかすの肥料を狙って青大将や、野鼠を食べるヤマカガシがこの辺りにはいるから。ヤマカガシは弱いけれど毒があるからな、と磐田さんは注意した。

蛇がいると聞いて、女性とともにそばで聞いていた男の子も、ぎくりと身体を強張らせた。畑を一周してから木のベンチに座ると、三人は、とうもろこしを頬張った。男の子は三本目に手を伸ばした。他人同士なのに、こうやって家族のように集っている。ふと、磐田さんは、不思議な思いにとらわれた。

第八章

320

夏休みが終わって、昼間に遊んでいる子供たちの声が消えた。

完成が間近となって、鉄塔工事は、最後の難産のときを迎えているようだった。地組みの済んだ銀色に光るアンテナが、鉄塔の上に据えられるのを待つかのように地上に置かれたままになっていた。その他に、いくつかのパラボラアンテナも組み立てられてあった。

現場には風速計が設置されている。そして、風速が十メートルを超えると、クレーンでの吊り下げ工事は中止となる。クレーンの上にも風速計が付いており、風の強さは高所にいるオペレーターにもすぐわかるようになっていた。その強風による中止が、このところしばしばとなっていた。

首都圏を直撃して被害を与えた大型の台風十五号が、ゆっくりと北上して、この街に近付きつつあった。

斎木も、身体の裡に、ざわざわと風が吹くような体感にとらわれはじめていた。雨とともに、しだいに海からの風が強まってきているのがわかった。窓の下に見える欅の大木が、激しく揺れ動いている。低気圧が近付いてきているせいか、自分では知らずに、少し咳き込みはじめたのを奈穂が気遣って休むように言った。斎木は素直にしたがって、寝床で休むことにした。

寝室の窓に面した表の駐車場は、風がこの建物に遮られた陰になるので、静かだった。その向こうの鉄塔は、やはり風をもろに受けるらしく、雨除けの被いが、強風であおられてバタバタと激しい音を立てていた。

「おれが生まれる五年前、まだ姉貴しか生まれていなかったときに、親父はちょうど今頃に北海道に出張して、台風で帰って来れなかったことがあるらしいんだ。無理をすれば、出港を遅らせた青函連絡船に乗ることができたけれど、何となく見送って函館に泊まることにしたって。そうしたら、その見送った船が沈没して、千二百人もの乗客が亡くなったり行方不明になったんだ」

「ああ、私も知っている。洞爺丸っていう船の事故でしょう」

「ああ」

と斎木は頷いた。「でもよく知っているな」

「函館にある私の母親の実家の隣がお寺で、そこに洞爺丸の犠牲者たちの遺体が安置されたって、よく聞かされたの」

と、隣に横になった奈穂が教えた。

もしかしたら、親父もそのお寺に運ばれることになったかもしれない。そうしたら、おれは生まれなかったんだな、と斎木は想った。

321

翌日は、台風一過の晴天となった。仕事をしている斎木の部屋から遠くに眺められる海は、濃い青色が盛り上がっているように見えた。

外は風がなく、フェーン現象で気温が上昇して三十度を超え、真夏の暑さが戻ったかのようだった。絶好の青天を得て、鉄塔工事の現場では、いよいよ鉄塔の最上部にアンテナを取り付ける最後の作業が行われようとしていた。

アンテナは、下からＶＨＦ帯のＮＨＫの教育放送、ＵＨＦ帯の民放、そして最上部にＶＨＦ帯のＮＨＫの総合とＦＭ放送用のアンテナが取り付けられるが、この時点で、前二者のアンテナの取り付けはすでに終わっていた。それらはずんぐりして角張っており、鉄塔の一部と化していた。その上にさらに、二十五メートルあるＮＨＫ総合とＦＭ用のアンテナが伸ばされるのである。

鉄塔が完成した後も、二〇〇六年のデジタル放送開始を目指して、民放二社のデジタル放送用のアンテナとＮＨＫのデジタル放送用のアンテナが増設されることになっているが、ともあれ、今日の二十五メートルアンテナ設置を以て、延べ六千人、足かけ四年に及んだ鉄塔工事が竣工を迎える。

クレーンが慎重にアンテナを吊り上げていく、その作業のありさまを、今日はいつもよりも多くの見物人たちが見守っていた。『四季亭』夫婦、板前さん、売店のおねえさん、学校帰りの里美ちゃん、マンションの子供たち、休憩しているタクシーの運転手たち、バスを待つ団地の年輩者たち、新学期が始まり、バスの席を取ろうと一停留所歩いて始発から乗りこもうという大学生たち、それから「野草園」で折しも開かれている「萩まつり」に訪れた人たちや長嶺さんの姿もあった……。

『四季亭』の上に住んでいる予備校生で、友人二人といつも野草園の駐車場でスケートボードをしている若者たちも、今日は、ボードを置いたまま鉄塔を見上げていた。

鉄塔には、大きく二ヶ所、鉄塔の周りをぐるりと取り囲んだ手摺りの付いた足場が設けられてあった。それを見て、

「あそこの見晴台みたいになっているところは、一般の私たちにも上らせてくれるんだろうか」

という声が上がった。

すると慣れたように、売店のおねえさんが、

「いいえ、あそこには電熱線が張り巡らされていて、鉄塔に積もった雪や、凍りついた氷が魂のままで地面に落ちてこないように、それらをいったん溜めて解かすためにできているそうです」

と、作業員たちに教わった説明をした。

アンテナが見事に鉄塔の上に誘導されて設置されると、見物人たちから自然と拍手が起こった。

「あらっ、鉄塔が急に伸びたみたい」

夕方、いつものように店の看板を仕舞おうとした『衆』の早絵さんは、マスターに告げた。

322

鉄塔が建ち上がると、今度は鳶に代わって電気工が現場に入った。アンテナに給電する他に、鉄塔上の航空障害灯、電熱線など電気を送るための何本もの太いケーブル類が、引き上げられては鉄塔の内側に通っているケーブルラックに、整然と留められた。

「せーの、せーの」

と声を掛け合いながら、鉄塔の上の滑車にかけられたロープに結びつけたケーブルを地上で力を込めて引っ張り合う光景は、斎木にも身に覚えがあった。新米の電気工は、ドラムから繰り出されるケーブルがよじれないように、スムーズに送り出す作業を行っていた。

その電線が巻き付けられた木のドラムを見て、奈穂は「大きな糸巻きみたい」と言った。斎木は子供の頃は、いらなくなったドラムをもらってきては、川に浮かべて中州まで渡るための即製の筏（いかだ）にしたり、サーカスの玉乗りのようにバランスを取りながら乗って遊んだものだった。

九月の終わりの吉日に、現場に紅白の幕が張られて竣工式が執り行われた。その朝は雨が降っていたが、式に合わせたように陽が射した。

翌週の月曜日、今日はそろそろ仕事をしまおうと思っていた矢先に、インターフォンの呼び出し音が一度鳴った。奈穂は浅野さんのところに、工房を借りる細かい打ち合わせに出かけていて留守だったので、宅配便か郵便局の配達だろうと思いながら、斎木は立ち上がってインターフォンの受話器を取った。

「もしもし、斎木さん。『一合庵』です。おひさしぶりです」

思いがけない声が、受話器から飛び込んできた。

「ああ、おかあさん。いやあ、突然なんで驚きました。すぐ出ますからちょっと待っていただけますか」

そう言って斎木は、すぐに共同玄関へと向かった。

ひさしぶりに見る『一合庵』の女将は、小山さんと一緒だった。顔艶もよく、思いのほか元気そうに見えた。

「ああ、野草園の萩まつりに見えたんですか」

春に、小山さんと交わした会話を思い出して、斎木が訊くと、

「ええ。ここへ来る前にちょっとだけ」

と小山さんが言った。

「それよりも、ほれっ、今日は仲秋の満月で、お月見をするそうじゃない。それで誘いに来た

の。電話するよりも、いなくても構わないから、ともかく斎木さんのところに押しかけようって」

と女将は言い、お重も作ってきたのよ、とちょっと掲げるようにして見せた。

323

「それにしても、いつの間にこんな大きな鉄塔がって、驚いちゃいました」

と『一合庵』の女将が後ろを不思議そうに見遣って口にした。

「春にお目にかかったときには、まだ土台もできていないようだったのに、あっという間に立つんですねえ」

小山さんが感心したように言った。「つい先日、竣工式の模様をテレビで放送したのを見たんです。何でもＮＨＫと民放二局とが共同で建てた全国でも初めての鉄塔だそうですね。そのとき、若い女性のレポーターが、あの見晴台みたいになっているところまで工事用のエレベーターで上ってレポートしたんですけど、エレベーターから足を踏み出したとたんに、かわいそうに足が竦んでうごけなくなってしまって」

「そうですか。僕も経験があるけれど、確かに慣れないと結構恐いもんですよ。あそこならせいぜい高さが四十メートルぐらいでしょうけど、ふつうの展望台はガラス張りになっているのに、なにしろ吹きっさらしだから」

斎木は、何度も頷きながら言った。

「あたしも高いところは苦手。でも、工事が終わって、やっと静かになってよかったですね」

「ええ、まあ事故も無くてよかったです。でも、これからも局舎を建てたり、古い鉄塔の撤去工事なんかがあるようですから、まだまだ騒音には悩まされそうです」

と斎木は答えた。

「奈穂さんはお留守?」

と『一合庵』の女将が訊いた。

「ちょっと近所に出かけているんです。もうじき戻ると思うんですが」

斎木が答えると、

「そういえば、工房近くに見つかったんですか」

小山さんが思い出したように訊ねた。

「ええ、まだなんですけど、もしかすると近いうちに、ここを少し降りたところに借りることが出来そうなんです。いまも、河原はその方のお宅に行っているところなんです」

「そう。うまく話が付くといいわね」

と小山さんが優しげな笑みを浮かべた。

「あの、河原がいないので何のおもてなしもできませんが、ちょっと家に上がって待ちませんか」

「いいえ、先に野草園に行って場所を取っておきますから、後で探してくださいね」

『一合庵』の女将はそう言って、先にチビチビやってますよ、と笑って言い加えた。

ええ、じゃあ後で、と斎木はいったん見送った。

324

「すぐ戻って来るつもりだったけれど、浅野さんに柿渋の作り方を教えて欲しいって言われて、少し手伝ってきたの。それから染め直した反物もすごく気に入ってもらえてよかった」

と帰って来た奈穂に、斎木は、『一合庵』の女将が小山さんと連れ立って訪れ、野草園で開かれる月見の会に誘われたことを告げた。

「今日は十五夜だったのか、すっかり忘れていた」

「おれもだよ。気が付かないうちに、もう終わったとばかり思っていたけど、十月に入ってから仲秋の名月になる年もあるんだな」

「そうなのね。おかあさん元気そうだった？」

「ああ、店を閉めてから二年ぶりになるけれど、思ったよりも変わらなかった。お重を用意してきてご馳走してくれるっていうから、今夜は、おかあさんの手料理をひさしぶりに味わえそうだ」

わあ、楽しみ、と奈穂も喜色を浮かべた。

斎木は、いそいそと台所に立って、日本酒を焼酎の入っていたコルクの蓋付きの徳利に注いで支度をした。奈穂は、前に分けてあげる約束をしていてそれっきりになっていた藍の種を渡そうと庭の藍を数本伐って新聞紙に包んだ。

斎木は、ひさしぶりに下駄履きで出かけることにした。前にアパートに独居していた頃はよく履いたものだったが、坂の多いこの土地に来てからは、下駄箱の中にしまい込んでいることが多かった。

売店で斎木は、酒はビールしか口にしない『一合庵』のおかあさんにと、ビールを買い込んだ。

「さっき二人の女性が見えて、お宅を訊ねられたので教えたんですけれど、お会いになりました?」

と売店のおねえさんが訊いた。

「ええ、どうもありがとうございました」

と斎木は笑って答えた。よく場所が探し当てられたものだ、と思っていたが、その謎が晴れた。

「わたしは月見団子を三パックください」

この日に『四季亭』で特別にこさえる月見団子を楽しみにしている奈穂が、すかさず注文した。

そのとき携帯電話が鳴った。ちょっとお待ちください、とおねえさんが調理場の隅に向かって小声で受け答えをした。友人か知り合いに話しているようだった。

「どうもお待たせしました」

電話が済み、おねえさんが月見団子を紙袋に包んで渡した。そして、「今の電話、ここを引き揚げた職人さんたちからなんです。ときどきかかってくるんですけど、今日はみんなでお月見ているのかすっかり出来上がっているみたいで、おーい、こっちは満月がきれいだぞー、そっちは月が出てるかーですって」と打ち明けるように教えた。

325

「あ、見て、きれい」

売店を出ると、奈穂が新しく建った鉄塔を指さして言った。

鉄塔が、秋の夕陽の残照を受けて、ほのかに赤く照り映えていた。周囲の景観をそこなわないようにと、目立たない薄いグレーの塗装が施されているので、鉄塔はこれから四季折々、そして天気によってさまざまな色合いに染まり、異なった姿を見せることだろう、と斎木は思った。

野草園の入口には、「萩まつり」と「月見の会」の立て看板が出ていた。午後五時以降の入場は無料となっていた。三人ほど順番を待って、中へ入ると、手作りらしい提灯を渡された。いまはまだ必要がないが、帰りの夜道では足下を照らすのに重宝するだろう、と思われた。曼珠沙華(まんじゅしゃげ)や女郎花(おみなえし)、松虫草などを見ながら進み、会場が設けられてある芝生へと向かうアーチとなった萩のトンネルを潜り抜けた。萩は満開を過ぎていたが、まだ多くの花が咲きこぼれていて風情があった。

通り過ぎてから、斎木は後ろを振り返ってみた。

(ああ、あれは、やっぱりここだった)

春の連休中に実家を訪れたときに、姉が写っている白黒の写真を、奈穂と一緒に二階で見つけた。姉は二つ違いの従姉妹と一緒に、アーチを形作っている萩を背景にはにかんだような笑顔を向けていた。その背後に、建って間もなかったはずの細い鉄塔も見えた。野草園が開園したばかりで、萩はまだちらほらとしか生えていなかったが、この角度から写真が撮られたことは間違いなかった。

あの頃、家族の中で、写真を撮ることができたのは父親だけだった、と斎木は思い、カメラを構え、ファインダーを覗いているその姿を想像した。そして、あの細い鉄塔は、今度新たに建った鉄塔に取って代わられて、その役目を終え、来春にはすっかり撤去されることになっていた。細い鉄塔を背景にしたこの風景も見納めになる、と斎木は改めて気付いた。

そんな斎木を見ながら、奈穂もやはり、まだ会ったことがない斎木の姉の写真を見たことを思い出していた。

二人が再び芝生へと足を向かわせはじめると、

「ほーい、こっちですよ」

と右手のなだらかな傾斜の上の方からすぐに声がかかった。見ると、茣蓙(ござ)を敷いて坐っている『一合庵』の女将と小山さんの姿があった。

手を振って応じてから近付いていくと、せっかくだから萩のお花見もしようと思って、と萩の植え込みを背にした『一合庵』の女将が言った。

芝生の広場の前方に、ススキをはじめとした秋の草花が活けられ、月見団子が供えられてあった。その隣に、緋毛氈（ひもうせん）が敷かれて野点（のだて）の席も設けられてあった。集った客たちは、銘々好きな場所に散らばって、月の出を持っていた。芝生をふざけて駆け回る子供たちの姿もあった。

「ああ、懐かしいわねえ、斎木さんの下駄履き」

「そうそう、トレードマークでしたものね。お店にいて、カランコロンと聞こえると、あっ、斎木さんがいらした、ってわかったもの」

女将が斎木の足元を見て言うと、小山さんも口を揃えた。

斎木がもっとも足繁く『一合庵』に足を運んだのは、十年前にこの街に戻ってきて、その近くの川べりのアパートに独居していた頃だった。夕六つの鐘が鳴ると、下駄履きで、いそいそと川べりを歩いて向かった。そして、鬱情（うつじょう）に駆られて頭を自分で虎刈りに丸めてしまったときに、親も含めて周囲は奇異の目で見たが、女将だけは、

——いいじゃない、さっぱりとして。男らしくてなかなか似合いますよ。

と言ってくれたものだった。そのあたたかい心持ちに救われたことを斎木は忘れはしなかった。

斎木たちも持参してきた茣蓙を隣に敷いて坐ることにした。女将と小山さんはお重には手を付けずに、缶ビールをちびりちびりやっていたようだった。そこへ酒とビールを差し入れた。

「あら、めずらしいものお持ちね」

斎木が大徳利を入れてきた、鬼の絵が藍で型染めされた麻の酒袋を見て、女将が言った。

「ああ、これは河原の草木染の師匠にいただいた骨董品なんです。この柿渋が塗られた風合いが好きで気に入って使ってるんです」

「ほんとうね。昔はお酒は量り売りだったから、よく徳利を持って買いに行かされたもの」

「へえ、そうなんですか」

奈穂が興味深そうな声を挙げると、

「そうよ、味噌も、お醤油だってそうだったのよ」

と女将が笑って教えた。「それはそうと、奈穂さん、個展の通知をいただいたのに行けなくてごめんなさいね」

「いいえ、そんなこと。あれはおかあさんに元気でやってます、っていう便りのようなものですから」

と奈穂がかぶりと一緒に手を振った。奈穂は、『一合庵』に、草木染のポケットティッシュ入れをはじめての商品として置いてもらったのだった。

「さあ、どうぞ」

女将がお重の蓋を開けた。

カキフライに鳥の軟骨のつくね、鯵の南蛮漬け、稲荷寿司などがきれいに詰めてあった。

「ああ、今年初物の牡蠣(かき)にありつけました」

と嬉しそうに斎木が言った。つくねは骨ごと磨りつぶした自家製のもの、他も女将が店を開いていた頃に馴染みの味だった。

「今は、おかあさんは、娘さんと暮らしていらっしゃるんですよね」

と奈穂が訊ねると、

「ええ、マンションにね。でも家を出て、少しはのんびり出来ると思ったら、今でも孫たち三人のお弁当や食事を作りに通わなきゃならないから、似たようなもの」

女将はそう答えてから、付け加えた。「あ、でも、近所にいいお蕎麦屋さんがありましてね、居酒屋みたいにメニューもたくさんあるの。何だか、その若いご主人を応援したくて、よく通ってるんですよ。今度斎木さんもぜひ一緒しましょうよ」

「ええ、ぜひ」

「そう言うけれど、いつも電話でお誘いすると、忙しそうじゃないのよ」

女将は少し口を尖らせた。斎木がこの街に戻ってきた頃には、仕事も少なかったので、よく女将の店が跳ねてから、一緒に夜の街へと繰り出したものだった。ゲームセンターのモグラ叩きを「えいっ、えいっ」とムキになってしている姿は、無邪気な子供のようだった、と斎木は振り返った。

「奈穂さんは、工房が見付かりそうだとか」

と、小山さんが訊いた。

「ええ。近所に一人暮らしをしている七十代のご婦人がいるんですが、その方は同じ敷地にアパートも持っていて、自分はアパートに移るから、母屋を工房に貸して下さるっておっしゃるんです」

「それはいいお話じゃない」

と小山さんは声を高めた。「でも、その方にお子さんは」

「三人いるそうなんですけれど、皆、東京や関西に家を建てて住んでいるそうです」

「そう」

小山さんは頷いた。「確かに、そういうケースが今は多いのよね。あたしは今、山歩きの案内をボランティアでしているんですけど、けっこう年輩の方が多いの。それでおっしゃるには、年を取ってくると、一軒家を維持するのだけでも大変だから、どうせ子供たちも住まないのなら、他人の若い人たちに貸して、自分たちは公営住宅にでも引っ越したいと思っているって」

「あ、それは、あたし大賛成」

女将が大きな声で言った。その響きに何とも言えぬ切実さがこもっていたので、皆は微苦笑を浮かべた。

周りはしだいに夕闇に包まれはじめ、野草園の入口から会場の芝生広場までの道に吊された絵灯籠の連なりが、ほのかに点りはじめた。

「あらっ」

「あ、どうも」

前を通りかかった西多賀さんと斎木がほとんど同時に声を発した。西多賀さんは、若い女性と六十歳ほどの男性と連れ立っていた。

「そういえば、最近、青葉木菟の啼き声を聞いていますか」

近頃気になっていたことを斎木はすかさず訊ねた。

「いいえ。そちらでも聞いてらっしゃらない？」

「ええ」

と斎木と奈穂は頷いた。

「じゃあ、今年は帰ってしまったんですねえ」

「何だか、まるで鉄塔が建つのを見届けて帰ったみたいだなあ」

「ほんと。ちゃんと来年渡ってくるときの目印を確かめていったのよ、きっと」

西多賀さんは鉄塔の向こうを見遣って言った。

「お知り合い？」

女将に囁かれて、近所に住んでいる西多賀さんとおっしゃって、鳥や植物に詳しい方なんです、と斎木は教えた。

「じゃあ、ご一緒していただいたら」

女将と共に、小山さんも、「よろしかったら、ぜひどうぞ」と勧めた。

「じゃあ、そうさせていただこうかしら」

と西多賀さんが、連れの二人に訊ねてから、斎木たちの隣に茣蓙を広げた。

「こちらは職場で一緒の柏木さん。それから伊東さんです」

西多賀さんはそう連れを紹介して、「伊東さんのことは、たぶん斎木さんと河原さんはご存知なんじゃないでしょうか」と、笑みを浮かべた。

さあ、と斎木が首を傾げていると、奈穂が先に気付いて、もしかして伊東さんって、バスの運転手をなさっている伊東さんですよね、と懐かしそうな声を挙げた。

「ああ、そうでした。いつも快適にバスに乗せていただきました。今は路線を変わられたんですか」

斎木も声を揃えた。

「いいえ、この春に定年退職しました」

と伊東さんは、穏やかな口調で答えた。そして、お二人の姿は、前にも一度、この野草園でお見かけしました、と西多賀さんに続いて、また謎めいた言葉を発した。

329

斎木と奈穂が顔を見合わせていると、

「連休中の探鳥会のときです」

伊東さんは勿体ぶらず、すぐに謎を明かした。

「あのとき、お二人は鳥合わせの前にお帰りになったでしょう。その後で、あたしがどこかで目にした方だと思って考えていたら、バスの運転手の伊東さんだと気付いて。それで、帰りにうちで朝食を召し上がりませんかってお誘いしたんです。その日は、柏木さんと、それからもう一人、放送局に勤めてらっしゃるという方も一緒で」

と西多賀さんが説明してから、包みを差し出した。「そのときと同じおむすびを今日も作ってきましたので、皆さんでどうぞ」

「やっぱり制服姿を見慣れていると、ふだんの姿はかえって気付かないものなのかもしれませんねえ。どうも、その節は失礼しました」

と斎木が言うと、いえいえ、と伊東さんはかぶりを振った。

「そうね。うちにいらしていたお客さんで、JRにお勤めの方がいましてね。お店では、物静かで、ちょっと頼りない感じなのに、一度駅で声をかけられたことがあって、全然凛々しく見違えてしまっていて、すぐにはわからなかったことがありましたよ」

『一合庵』の女将が言うと、確かにそんなものかもしれない、と皆は頷かされた。

「あっ、ちょっと雲から光が射してきたような……」

柏木さんの言葉に、皆は弾かれたように空を見上げた。確かに、鉄塔の左脚にかかっている雲の端がうっすらと明るんできていた。

「さあ、もう少しで月が顔を出してくれそうです」

琴の合奏が曲間の休憩となり、司会役の園長さんがマイクを通して言うと、おちこちから、雲よ流れよ、と念じる声が挙がった。

「あんなところに、去年までは鉄塔なんかありませんでしたよねえ」

「ちょうど、お月さんが見えるところに邪魔ですねえ」

観衆からそんな言葉も聞こえ始めて、斎木は自分が詰られているかのように、身が竦む思いがした。

やがて、月がちょうど鉄塔の隙間に姿を現した。おお、出た出た、という歓声に、座っている位置からでは、鉄塔が邪魔して見えない客たちは、席を移動しはじめた。と思う間もなく、月はまた雲に隠れてしまい、溜息が洩れた。

月と共に、そんな客たちの姿も少し高くなっている芝生の位置から眺め回していた斎木は、野草園の名誉園長の長嶺さんが、萩の植え込みに沿って、ゆっくりとこちらの方へ歩いてくるのに目を留めた。

330

野草園の園内には十数種、約千三百株の萩がある。枝が長く垂れるミヤギノハギ、葉がやや薄いヤマハギ、葉の形は楕円形で厚いニシキハギ、ニシキハギの白花品種であるシロバナハギ、名の通り葉が丸いマルバハギ、この街の近郊の丘陵地や山麓で普通に見られるツクシハギなど……。

長嶺さんは、その一本一本を確かめるかのように、萩を見て回っていた。ときどき、萩の茂みの中に馬のように鼻を近づけては、その香を嗅いだ。

第一回の萩まつりは、昭和三十三年のことだった。開園して五年目にあたるその頃は、まだまだ整備中で、この拡張した芝生広場の斜面に植栽した萩は、保存会から寄贈を受けたものだった。

そして、昭和三十七年から、ちょうど同じ頃に迎える仲秋の名月の月見に、園内の芝生広場を開放するようになった。この街では、今では住宅団地が増えて、その面影は薄くなったが、かつては丘陵地などでは、それぞれ月見料理を持参して、鈴虫の音などを聞きながら、月見の宴が張られていたという。そんな庶民的な月見を少しでも蘇らせることができれば、と企画したのだった。

　奈良の春日大社の月見の宴なども資料を送ってもらい参考にしたが、あくまでも野草園は野草園らしいものをと考えた。会場の芝生までは、秋の草花を描いた絵あんどんを点らせ、芝生の祭壇には、月餅(げっぺい)やお神酒(みき)、秋の果物、灯明を用意する。そして、祭壇の前で、秋の七草で作った花扇に載せた万葉の歌の朗読、琴の演奏、月見の話などを。それから、琴に合わせて、参会者一同で「荒城の月」を合唱しよう……。

　だが、最初のときには、予算を取っていなかったので、上司の決裁を受けることができず、野草園のことを応援してくださっている方々のポケットマネーの協力で催すことができたのだった。今考えてみれば、若気の至りだった、と長嶺さんは思う。だがあのときは、その夏に思い付いたばかりの月見の会をどうしてもすぐ実行したかった。

　それから、雨で十六夜(いざよい)の月見に延期したり、大地震や台風の被害を受けた年もあったが、平成元年まで、月見の会は続いた。いったん廃止されたのは、自分が園長を定年で辞めた年に、雨で流れたこともあって半ば自然消滅の形だった。周囲の木が伸び、月が顔を出すのが年々遅くなってきたことや、近くのテレビ塔のライトアップで会場が明るくなりすぎたことも理由だったが。それでも、復活を望む市民の声に、平成六年から再開された。

「ああ、月が出てきた出てきた」

鉄塔の向こうの空に目を凝らしていた長嶺さんの顔に、安堵の笑みが広がった。

「よしっ、月が出た。カメラを屋上に切り替えて」

放送局のモニターで、雲に隠れていた月の映像をずっと見ていた黒松さんは、すかさず指示した。

野草園の月見の会を中継するタイミングを計っていたが、野草園からだと、鉄塔が邪魔になるので、最初の月の映像だけは、放送局の屋上にカメラを据えて撮るようにした。

午後六時から七時までは、地元向けのローカル・ニュースを放送している。現在のプロデューサーもディレクターも、新人のときから黒松さんが仕事を教えてきた社員だった。やはり黒松さんが抜擢した女性レポーターが、画面が切り替わった野草園から、月見の会の様子を中継しはじめた。

「やっぱり会場からだと、後ろの鉄塔が邪魔してるなあ」

と、モニターを見ているスタッフの一人が言った。

いつも、このときは仕事だな、と黒松さんは心の中でつぶやいた。仕事を辞めたら、妻と一緒に野草園の月を観るときも来るだろうか……。

だが、ゆくゆくはこの街で暮らそう、と黒松さんがいくら誘っても、奥さんは首を縦に振らなかった。

折よく、モニターの画面は、琴を伴奏にして婦人合唱団が「荒城の月」を歌う姿を映し出した。集った参会者たちも唱和しているその様子を最後に、画面はちがうニュースへと変わった。

黒松さんは、『衆』で、この街が生んだ自由律俳句の俳人海藤抱壺（かいどうほうこ）のことを知って以来、彼を扱った番組がつくれないかと模索していた。それは自分が携わる最後の番組となるかもしれない、とも思えた。

だが、野草園の月見の会に集う人たちを観ながら、何でも興味を持ったことをすぐ仕事に結びつけて考えずにはいられなかった、これまでの自分の習性が、黒松さんには少し悲しく感じられたのだった。それに、単身赴任の生活はもう切り上げたい、と思いはじめている自分が、番組を作り上げるまで在職している、という自信がなかった。

海藤抱壺のことを調べるのは、退職後の自分のプライベートな楽しみにしようか、と黒松さんは思った。海藤抱壺から種田山頭火や尾崎放哉へと関心を拡げて、山頭火の生まれた山口や放哉が晩年を過ごした小豆島を旅行するのもいいだろう。それなら、妻も付いてくるかもしれない。

そして、黒松さんは、『衆』のマスターから誘われていた、海藤抱壺生誕百年を記念しての句会に、取材ではなく、自分も個人として参加してみようか、と考えていた。

長嶺さんが通り過ぎるときに、斎木は、ハマナスのことを話そう、と声をかけようとした。だが、月見の会全体の様子に心を配っていると見える姿に、今度の機会にしようと思い直した。

「荒城の月」の合唱が始まると、立ち止まって一緒に歌い出した長嶺さんの朗々とした声が聞こえ、斎木たちも低く唱和した。

黒いスカートに白いブラウス姿の婦人合唱団の面々が、歌い終わると、ステージから引き揚げてきた。その中の一人を差して、

「あれっ、清水さんじゃない？」

奈穂が斎木に知らせた。春の山歩きのときとは衣裳がだいぶ異なってはいるが、確かに見覚えがある姿だった。たぶん、そうかな。斎木が曖昧に頷くと、ちょっと確かめてくる、編み機のお礼を言いたいから、と奈穂は立ち上がった。

祭壇との中間あたりで、奈穂が婦人をつかまえた。お互いにお辞儀をしているので、やはり、清水さんの奥さんだった、と知れた。すぐに奈穂は、清水さんを伴って戻ってきた。斎木が挨拶してから、ご主人は、と訊ねると、

「家に置いてきました。主人はあたしのすることには、まるで関心が無くて」

と清水さんは答え、皆が、合唱を誉めると、今年になってからはじめたばかりなんです、な

んでも首を突っ込むんですけど、なかなか上達しなくて、と照れるように笑った。

「……あの」

と斎木は、思い切った口調で清水さんに声をかけた。「実は、僕の別れて住んでいる中学三年生の息子がずっと登校拒否をしていまして、そのことで、出来ましたら教師をなさっていたご主人に相談したいのですが」

「そうですか……。ええ、もちろん主人には話してみます」

と清水さんは請け合った。

「斎木さんに息子さんがいらっしゃるとは知りませんでした。それで、息子さんとは、ときどきはお会いになっているんですか」

小山さんが訊いた。

「いいえ。この六年ほど会っていません。ただ手紙だけはずっと出すようにしているんですが」

「そうですか。その年頃の男の子だと色々と不安定な時期ですから……」

と小山さんは吐息をついた。斎木は、小山さんが、高校生の息子さんをバイク事故で亡くしたことを考えていると察した。

月は鉄塔を過ぎてぐんぐん上ろうとしていた。それは、大木の枝に月がかかっているような風情も感じさせた。

『一合庵』の女将が、途中から舟を漕ぎはじめ、やがて月見の会がお開きになった。

祭壇に飾られていた月見団子や秋の七草をはじめとした草花が、希望する参会者たちに配られ、小山さんは松虫草を、そして女将にと桔梗を取ってきて渡した。柏木さんは撫子(なでしこ)を手にして、わたしにぴったしの花、とおどけてみせると、そうね、大和撫子だものね、と小山さんが笑って応じた。遠慮していた清水さんも、「歌を頑張ったんですから、どうぞ」と園長さんにすすめられて、月見団子をいただいた。好きな吾亦紅(われもこう)を手にし損ねて少ししょぼんとしている奈穂に、

「河原さん、吾亦紅でしたら、三日前に代々の藩主の墓地のそばに五株見つけましたよ。あたしは三株いただいて、二株は残してありますから」

西多賀さんがそう教えた。さっそく明日行ってみます。と奈穂は明るい顔付きになった。

皆は、ゆっくりと行列に従って、提灯を手にし、絵あんどんが照らす道を出口へと向かった。

「つかぬ事をお聞きしますが、野草園行きのバスを運転なさっていて、終点の二つ手前のバス停に、いつもおばあさんがずっと立っているのをご存知ではありませんか」

伊東さんと肩を並べて歩いていた斎木が訊いた。二人とも薄を手にしていた。

「ああ、たぶん、あの方でしょう。おかっぱ頭の髪が白くて、顔が浅黒くて小柄の」

「そうです、そうです。手には、晴れている日でも、いつも折りたたみの傘を持っているんです」

斎木は、奈穂以外に老婆の存在に気付いていた人にやっと出会えた、と思った。

「あの方は、わたしは多いときには一日に五回も交通局と野草園を往復したんですが、その間ずっと立っているようなときもありましたから、それはいつも気にしていました。最初はふつうにバス停で人を待っていると思ったんですが、途中からどうもそうじゃないとわかってきまして」

「ええ、僕も気がふれているようには見えないし、変だなあと思いまして。散歩していて挨拶をしたときも、無視するというよりも、まるでこっちのことが全然目に入っていない、という感じで」

「ええ、ええ。確かにそんなふうですよね」

伊東さんが大きく頷いた。「でも、バスを停めてドアを開けると、あの方はおもむろに近寄って来て、降りてくる乗客のほうにじっと目を向けているんです。その人たちが立ち去ると、肩を落として、待っていた場所に引き返して行って。そうですねえ、わたしはやはり、バスから降りてくる人を待ち続けているんだと思いますね。それは、もう亡くなっている人かもしれませんけれどね」

十月中旬の日曜日の午後、『衆』で、自由律俳句の会が開かれていた。

自由律俳句のリーダーであった荻原井泉水（せいせんすい）が主宰し、種田山頭火も海藤抱壺も所属していた「層雲」の、東北唯一の生き残りともいうべき九十一歳になる長老が主宰する「花野」句会の十名のメンバーを中心に、『衆』のマスターと早絵さん、常連客で石屋で働いている青年に混じって、隅の椅子に黒松さんも鎮座していた。

十日ほど前、黒松さんは、番組づくりのためにと借り受けた資料を返しに『衆』へ顔を出した。

資料の中には、かねてより、肺を患って長い病床に就いている抱壺をぜひ親しく見舞いたいと念じていた山頭火が、昭和十一年六月二十三日夕、念願が叶って対面を果したときに、

〈抱壺君としんみり話す、予期したよりも元気がよいのがうれしい、どちらが果して病人か！

歩々生死、刻々去来。

あたゝかな家庭に落ちついて、病みながらも平安を楽しみつゝある抱壺君、生きてゐられるかぎり生きてゐたまへ〉

と手放しで思いの丈を誌した記述のある『山頭火日記』もあった。

黒松さんは、その情景を番組の中でドラマ仕立ての再現フィルムとして表そうかとも考えたが、次第にその気が失せた。それよりも、文章を読んで自分の心の中に浮かんだ印象のほうを

大事にしておきたいという思いが強まった。

そして、個人で句会に参加しようかと思っている胸の裡を『衆』のマスターに打ち明けた。マスターは、一も二もなく喜んでくれた。でも、自分にも句が作れるだろうか、と逡巡している黒松さんに、早絵さんがこれまでの句会で詠まれた句を参考にと探し出してくれた。

——これは三年前のやっぱり秋に、ここで句会が開かれたときのもの。

と教えられて、黒松さんは句会報に目を向けた。

結局こうして風はほんとうの秋風になる

何もないほうが萩がこぼれている

季節のない空をクレーンが吊っている

——何だか、自分の心の中にぽっと浮かんだ言葉が、そのまま出ているような感じですね。

黒松さんが、感想を述べると、

——そうです。自由律俳句とは、裸形の精神と、自分の心の内なる音律、リズムに従うことなんです。

マスターが頷きながら答えた。

台風来て子供になった

という句も見つけた。これなら自分にも作れそうだ、と黒松さんは自信が湧いてきたのだった。

335

句会はまず、『衆』のマスターから、席題が「時鳥草（ほととぎす）」と出され、句作に入った。

時鳥は、俳句ではふつう鳥をさし、夏の季語だが、今回の時鳥は植物で、ちょうど今頃濃い紫斑のある花が咲く野草である。紫色の斑点を時鳥の腹の横斑に見立てて付けられた名称とも言われているが、ともかく鳥と間違えないようにと、読みはほととぎすだが、下に草を付けて「時鳥草」と表記するようにした。

黒松さんは、鳥の時鳥なら、今年ようやく啼いているのに気付くことが出来たが、野草のほうは、まだ知らなかった。早絵さんから植物図鑑を見せてもらったりもしたが、イメージが湧かず、最初から苦労させられていた。

そろそろ時間です、と言われて、半ばやけくその気持で、黒松さんは句を提出した。

六十余年見知らぬままの時鳥草

各自が持ち寄った自由題の投句と、席題の「時鳥草」の句を早絵さんが用紙に書き写して、近くのコンビニエンスストアに出かけて人数分コピーしてきた。

用紙には、句だけが清書してあり、その下に、選者と作者の欄が空白になっていた。

「では、選句に入ります。席題のほうは、一人二句まで選んで、一番も決めてください。それから自由題のほうは、一人七句まで、そしてやはり一番も選んでください」

と『衆』のマスターが言った。それから黒松さんの方を向いて、言い忘れましたが、自分の句に入れてはだめですよ、と笑いながら言った。

皆、腕組みをしたり首を傾げながら、句を選びはじめた。黒松さんもじっと銘々の句を目で追った。その中には、自分が独りの部屋で頭を振り絞って作ったものもあった。

名月をモニターで観る我が人生よ

車窓から鉄塔が見え帰り心地を覚えるこの街

初めてにしてはまあまあじゃないか、誰かがこの句を選んでくれるかもしれない、と黒松さんは秘かに自惚れていた。
いよいよ順位が発表になり、席題の最高句は、若手の成長株で鍼灸師をしているという女性の、

非日常を前倒しして時鳥草

自由題は、長老が詠んだ、

七つの星がはっきり七つあって夏ではない空

と決まった。
自作には全部で一票しか入らなかったが、黒松さんはとても愉しい時を過ごした。

赤とんぼが経済指標に止まった
寂しさのかたまりみたいな秋刀魚の青だ

という句が、黒松さんには気に入った。

336

「……『青い時間』が来た」

五階に住む老婦人は、寝床でそうつぶやいた。

以前は、窓際に置いた籐椅子に終日腰を下ろしていたものだが、リウマチに加えて、梅雨時から心臓の具合も思わしくなく、ベッドに横になっていることが多くなっていた。

ベランダに面した窓の外で、静寂が極まったような気配を感じた。最上階に住んでいるので、カーテンを閉めることはあまりなく、窓越しに月を眺めながら寝に就く夜もある。その窓の向こうの夜の引け際の闇に、薄青い色が滲み出しはじめた。

そのまま身じろぎせずに待っていると、やがて外界のすべてが沈黙した、と思われる一瞬が来た。そして、彼女は、心の中でつぶやいたのだった。

その「青い時間」を老婦人がはじめて体験したのは、亡くなる前のご主人と一度だけ海外旅行に出かけたフランスの片田舎でのことだった。興奮で眠れずにいた明け方、彼女はフランスの田舎のにおいに包まれながら、夜明け前の自然の中での静寂な一瞬と、青みがかった空気と光とを味わった。それから小鳥たちが囀りはじめ、鶏が啼き、そして牛が鳴いた。

老婦人は、独り暮らしはじめたばかりの夏の早朝に、フランスの田舎で味わった「青い時間」

は、この街でも感じ取れることに気づいた。

すぐに、いつものように四十雀などの小鳥たちの囀りが聞こえはじめた。今の老婦人には、それらが、「青い時間」につけられた細い道を通ってやって来たかのように思われた。その小鳥たちの中には、亡くなった主人も、早世した妹もいる……。耳鳴りと動悸を感じながら、自分もその道を辿ってもうすぐ行きますから、と彼女は小鳥に呼びかけていた。

「ヒッヒッヒッ」

という啼き声で、老婦人は微睡（まどろ）みから覚めた。すっかり朝の太陽が昇っており、心悸（しんき）は治まっていた。

「今年もジョウビタキが渡ってきたのかしら」

そのまま、寝床で耳を澄ませていると、「カッカッ」と嘴（くちばし）を鳴らしているような音も立てたので、間違いない、ジョウビタキだ、と彼女は確信した。

ジョウビタキは、黒い翼の中央に大きな白斑があるので、この地では「紋付き鳥」と呼ばれていると教えられた。彼女の田舎では、それを団子を背負っている姿に見立てて、子供の頃、よく妹と一緒に「団子しょい」と呼んでいたものだった。

夏鳥の青葉木菟がいなくなってから、少し淋しい思いをしていたが、これからは冬鳥がこの「山」にやってくる、と老婦人は楽しみに思った。

支線式の四角鉄塔というよりも鉄柱といった方がふさわしい、細長い古い鉄塔に取り付けられていた赤白に塗装されたアンテナから、新しく建った鉄塔の尖端で銀色に光り輝いているアンテナへの切り替えが無事終わった。

新しいＮＨＫ総合とＦＭ放送用のアンテナは、スーパーターンアンテナといい、よく見ると蝶のような形をしたものが縦に八段ならんでいる。十メートルほど下に、ＮＨＫ教育放送用の双ループアンテナが鉄塔の四面に六段取り付けられていた。

スペースが空いているのは、そこにＵＨＦ局のデジタル放送用のアンテナが近い将来取り付けられるためだった。そして、ループアンテナの下が、ＮＨＫと民放のＶＨＦ局のデジタル放送用アンテナが取り付けられる位置だった。

「おかげさまで、無事鉄塔が完成してアンテナの切り替えも済みました。ほんとうにご協力ありがとうございました。それで今度は、古い鉄塔の撤去工事が引き続き始まりますので、ちがう職人さんたちが入ります。また、お世話になると思いますが、どうかよろしくお願いします」

春に、マンションでの説明会を終えた後に立ち寄った放送局の技術部長と副部長がふたたび売店に顔を出して、おねえさんに挨拶していった。

今度はどんな職人さんたちがやってくるのだろう、と彼女は、また心が弾むのを覚えた。

ほどなく、古い鉄塔を撤去するために、足場が組まれはじめた。今度は地元の業者が担当するということで、通ってきている職人さんたちは弁当を持ってくるのか、売店に顔を出すことはほとんどなかった。

「思ったよりもお客さんが来てくれなくて」

斎木が昼めしを買いに行くと、売店のおねえさんは、期待が外れた、という顔付きで言った。三個入りのおいなりさんは、いつのまにか売られていなかった。

「『けつねのおじさん』も懐かしくなってしまったなあ」

斎木が言うと、

「でも、あのおじさんや前の職人さんたちとは、今でもときどき電話があって話をするんです」

とおねえさんは笑顔になった。

売店を出た斎木は、ロータリーを挟んで建っている新旧二つの鉄塔を見上げた。新しい方が、わずか十メートルほどだけ高いが、その二つの頂部は、地上高くでは寄り添って見え、何やら囁き合っているかのようだった。

役目を終えた鉄塔の長老が静かに倒れていく様も、しっかり目に留めておこう、と斎木は思った。

澄みきった秋空に、さざなみのような片々たる白雲が、重なりあって浮かんでいる。その秋

338

にふさわしい鰯雲の下で、老いた鉄塔の撤去工事がはじまっていた。

まず、鉄塔に沿って緑色の鉄骨の土台が組まれ、その上に赤と白に塗り分けられた小型のクレーンが載せられた。それが少しずつ虫が這うように鉄塔の側面を昇って行った。クレーンがやっと最上部まで達すると、九十度ずれた側面に取り付けられた一人用エレベーターで、作業員たちが次々と鉄塔の上に昇った。そして、鉄骨を少しずつ解体しては地上に降ろしていく。

地上から見ていると、百三十メートルほどの高さに張り付いている作業員たちは、蟻のようだった。巨大な角砂糖の一粒一粒を蟻がてっぺんから少しずつ削るように連結の金具を外し、クレーンから長く延ばされたロープによって地上に運ばれるという作業が毎日繰り返されていた。

いっぽう、団地へ下りる坂道でも、旅行に使う下に車輪の付いたキャリーカートに載せて、大きな作業机や布の入ったプラスチックの衣裳ケースなどの荷物を少しずつ運んでいる斎木と奈穂の姿があった。鉄塔の上から眺めれば、この二人もまた、重い餌を背負って懸命に巣穴へと運んでいる蟻のように見えるかもしれなかった。

その二人のそばを人懐っこいジョウビタキが飛んでは、家のアンテナや電線の上などに止まっては「ヒッヒッヒッ」「カタカタ」とよく啼き、おじぎをするように頭を下げ尾を振った。

浅野さんとの交渉で、十一月のはじめから母屋の下だけを工房に借りることになった。奈穂が作業する洋間の奥には、和室の六畳間があり、斎木もそこで書き物の仕事が出来そうだった。

ずっと部屋を使っていなかったらしく、はじめて下見したときには黴の臭いがひどく籠もっていて、斎木は喘息の発作を起こす寸前まで咳き込んだが、腐っていた畳を替えてもらい、奈穂が押入にいたるまで掃除と消毒をして、やっと立ち入ることが出来るようになった。

蔵書を移すことは、まだ考えずに、とりあえず今の仕事に必要な辞書と資料、それから執筆用のノートパソコンを置く台として、以前山麓の町で使っていた丸い卓袱台、ざっとそれだけを斎木は持ち込んだ。

電話も引かず、部屋もがらんとしているので、まるで旅館の一室か、出版社の缶詰部屋のようだな、と落ち葉が目立つ中でも青々とした庭の木賊を見ながら斎木はつぶやいた。

339

奈穂は、念願の工房を構えることができて嬉しかったが、一つだけ残念なことがあった。それは、浅野さんの家の敷地に上る石段の脇に植えてあった枝振りのよい柳の木が、工房を借りる決心を告げに行ってみると、根元から無くなっていたからだった。この前の台風のときに折れてしまったのだろうか、それとも前の家の駐車場の車まで覆い被さるほどに繁っていたから、伐ってしまったのだろうか、と奈穂は想像をめぐらした。

浅野さんは、家を貸すことが正式に決まると、引っ越しの疲れを癒しに温泉へでも出かけたのか、ずっと留守だった。結局、ピアノは処分せずにそのまま置いておくことになった。斎木と共に、一週間ほどかけて、ミシンと二つの編み機、アイロン台、師匠から譲り受けたからくり細工が施されている和箪笥、染めた布を収納していた衣裳ケースを運び、それから薄く透きとおったシルクのオーガンジーを染めて作った作品を窓辺にかけると、洋間はそれなりに工房らしくなった。

「あ、浅野さん、お帰りなさい」

窓を開け放って作業をしていた奈穂が、石段を上がってきた浅野さんに気付いて声をかけた。

「ああ奈穂さん。さっそくやってるのね。あらっ、この窓辺に飾ってある作品は何の草木で染めたの」

「これは酸性染料なんです。草木染は日光に弱くて色褪せてしまうので、あまり光には当てられないんです」

そうなの。浅野さんは意外だという顔付きになったが、そういえば紅花の着物なんかは、確かに箪笥の奥にしまっておくものねえ、と納得した。

「あの、あそこにあった柳の木」

と奈穂は石段の下に目をやって言った。「無くなってしまったんですね」

「……そう。気付いた？」

「ええ。わたしあの柳の木が好きで、浅野さんのお宅だってわかる前から、ここを通るたびに見るのを楽しみにしていたんです」

「ほんとう。嬉しいわ、あの柳の木を覚えていてくれたなんて」

浅野さんは少し淋しそうに頰笑んだ。「あの柳の木はね、自分で倒れたの。ずいぶん葉が繁りすぎていたから、植木屋さんに剪定を頼まなければ、とずっと思っていたんだけど、あたしが病気をしたりして出来ないでいたら、木が自分から迷惑だと悟ったみたいに、夜ふけにそうっと根元から倒れて。翌日、ワンカップのお酒を買ってきて、ご苦労様って言いながらかけてあげたの」

「そうだったんですか」

奈穂は、しみじみとした思いになった。

340

斎木は、夜明け前に起きるとすぐに集合住宅を出て、仕事場へ向かう毎日となった。朝食は前日に奈穂が作っておいた握り飯かサンドイッチを持参し、売店の前の自動販売機でコーヒーを買った。

出がけに新聞配達人とよく出くわした。小学生から高校生にかけて、自分も新聞配達をしていた斎木は、彼等に親密感を抱いていた。オートロックになっているので、どうやって建物の中に入るのか不思議だったが、皆仕方なく、一階の通路の塀をよじのぼって入って来るようだった。斎木の玄関の前は植え込みがないので、恰好の侵入口と見えた。玄関の扉を開けたとたんに、はじめてその姿と遭遇したときには、先方の驚き顔といったらなかったが、斎木の方もたまげた。そして、そんな出入りの構造になっている集合住宅のことを少し済まなく思った。新聞は各戸の玄関先まで届けるようにいわれているらしく、上りは非常階段で、一階ごとに配達を済ませ、最後に最上階からエレベーターで下りて、一仕事終えた顔付きで共同玄関から立ち去り、オートバイにまたがって次へと向かって行く。

斎木たちは、マンションの班長になっているので、市政だよりを配ってから仕事に出かけようと、四十四戸分の集合郵便受けに入れている最中に、エレベーターから降りてきた新聞配達人をひどく驚かせてしまったこともあった。確かに、そんな時間にチラシを入れている人もいないものだ。

急な石段を下りて十分ほどで仕事場に着き、前に植えてあった柳の木が根元から無くなっているのを目にする度に、斎木は、奈穂が浅野さんから聞いて感動したという話を思い出した。柳の木は、自然と倒れたということだったが、その残っている根元はまるで鋭利な刃物でバッサリと伐ったように、白く平らな伐り口を見せていた。

その朝も胡乱（うろん）な気持で眺めた斎木は、褐色の羽根に目を留めた。それは、目に覚えのあるトラツグミの羽根だった。奈穂がトラツグミの初列風切羽根を拾ってきたのもここだったな、と思い出したそのとき、かすかに猫の鳴き声がした。

浅野さんが移ったアパートの土台の下には、前に駐車場にしていたらしいスペースが口を開けている。その奥に猫がひそんでいるらしかった。すっかり錆びたチェーンや金物、プラスチックの容れ物、ビニール袋……、浅野さんが捨てずに溜め込んでいる物が置いてある中を奥へと向かうと、左隅にトラツグミの羽根が散乱していた。近くに猫の食料の缶詰が置いてあり、猫がうずくまっていた。さすがに羽根を拾う気にはなれず、斎木は石段を上って母屋へと退散した。

341

奈穂は、朝の七時頃に起き出してパンとコーヒーの朝食を済ませると、洗濯や掃除、それから二人分の昼の弁当を作り、晩ご飯の下ごしらえをしてから、工房へと向かった。白いリュックを背負い、荷物を積んだキャリーカートを引いて、車道の道を遠回りして工房へ着くのは、だいたい九時半から十時の間だった。

実際に工房で仕事をするようになって、前には気付かなかった問題がいくつかあった。ガス台は開栓に訪れたガス屋さんに、片方はガスが漏れて危険なので絶対に使わないように、と注意された。トイレのドアノブが外れていたのは斎木が直した。また、サッシ戸の取っ手の部分は、どういうわけか丸い穴が開いており、隙間風が入り込んだ。古新聞紙が丸められて詰めてある箇所もあった。それから、玄関脇のサンルームのようになっている小部屋のサッシ戸は、鍵が閉まらなかった。

「大丈夫、こんな奥まっているところだから泥棒も入らないでしょ」

浅野さんに告げると、笑いを浮かべてまるで意に介さない素振りだった。そして、それよりもこっちは、広い家から狭いアパートに引っ越したものだから、全然片付かなくて困ってしまう、と逆にこぼされる始末だった。

台所の食器戸棚に染め物に使う薬品を置こうとして、雨漏りしていることに気付き、屋根に上って雨樋に詰まった落葉を取り除いてきた斎木が、

「雨樋の縦のパイプまでびっしり詰まっているようだから、業者に頼まなければならないかもしれないな、まあ、自分で出来るだけやってみるけれど。それから公孫樹の木は伸びすぎて、裏のアパートのベランダにまで銀杏が落ちているようだから迷惑になっているんじゃないかな。でも、あれだけの大木を伐るのは素人には無理だしな」

とかぶりを振り、何だか、住んでいた人の理想と現実が、ちぐはぐに感じられる家だな、と少し嘆息を洩らした。

「うん、私もそう思う。でも、もしかしたら浅野さん、ずいぶん目が悪くなっていて、細かいところまではもう見えていないんじゃないかしら」

それはあるかもしれないな、と斎木も頷いた。

夕方になると、浅野さんは敷地の隅で焚き火をする。ゴミを出さずに自分で燃しているようだった。今は住宅地では控えた方が、と奈穂が控えめに諫めると、なに、ちょっとなら構わないんですよ、と浅野さんは例の笑みを浮かべて答えた。

「やっと工房が近くに見付かったんだ。まあ、前のように少しずつ手直しするとしようや」

と斎木が元気づけるように奈穂に言った。

342

相変わらず、夕暮れに焚き火のにおいが立ち込めている中を奈穂は帰途に就いた。

斎木は、朝早くから仕事をはじめているぶん、午後四時を過ぎると、お先に、と言って帰っていく。週に二日ほどは、夏からはじめた水泳に通い続けていた。その日は、いったん家に戻って水泳の一式を取ってから泳ぎに行くので、「山」を一日に三回も上り下りすることになる。寒さが近付いていているせいか、ときおりひどく咳き込むことがあり、近頃はプールでは無理に泳がずに、ただ歩くだけにしている日もある、と言っていた。

——最初は、昔水泳選手だった我が身がと思うと、情けない気がしたけれど、やはり一緒にプールを歩いているだけのちょっと年上の女性がいて、身体をほぐす風呂につかりながら聞いてみると、自転車で出勤途中に後ろから車に引っかけられて足を複雑骨折したらしくて、それで三ヶ月入院してその間にすっかり弱くなってしまった足の筋肉を付けるために通ってきているんだって言うんだ。それから、ときどきバスで顔を合わせるほっぺたの赤い可愛らしいダウン症の女の子がいるだろう。あの子とも、ときどき一緒になって、懸命に泳ぎを練習している姿に、こっちも弱音を吐いちゃいられないって気になる。建物を出て「山」を見上げると、見慣れているのとちょうど反対向きに、四つの鉄塔たちが並んで見えてさ、やっと人心地つくってわけだ。

夕食のときに、そんな話を斎木はした。

先に帰るぶん、風呂の掃除と湯を張ることは斎木が担当した。そして、風呂に入ってから、簡単な肴でちびりちびりやりながら、奈穂の帰りを待っていた。

奈穂が崖の畑の入口を通りかかると、木戸が開いていた。あ、崖爺さんがいる、と奈穂は、心の中で声を発した。いつからか、崖畑を作っている磐田さんのことを、斎木とともにそう呼ぶようになっていた。

里芋の畑に磐田さんはいた。奈穂は、こんにちはー、と大声をかけながら近付いていった。ようやく奈穂に気が付いた磐田さんが、帽子を取って、やあやあ、おひさしぶりです、とお辞儀をした。

「あのー、前にお話しした、臭木の実がなっているようなので、採らせて下さい」

奈穂は、耳が遠い磐田さんに、大声で頼んだ。「臭木です、あそこになっている」

「……ああ、ああ」

磐田さんは、奈穂が指差した方を見て頷いた。

そのまま採りに崖を登ろうとしはじめたので、いいえ私が採りますから、大丈夫です、と奈穂は慌てて引き止めた。

草木染の修業時代から、どこで染めくさに出会えるかわからないので、いつも欠かさず持参しているようにしている花鋏を白いリュックから取り出して、奈穂は崖の斜面を登った。

蛇がいるかもしれない、と前に教えられたことを思い出して、足元をわざとガサゴソ言わせてからゆっくりと足を進める。臭木はたいがい、雑木林の中でもこんな崖になっているような陽当たりのよい斜面に生えていることが多かった。

――雑木林は、十五年から二十五年に一回は、木炭や薪の材料として切り払うんです。そして、伐られた株からまた芽が生長してきて、毎年下草を刈ったり落葉を集めたりして堆肥にしたりして、ふたたび十五年から二十五年木が生長するのを待つんです。だから雑木林というと、手を入れずに伸び放題にした林だと思っている人がいますが、それは間違いで、雑木林は常に人間の手が入って調整されている林なんです。それでね、切り払った後に、最初に出てくるのが臭木なんだ。

以前、一緒に山歩きをしたときに、臭木の木を教えながら『衆』のマスターがそう言った。

実がたくさんなっている枝を選んで二つ剪ってから、奈穂は滑らないように慎重に崖の斜面を下りた。最後は、磐田さんが手を貸してくれた。

枝についている臭木の実は、赤い萼におおわれ、深い青色をたたえていた。それを見るたびに奈穂は、秋の青空を貯め込んだような色だ、と思った。

「それだけじゃ、染めるのに足りないだろう」

と磐田さんが言った。

「ええ、でも臭木の実は冷凍して保存できるんです。だから、見付けたときに、少しずつでも貯めて置いて、たくさんになったときに染めるんです」

「それじゃあ、この実で染めたものは、よっぽど貴重品だなあ」

「ええ、今度お見せします」

と奈穂は笑った。「そういえば、前に会った男の子は今でも遊びに来るんですか」

「いいや」

磐田さんはかぶりを振った。「あれっきり、さっぱりなんだ」

「そうなんですか。私もまるで見かけなくて……」

やっぱり斎木の言うように、引っ越してしまったのかしら、と奈穂は想像した。

その男の子のことを話したときに、斎木は自分も一度見かけたことがあるような気がする、と宙を見やった。そして、小学生の頃、親が養蜂業の子供が転校してきて、ひと月も経たずにすぐにまたどこかへ転校して行ったことがあったなあ、と思い出したように言った。

十一月最後の日曜日、黒松さんは、大学時代の寮の仲間だった鶴ヶ谷さんと『四季亭』で待ち合わせて、昼食を摂ることにした。よく晴れ上がった晩秋の一日となった。

黒松さんが早めに出向いて、小上がりに席を取って文庫本を読みながら待っていると、約束の十二時半の五分前にツィードのジャケットを羽織った鶴ヶ谷さんが店に顔を出した。

「今日はわざわざ済まない」

「いやいや」

と鶴ヶ谷さんは手を振った。久闊（きゅうかつ）を叙する、というわけではなかった。同じ文学部の一年先輩だった鶴ヶ谷さんは、今は第二の職場として、この街の文化財団の理事長をしていた。黒松さんは、番組の企画を相談したり、後援を頼んだりするほかに、番組審議委員も務めてもらっているので、ひと月に一度は、その席で顔を合わせる仲だった。

「今日は車か？」

「いや、ひさしぶりにのんびりとバスでやって来たよ。以前とは通る道がちがっていて、駅から近くなったんで驚いた。それからなんだい、いつの間にか、またでかい鉄塔が建ったもんだなあ」

「ああ、九月末に完成したばかりでな。近くの住民たちは、かえってテレビの映りが悪くなった、なんて言ってるよ。そうだな、バスはおれたちが学生の頃は、大学のある山のほうからぐるっと回ってきたもんだよなあ。本数も少なかったし」

黒松さんは、大学時代、そのバスに揺られて何度か野草園を訪れた。同じ市内の女子大生の女友達と一緒のこともあった。

仲居が、まず焙じ茶のような色をしたお茶を出した。一口飲むと、味は独特の甘みがあった。

「これはなんのお茶ですか」

と鶴ヶ谷さんが仲居に聞くと、萩茶でございます、と仲居が答えた。黒松さんは、単身赴任のマンションの部屋に、ひと頃この香りが流れて来ていたことに思い当たり、そうか、萩の葉を焙じていたのか、と気付いた。

「ほう、萩のお茶ですか。なかなかおいしいもんですね」

と鶴ヶ谷さんが言うと、ありがとうございます、と仲居が答えた。注文は任せると言われて、黒松さんは季節膳とビールを頼んだ。

ビールで乾杯をした後、

「それで、話というのは何だ」

と鶴ヶ谷さんが訊いた。

「実は、今年度限りで会社を辞めることを決心したんだ。まだ、誰にも話はしていないんだが、まずはお前には知らせておこうと思って」

少し改まった口調で、黒松さんが打ち明けた。

「どうもすっかり長居してしまいまして」

「いいえ、どうぞまたお越し下さい」

帰り際には女将も出てきて、二人に挨拶をした。

食事の途中で、あとで単身赴任の部屋も覗いていくかい、と黒松さんは誘ったが、鶴ヶ谷さんは、いや遠慮しておくよ、とかぶりを振った。それから、昼酒は酔いが回るんだよなあ、と言い合いながらも、腰を据えて飲むことになった。あまり飲めない黒松さんも、長い単身赴任をよく頑張ったよ、と労ってくれた旧友との酒は愉しかった。

『四季亭』を出た二人は、野草園へと向かった。十二月から冬期休園に入るので、今日は「植物感謝祭」と称した閉園式が行われているところだった。

中へ入る前に見たい木があるんだ、すぐそこだから、と鶴ヶ谷さんが言うのに従って、黒松さんも脇の坂道の方へと足を向けた。鉄塔の撤去工事の看板が出ていたが、工事は休みのようだった。

「このあたりに間違いないはずなんだが……、工事で伐られてしまったわけじゃないよな……」

そうつぶやきながら、鶴ヶ谷さんは、アスファルトが掘り返されている所まで踏み入って、並んでいる大木の梢の上の方を見遣った。「あ、あった、あった。実も落ちている」

鶴ヶ谷さんが、竹林の斜面を駆け上がり、地面から何か拾い上げて、黒松さんを手招きした。黒松さんが見せられたものは、茶色く面妖な形に湾曲して厚みのある木の実と思われるものだった。

「ケンポナシっていうんだよ。手棒梨が訛ったんだろうが、確かにそんな形をしているだろう」

鶴ヶ谷さんは少しはしゃいだ口調で教えた。そして、これは花序なんだ、と自ら囓ってみせて、梨の味がする、と黒松さんにもすすめた。半信半疑の面持ちで囓ってみた黒松さんが、へえ本当だな、と驚いた声を発した。

「ぼくの田舎では、よく見かける木で、黒い実をお手玉の中に入れたりしたものなんだ」

鶴ヶ谷さんの田舎は、脊梁山脈を越えた隣県だった。

野草園に入ると、落ち葉焚きが行われるドングリ山までの小径のところどころに、注連飾りがしてあった。雑木が葉を落とした園内は、はるばると見通すことが出来た。

落ち葉が掻き集められた場所へ着くと、鶴ヶ谷さんは、向かい側にいる長嶺さんに、そっと目で挨拶をした。市史編纂に当たっていた頃、何度も会って話を聞いたことがあった。そして、さっきの場所にケンポナシの木があることを教えてもらったのも、長嶺さんからだった。

落ち葉に火が入り、植物への感謝を込めた黙禱のときに、長嶺さんが厳かに鐘を鳴らした。それは野草園が開園した当初に、構内放送などの設備も無かったので、閉園の時間や職員に急用を知らせるためにと購入された鐘だった。

第九章

346

瞬は、二度目の家出の決行は、十五歳の誕生日の夜にする、と急に決めた。ちょうどその日の昼に、別れて暮らしている父親から手紙が届いた。そこには、中学校に行っていないのを心配している、ともかく一度会ってラーメンでも食いながら話を聞きたい、といういつもながらの文面と共に、誕生日祝いだとして、これまでは図書券や音楽ギフト券だったのが、現金一万円が入っていた。それは、東京までの新幹線の片道分ほどの金額だったが、およそ運賃が半額で済む高速バスを使い、手持ちの貯金と合わせれば、働き口が見つかるまで、数日は暮らすことが出来る、と瞬は踏んだ。

十五歳になったばかりで、まだ中学も卒業していなければ、働き口が見つからないだけではなく、最悪補導されてしまう心配もあった。だが、瞬は、自分の外見なら、せめて十七、いや十八歳だと言っても相手をごまかせるという自信があった。泊まりは、テレビで夏に観たことがあった奴らのように新宿の公園で野宿してもよいが、今は冬なので寒かったら、一晩中渋谷をうろついているか、やはりテレビで観た二十四時間営業の「インターネット喫茶」の個室で仮眠をとってもいい。

夏の家出から戻ってきてからも、ともかくおれは、一日でも早く、また東京へと出て行く機会を窺っていたんだ、と瞬は思った。あのときは自転車だったから、峠道を越えてようやく東北を抜け出すことができたところで、大雨にも遭い、疲れ果ててしまい諦めた。せめて、今の東北の田舎町に越してくる前に家族で住んでいたという、かすかに自分でも記憶のある北関東の町までは行ってみたいと思っていたが果たせなかったのだった。

母親が、近所の再婚相手の家に赤ん坊と共に行ってるのか、それともどこかに出かけているのか、車ごと姿が見えない隙を狙って、瞬は荷物を詰めた大きなスポーツバッグを手に家を飛び出した。最後まで迷ったのがギターだが、落ち着いたら、送ってもらうまでだ、と目立つものは置いていくことにした。

最寄りの在来線の駅までは、六キロあった。途中までは果樹園の中の道をゆっくり下り、国道を越えたところからは、田圃の中の一本道となる。車が通る道では、母親に見つかるおそれがあるので、なるべく離れた畦道を苅田(かりた)にはまらないように気を付けながら自転車をランプも付けずに走らせた。

北へ向かう四十分の乗車時間中、ずっとガラガラでボックス席を占領でき、足を伸ばして坐れた在来線の車内の終点は、手紙を送ってきた父親が再婚者と住む街だった。電車を降りるまで、車窓からの風景など、瞬には何も目に留まらなかった。

347

瞬は電車を降りると真っ直ぐに、駅の東口の高速バスのバスターミナルへと向かい、乗車券を買った。往復割引もあったが、片道だけにした。

結構利用者がいるらしく、ターミナルは乗客たちであふれていた。東京だけではなく、その先の名古屋や京都、大阪の方まで、かと思えば、金沢や新潟方面に行く高速バスもあった。瞬は行き先の表示の場所を確認してから、出来はじめていた列に並んだ。午後十一時五十分の発車まで、一時間近くの待ち合わせがあった。ほんの数万円だが、盗られないようにしっかり持っていなくては、とバッグの上に腰を下ろし緊張しながらも、こんな体験も家出のうちだ、と瞬は弾んだ気持で思った。

家では、もうおれの家出に気付いていることだろう。部屋に「東京へ行く」とだけ書き置きをしてきた。母親があわてふためいて、再婚した鈴木さんの家に向かう姿が見えるようだ。

ママは、どういうわけか再婚してからも、鈴木さんのことは門前払いで、決して自分たちが住んでいる家へ上げようとはしない。いつも話は玄関前の外で行い、やがて口喧嘩がはじまってそれぞれの家に戻るか、どこかへゆっくり話をしに行くのか一緒に車で出かける。家の中がごちゃごちゃなのをママは人に見せたくないのだろう。二人の姉ちゃんたちも、部屋が片付いていないことを別に気にも留めていない。女ってものは、そうなのかもしれないが、おれはそれが我慢ならず、自分の洋間だけは、いつもきれいに掃除をしている。

鈴木さんのところに増築してもらった家にいったん住んでから、出てきたときは見物だった。そのときは、二階の窓からテーブルや箪笥などを双方とも窓の外へ投げ出し合う激しい夫婦喧嘩だった。かわいそうに、同居していた鈴木さんの両親はただおろおろしていた。

それでいて、ママは、学校の教師が様子を見に来たりすると、部屋は慌てて物を押入に突っ込まれて片付けられ、実に愛想のよい顔で迎え入れるんだからな。外で見かけるときのママも、いつもそんな物静かなふうをうまく装っているから、その正体を知っているのは、一緒に暮らしたことがある男たちぐらいだろう。鈴木さんは、家出から帰ってくると、ともかく高校へ行く金は出すから、後はそれから考えろ、高校へ行かないんだったら金は一円も出さない、の一点張りで、高校へ行く意味を認めないおれとは、まるで話が合わなかったが、その点だけは、男同士同情するような思いがあった。

そろそろママに携帯からメールを出してやるか、と思ったが、まだ早い、バスに乗り込んでからだ、と瞬は自分に言い聞かせた。

「今日の帰りに崖爺さんにあったら、あんたも染め物やってるのかって訊ねられたよ」

晩酌の酒を飲みながら、斎木は笑いながら口にした。「夫婦で仕事場に通っているとは知らないと思っていたんだけれど、一緒に連れ立って歩いているところでも見かけられたのかなあ。それで、書き物の仕事をしていると答えると、おたくたち子供はって訊くから、いや、まだいませんって言ったら、うまくいってるもんだなあって」

「どういう意味だろう」

奈穂は少し憮然とした口調で言った。

「さあ。子供がいないから、お互い好きなことが出来ている夫婦のように見えたのかなあ」

昨日は、奈穂の三十六歳の誕生日だった。この数年、その日が来ると、まだ子供がいない身の上を改めて思い知らされる、といったふうだった。斎木が外で働いていた頃、子供がいない夫婦のことを、まだ一人前とは言えない、まだ苦労を知らない、と見る職場の雰囲気はあった。

――子供がいない夫婦っていうのは、何だかいつまでも友達みたいで気色悪いよな。

そんな同僚の陰口に、早く子供を持った彼も、確かに頷いた覚えがあった。

「でも、よく考えてみると、私たちの周りには結構多いんだよなあ、子供がいないカップルって」

奈穂は昨日とはちがって、少し思い直すように言った。「『衆』のマスターと早絵さんだってそうだし、大山さんだってそう。『四季亭』のご夫婦も多分そうじゃないかしら」

「ああ、そう言われてみればそうだな」

斎木は頷いた。今では、子供がいない夫婦のことを前のように考えることはなくなっていた。

「おれは、血が繋がっている親と子供だから、どこかで分かり合えるなんて到底信じられないよ。心の底では、親と子っていっても別の存在だって思ってるかな。姉貴のことも、あまり家に寄りつかない兄貴だって、結婚しているんだから、それはそれでいいんじゃないかって……」

「私の師匠もよく言ってたな、親と子供はまるで別だって。子供だから親の素質を引き継ぐとはかぎらないって」

そんな会話を交わしながらも、斎木は今日は瞬の十五歳の誕生日だと、頭の片隅で思っていた。昨日、締め切りに間に合わないので仕事場を離れることが出来ず、瞬への手紙は奈穂に出させた。メールでも電話でもいいから、連絡して欲しいと書いたことへの返事が、そろそろ来るかもしれない、と待っていた。

349

瞬の家出は、三日目の夜を迎えていた。

彼はいま、東大宮にある母方の祖母の家にいた。二LDKのマンションに独り暮らししている祖母の一室を与えられて、そこに寝泊まりしていた。

野宿するには寒く、インターネット喫茶を利用するには、身分証明書が必要だった。それで仕方なく、母親がせめてそうしてくれと頼んだ場所に、とりあえずは落ち着くことにした。祖母とは、ほとんど話はしなかった。瞬は、自分の家にいるときと同じように、祖母が用意しておいた食事は一人で部屋で食べ、ときおり就職情報誌で見付けたアルバイト先へ問い合わせの電話をかけた。

最初の日、朝の五時過ぎに高速バスは新宿に着いた。修学旅行にも参加しなかったので、記憶が薄い幼児の頃以外に東京の地を踏むのは初めてだった。だが、おれは元々東京生まれなんだ、それがなぜ、急に、こんな東北の田舎に連れてこられたのだろう、という理不尽な思いをずっと抱いてきた。テレビで目にする都会の暮らしが、いますぐ自分もしたかった。

中学を出たら東京へ行く、と彼は中学校の同級生たちに話したが、誰もまともに取るものはいなかった。まず、高校に行ってそれからだ、と思っている者たちがほとんどな中で、瞬は次第に、出来もしないことを夢みている変人扱いをされるようになっていった。家出は、そんな周りの奴らを見返してやることでもあった。

そして、あの女、と瞬は思った。昨日、慌ててママは、鈴木さんとその間に産まれた赤ん坊と一緒に、おれを連れ戻しにこの家にやって来た。

——せっかく、二学期からは学校にも通って、高校を受ける気になっていたんじゃないの。

ママは、唇を震わせて言った。

――おれだって、瞬のことを思って言ってるんだよ。せめて高校だけは出ておいた方がいい。それから東京に出てきても遅くはないだろう。

鈴木さんも言い募った。

――さあ、瞬、一緒に帰りましょう。

――うるさい。お前が働かないから、おれは自分で働いてやっていくって決めたんだからな。

おれは、怒鳴った。

ママは、またそうやって私を苛める、と言って泣き叫んだ。赤ん坊までが火がついたように泣き出した。

350

実際、ママが再婚するまでコンビニエンスストアでパートをしていた頃は、何も不自由はなかった、と瞬は思い返す。

パパは、ずっと東京に電気の仕事の出稼ぎに行っていてクリスマスイブの夜に帰ってきたかと思うと、またいつのまにかいなくなっていたけれど、それは大きな不満というわけではなかった。だいたい、パパは元からあまり家にいなかったし、前の家にいた頃から、パパの部屋をママは「開かずの間」なんて呼んで、子供たちを近付かせたくないようだった。パパがいなくなって、ママは、これで嫌な奴を追放したから、楽しくみんなで暮らしましょう、なんて言っていた。そして、パパの部屋は、また「開かずの間」となった。

姉ちゃんたちと、それからママも一緒になって、テレビゲームをしたり、サッカーのテレビ観戦に夢中になったり、それから三匹飼っていた犬の散歩をしたりと、毎日家族で遊んで暮らした。誕生日やクリスマスには、ママのおばあちゃんからも好きなものを買うようにとお金が届いたから、ギターでもゲームでも好きなものが買えた。パパからも贈り物が届いたが、図書券だったりして、姉ちゃんたちもおれも、少しダセーって感じだった。

ママが、近所の農家の鈴木さんと付き合い出したときも、おれは特に嫌だとは思わなかった。最初の頃は、休日に鈴木さんから釣りに誘われれば、喜んだふりをして付いていった。それぐらいは、子供だって気を遣っているもんだ。

それが、ママに子供が出来て結婚すると、その生活が一変した。ママは、パートを辞めて働かなくなり、赤ん坊の世話だけで明け暮れるようになった。そして、鈴木さんの家から自由になる生活費がもらえない、お金がない、が口癖となり、鈴木さんやその両親との喧嘩が絶えなくなった。離婚したくても離婚してもらえないだの、やっぱり赤ん坊がいるから別れられないだの。そして、何度も二つの家を行ったり来たりさせられるのはうんざりだった。それでも、豊と名付けられた赤ん坊のことは、おれは好きだった。ずっと姉ちゃんたちに年下扱いばかりされてきたから、自分に弟がいることは、ちょっと嬉しいことだった。

トレーナーの上にいつも羽織っている黒いパーカーのポケットの中で、携帯がブルブルと震動した。取り出して液晶画面を見ると、メールが届いていた。ママからだった。

〈もう、勝手にしなさい。パパにメールのアドレスを教えたから、連絡があるでしょうよ。パパにでもなんでも相談すればいいじゃない、あたしはもう知らないから〉

351

〈バイト決まりそうだから、ここ出て、一人暮ししたいんだけど。ママはしてもいいって言ってるけど、お金が最初かかるから、最初だけ、貸して？　次からの家賃は自分で払うし、月にちょっとだけど返すから。ここだと、居づらいから。ここじゃない所で、東京のどこでもいいからともかく住めればいいし、パパの知ってる所でもいいし、ともかくここが嫌だから、我慢できなくなったら外で寝泊まりしてでも、出て行くつもりだから〉

夕食後もノートパソコンを広げてメールチェックをしていた斎木は、瞬からのメールが来ていることに気付いた。心配していた奈穂にも、それを教えた。

昨夜遅く、前妻から電話がかかってきて、瞬がまた家出したことを知らされた。幸い、斎木はまだ起きていた。

――野宿するっていうから、ともかくおばあちゃんの所にいるようにっては言い聞かせたの。東京で自分で働いて独り暮らしするっていうから、高校を出てからにしなって反対したんだけれど聞かなくて。無理に決まってるでしょうが、ねえ。

――まあ、本人がその気なら、出来ないこともないだろうが。

――またそんな無責任なことを言う。あたしは、瞬のことではほとほと疲れ果てたの。もう、あたしの手には負えないから、あんたが何とかしてよ。

――ともかく瞬と連絡を取ってみるよ。だけど前のメールのアドレスじゃ届かないみたいなんだが。

――携帯買い換えたから。四万円もしたのよ。電話には出ないみたいだから、やっぱりメールのほうがいいと思う。アドレスは……。

今度のアドレスは前ほど長くはなかった。

――それはそうと、前に子供の姓を元に戻したと言っていたが、離婚したのか。

斎木はこの機会に、気にかかっていたことを訊いた。瞬に手紙を出すときにも、ひと頃は「鈴木瞬」宛にしていたのを「細井瞬」に戻した。だが、新しく子供までもうけながらまた離婚した、と想うと暗然とせずにはいられなかった。

――何も離婚したなんて言ってないわよ。ただ、子供たちが嫌がるから学校での呼び名を「細井」にしてもらってるっていうこと。

前妻は薄く笑いを含ませた。電話を切ってから、斎木はさっそく瞬に向けてメールを出した。

――〈瞬、元気か。自分で稼ぐのは大変だが、お前が決めたことだ。反対はしない。何かあっ

たら返信せよ。会ってもいいという気になったら連絡しろよ。ガンバレ。父〉

352

（大丈夫かな……）

瞬からのメールを読んだ斎木は、少々複雑な気分でつぶやいた。

東京までの家出を決行したにしては、文面が幼すぎるように思えたからだった。だがそれも、話し言葉でやりとりするメールのせいかもしれない、と思い直した。

「ここ」というのは、たぶん独りで暮らしている前妻の母親の所だろう、と斎木は想像した。義父だった人は、会社の創業者の二代目で、斎木たちが離婚する二年前に六十代初めの若さで亡くなっていた。

未亡人となったかつての義母が、今どこに住んでいるのかは知らない。離婚する前から、斎木は、毎日のように娘の元に電話してきては干渉したがる義母とはそりが合わず、帰省も母子だけにさせて、顔をほとんど合わせないようになっていた。

バイトが決まりそうだ、とメールには書いてあったが、まだ中学校を卒業してもおらず、親元を離れている少年に、簡単に仕事が見付かるはずはなかった。借りることが出来るアパートにしてもそうだろう。

奴は、嘘をつくつもりだな、と斎木には容易に想像が付いた。自分がこれまでしてきたアルバイトの中には、履歴書の提出も求めないような所は確かにないわけではなかった。それに彼自身も事情があって、高校生のときに大学生だった兄貴の身分証明書を使ってアパートを借りたこともあった。もっとも、資金は、ちゃんと新聞配達をして貯めていたものだが。

もちろん、嘘をついて採用されて何か問題が起こったら、雇った方の責任にもなりかねない、という大きな懸念もあった。だが、いま息子が望んでいることを、はなからそれは無理というものだ、と諦めさせたくはなかった。ずっと中学校を登校拒否していた瞬が、引きこもっていた家を出て、社会へと足を踏み出そうとしたことはよかったではないか、と斎木は信じたかった。

何とかして直接会って話すことが出来るまで、せっかくふたたび生まれた息子とのかすかなつながりが、今度は切れてしまわないように、と念じながら、斎木はメールを綴った。

〈瞬、返事ありがとう。お前の気持ちはわかった。決まったら、働いているところとアパートの住所をちゃんとおれに教えるなら金を貸してもいい。アパートが決まるまでは、いづらくてもそこで我慢しろよ。銀行か郵便局の口座を持っているならそこに振り込むが、無いようなら一度おれが東京に行って直接会って手渡してもいい。ともかくメールで返事をくれ。健闘を祈る。父〉

瞬が、おばあちゃんにあてがわれた一室で、寝ころびながらテレビを見ていると、パーカーのポケットの中の携帯が震えた。

さっそく取り出して液晶に示された番号を見ると、昨日の昼間に問い合わせをした大久保のコンビニからだった。新宿が近いので、選んだ場所だった。すぐに電話に出ると、店長からだった。これから年末で忙しくなり、すぐにでも働いて欲しいので、来週の月曜日に履歴書を持って面接に来て欲しいという連絡に、わかりました、と言って瞬は電話を切った。

これで、二件のコンビニから、面接の約束までを取り付けることができた。よしっ、おれにだってやれるじゃないか、と瞬は心の中で声を発した。

だが、就職雑誌に付いている履歴書を広げると、難しそうな漢字が多く、実際どうやって記したらよいのか迷った。まず名前の欄だが、おれは鈴木瞬が本名で、学校では細井瞬と呼ばれていた。そのどちらを書けばいいのだろう。年は、二歳さばを読んで、中卒で十七歳です、と問い合わせのときも言ったからそう記入するつもりだが、もし証明書を見せるようにと言われたらどうしようか。それから、保証人を記す欄があるが、そこには、戸籍上の父親である鈴木さんの名を書かなければならないのだろうか、ママでもいいのだろうか、それとも、メールで連絡が付いたパパに頼むことが出来るだろうか……。

鈴木さんもママも、実際はおれが東京に住むことをまだ反対していて、戻ってきて高校を受験しろというばかりだから、パパの名を書くのが一番いいんだけどな、だけど、そうしたら、自分の名前も、斎木瞬にしなければならないのだろうか……。瞬は、一枚の紙切れを前に、長い間考え込んでいた。

それに、アパートを探すといっても、賃貸情報誌を立ち読みしてみただけで、まだ一人で不動産屋の中へ入る決心は付かなかった。

また電話の着信を知らせる震動が伝わってきた。見るとメールで、パパからだった。そこには思いがけず、自分の行動を認めてくれることが書いてあった。東京で直接会って、最初にかかるだけのお金を貸してもいい、と書かれてあった。

〈もう、勝手にしなさい。パパになんでも相談すればいいじゃない、あたしはもう知らないから〉というママからのメールの文面がよみがえり、じゃあ、こいつに頼んでみるか、と瞬は、携帯のメールを書き始めた。

〈東京で会うのはいいけど、じゃあいっしょに探してよ。一人だとなにかと不便だから……〉

354

〈瞬、元気か。急ぐのなら、今日はこれから仕事があるから、明日の昼ぐらいに東京に着く新幹線でそっちに行く。二泊ぐらいできるから、おれも泊まりがけで一緒に探すよ。いまお前がいるところの近くの駅で待ち合わせよう。今どこにいる。それから、何か目印があったら教えてくれ。父〉

〈いまいるおばあちゃんのところは東大宮駅のすぐそば。待ち合わせ場所は、そっちで決めて〉

〈瞬、元気か。それじゃあ、待ち合わせ場所をこちらから指定するよ。東大宮駅だと、おばあちゃんの所から近すぎるだろうから、大宮駅の駅構内の「豆の木」という待ち合わせ場所に午前十一時半に行く。なんか金属の彫刻みたいなものがあるところだ。それでいいか？　しばらく会っていないから気恥ずかしいかもしれないが、楽しみにしている。夜は一応泊まれるところを用意しておくからちゃんとおばあちゃんに断ってくるように。それじゃあ、明日。父より〉

〈会うのは大宮でもいいけど、アパートを探す所は新宿周辺だよ。それから、ママがいなくても借りれるでしょ？〉

〈瞬へ。お母さんがいなくても借りれるが、まだ中学生の子に部屋を貸す大家さんはまずいないだろうから、探すのは大変だろうな。ともかく明日おれが行っていろいろ方法を考えよう。ただ、急なことだから、直接会ってお前の気持ちをちゃんと聞きたい。じゃあ、明日会うのを楽しみにしているよ。父より〉

翌日、午前十一時には、東北新幹線に乗ってきた斎木と奈穂は、大宮駅に着いた。最初は斎木だけが上京することを考えたが、体調が思わしくないのと、瞬の登校拒否のことを清水さんに相談したときに、男同士だとどうしても激しくぶつかってやり合ってしまうから、できれば奈穂が第三者の立場で話を聞いてやれるといい、とアドバイスされたのに従おうと思ったのだった。

改札を出ると奈穂は、あそこが「豆の木」、と斎木に教えてから、

「あたしはあの辺でぶらぶらしてる」

と、右手にイギリスフェアという垂れ幕が下がって、紅茶や、菓子、雑貨などのセールが行われている方へと向かった。

「ああ、瞬に話したら、呼ぶよ」

そう言って斎木は、正面に見える「豆の木」の方へ足を向けた。待ち合わせ場所となっているらしい「豆の木」は、金属で出来た二重螺旋(らせん)のモニュメントだった。それは、先がぐんぐん伸びて行って空まで届きそうに見えた。

355

瞬は、ほぼ時間通りに、大宮駅に着いた。改札を出てあたりを見回すと、父親がメールに書いていたものらしい金属の彫刻が見えた。その周りには、多くの待ち合わせの人たちの姿があった。あの変てこな形をしたもののどこが「豆の木」なんだろう、と考えながら、近付きはせず、そこを遠巻きにするように瞬は歩いて行った。

パパの顔は、小学校に上がるときに「開かずの間」に置いてあった机を自分の部屋へ移動して使うことになり、その引き出しに入っていた写真で見たことがある。工場の作業着を着ているパパは、幼いおれを抱き上げて笑っていた。その後も、ときどき家に、パパの話を聞きに来たり、写真を撮りに人が訪れたが、その度にママは、自分たちには関係がないことだから、とおれたちを集めて部屋に閉じこもって、無視をしていた。

最後に会った六年前の記憶も少しある。あのときは、ゲームを買ってもらうつもりが、渓谷のような妙なところに連れて行かれてがっかりした。だいたいおれは、山も自然も、嫌いだった。自分が住みたいのは、何と言ったって都会だった。

あ、パパだ。金属の彫刻の根元に立っている男を見て、瞬は気付いた。いくぶん白髪になっているが、写真と同じように髭も生やしている。向こうがこっちに気が付くまで、このままでいよう、と瞬は少しそっぽを向いて立っていることにした。

斎木は、始終周りを見回しながら、同じような少年がたくさんいる、と思っていた。息子かと思って近付いていっては、人違いかと戻ってくることを繰り返した。

六年ぶりとあっては、背もだいぶ伸びて外見も変わっているだろうから、すぐ見分けが付く自信はなかった。だが、何としても息子の姿を見つけなければ、と思った。

買い物帰りらしく駅ビルのショッピングバッグを持った女性。携帯電話を片手に誰かと話をしている予備校生か大学生風の青年。自分と同年代らしいサラリーマン。制服を着た高校生……。この同じ場所にいるすべての人たちが、やがて待ち合わせた人間と出会い、去っていくのだろう、と斎木は思い、前に、前妻と池袋駅のホームで待ち合わせたときに、会えずじまいだったことを蘇らせた。透明人間でもないのに、夫婦がお互いを見付けられないことなどないはずだ……。半年前にも、瞬が待ち合わせ場所に来ず、会えなかったことも思い出された。今度こそ、どうか現れて欲しい。

「瞬！」

その姿は、よく名前を見知っている植物が向こうから目に飛び込んでくるように、斎木に映った。

356

一瞬、斎木は、息子が駆け逃げてしまうかもしれない、と身構えた。だが、近寄って行っても、瞬はじっと佇んで俯いたまま、相変わらずそっぽを向いていた。

「瞬、元気にしてたか」

斎木は、息子の肩に手をやった。

瞬はそれを払いのけることをしなかったかわりに、身体も表情も少しもうごかそうとしなかった。息子の背丈は、斎木よりもほんの少し低いだけだった。まぶたの上に残っている傷に見覚えがあった。これは確か、幼稚園のときに、ブランコから飛び降りて転んだ拍子に石で切ったんだっけな。

「今度のことは、おれも出来るだけ相談に乗るつもりだから、ラーメンでも食べながら、話を聞こうや。腹、減ってるだろう」

少しだけ瞬のまぶたのあたりがピクリとした。斎木が、駅ビルの方へと促すと、瞬は俯いたまま靴底を引きずるようなもさっとした歩き方でついてきた。

「それでな」

と斎木は、振り向いた。「おれは再婚していて、実はその相手も心配して一緒に来ているんだ。親のおれには話しにくいこともあるだろうし、おれは明日は半日仕事があるから、その間アパートを探すのを手伝ってもらえばいいと思ってな。ちょっと向こうで待っててもらってるんだが、呼んでも構わないか」

瞬は、んん、と不機嫌に息を吐き出すようにして、どうでもいいというように、頭を少し横にかしげた。

奈穂は、遠くから、斎木と瞬を窺っていた。心配していたように、瞬が姿をあらわさなかったり、父親の姿を見て、急に逃げ出すこともなくてよかった、と安堵した。だが、並んで立っている父と子は、やはり似ている、と複雑な思いも抱いていた。特に、病気をして十キロ以上も体重が増える前の、出会ったばかりの頃の斎木のスラッとした姿を思い出させた。

斎木が、自分の方を見て手招きをしていることに気付いて奈穂は、二人の方へと近付いて行った。

「瞬君って呼んでいいかしら、はじめまして。私は奈穂と言います。話したくなかったら無理に話さなくてもいいけれど、私は瞬君が、十五歳で一人で東京に出てきて、アルバイト先やアパートを探してるって聞いて、応援したいと思ってるから」

と奈穂は瞬に話しかけた。

瞬は目を決して合わせようとせず、びくびくしているように見えた。以前家庭教師をした登校拒否をしていた子と同じだ、と奈穂は感じた。

三人は、駅ビルに入っている大衆的な中華料理店に入った。まだ昼には少し時間があるので、店内は空いていた。

おれは五目ラーメンにするか、とメニューを見て斎木が言うと、あたしも、と奈穂が相槌を打った。

「さあ、何でも好きなものを頼んでいいぞ」

斎木がメニューを渡しながら言うと、

「ラーメンでいい」

瞬がメニューを受け取ろうともせず言った。

「ほら、ラーメンだって、チャーシュー麵だとか色々あるぞ」

斎木が横からメニューを指差して見せると、じゃあ、チャーシュー麵、と瞬がボソッと答えた。

「ほんとに好きなんだな、ラーメン」

店員が立ち去ってから、笑いながら斎木が言うと、俯いていた瞬の口元だけが少しやわらいだ。

「それで、何で、東京に家出なんかしてきたんだ」

斎木は努めて冷静さを装うように訊いた。

瞬はしばらく押し黙った。返事がかえってくるまで、斎木はじっと待った。

「……だから、……家を出て、……自分で働いて、一人で暮らしたいからだって」

瞬は、俯いたまま、うざったそうに答えた。

「だが、お前はまだ中学生だぞ。雇ってくれるところは、なかなか見つからないと思うがな」

「そんなことないって。もうコンビニ二つから、面接に来てほしいって言われてるんだから」

「へえ、すごいじゃない」

と奈穂が感心した声を挙げた。瞬は、上目づかいにちらっと奈穂の顔を窺った。

ラーメンが届くと、瞬は、いかにも腹が減っていたといわんばかりに、チャーシュー麺を勢いよく啜った。痩せてはいるが、斎木自身にも身に覚えのある男の子の食べ盛りといった印象だった。

「……その、採用されるかも知れないっていうコンビニだけどな」

と斎木は、再び話し出した。「ふつう中学生じゃ採用されないんじゃないのか」

「もちろん、だから、十七歳ってことにして……」

やっぱりな、と斎木は心の中でつぶやいた。

「保証人なんかはどうするつもりなんだ」

「ママはなってもいいって言ってるけど」

「それは、お前が十七歳で申し込んでるって知っていてのことか」

「だって、そうしなきゃ働けないんだからしょうがないじゃない」

「そうかな。ともかくおれは、年をごまかして働くのには絶対反対だな」

と斎木は険しい口調になった。

358

「そうねえ。瞬君がコンビニのバイトを懸命に見つけたことはすごいと思ったよ。でも、やっぱり斎木が言うように嘘をつくのはまずいんじゃないかなあって私も思うな。そのままの事実を言って、働かせてもらえるか聞いてみたらどうだろう」

早くも険悪な雰囲気となった父と子を見て、奈穂が宥めるように言った。

「そんなこと、無理に決まってる」

瞬は口を噤(つぐ)んだ。結局、相談に乗ると言っておきながら、やっぱりふつうの大人の言うことと同じじゃないか、と不満に思っているのが、如実に見て取れた。

「瞬、おれは、何もとにかく高校へ入ればいいって思ってるわけじゃないんだ。だが、せめて中学を卒業するまでだけでも待てないのか。あの家にいるのも、おばあちゃんの所にいるのも嫌なんだったら、おれの所にいてもいいんだぞ」

斎木はそう言って、奈穂を見遣った。奈穂は頷いた。

「そう。私たちと一緒じゃなくて、一人でいたいんだったら、いま近くに仕事場で借りている所があるから、そこに寝泊まりしてもいいのよ」

ああ、そうだな、と斎木も頷いた。

「やだよ」

瞬は、顔を歪ませて強くかぶりを振った。「もう我慢できないから、今すぐじゃないと嫌だから、こうやって出てきたんじゃないか。それに東京に住むんじゃなきゃ、絶対やだね。それが出来ないんだったら、野宿して死ねばいいだけなんだから」

「そう簡単に死ぬなんていうなよ。メールに、住むところはおれの知っているところでもいいからって書いてあっただろう、いくつかあてがある人に、電話で会う約束をしておいたから、ともかくまず会って話してみようや」

斎木は、時間がもったいないから後の話は移動しながらにしようと、二人を促して席を立った。はじめは、カメラマンをしている中野さんのところに行くことにした。公衆電話から電話をすると、じゃあ、家に来てもらおうか、居候する気になるかどうか見なきゃわからないだろうから、といつもながらの気さくな返事がかえってきた。

斎木は、高校三年生の十二月に東京に出てきてから四年間ほど、週刊誌の原稿を書いたり、テレビの企画を立てたりするフリーライターたちが集まって作った会社に勤めていたことがあった。中野さんとは、そのときに知り合い、会社を辞めて電気工になった後も、年に一度ほど会う付き合いは続き、今は奈穂が展覧会の写真審査用に撮る作品の撮影も頼むようになっていた。

「斎木さん、奈穂さん、おひさしぶり。おっ、この少年君が斎木さんの息子さんか、似てるねえ、お父さんにはじめて会ったときを思い出したよ」

玄関口で迎えてくれた中野さんが、開口一番にそう言った。カメラマンという職業柄か、いつもキビキビとした物言いで、細身で精悍な外見はとても六十代には見えなかった。

「ほんとうにお忙しいところありがとうございます」

「どうもお世話になります」

斎木と奈穂は頭を下げた。斎木が促すと、俯いていた瞬の頭が、ほんの少しだけ下がった。

「さあ、どうぞどうぞ、上がって。さて少年君には気に入ってもらえるかな」

と中野さんが家の中へと招き入れた。

中野さんの家は、目黒区の閑静な住宅街のさらに車の入れない路地の奥まったところにあった。古い木造の二階建てで、焦げ茶色の外壁は中野さんが自分でペンキを塗ったものだった。二度結婚生活を送っていた時には、都内のマンションで暮らしていたが、両親が亡くなり、二度目の離婚をしてからは、親から引き継いだ古い家で一人暮らしをしていた。最初に結婚した女性とは、子供が生まれず、四十代になってから再婚した一回り以上も年下の女性との間に、女の子が一人いた。

「これな、全部おじさんが改造したんだぞ」

襖や障子をすべて取り払ってきれいにペンキを塗り、一階全部を一部屋にして、撮影スタジオを兼ねるようにした洋間に入ると、中野さんが瞬に向かって言った。瞬はちらっと見回しただけで、目を伏せた。

「君のお父さんもね、今はこうしているけれど、初めて会った十八のときは、ひょろひょろのいかにも朴訥な田舎の少年という感じで、大丈夫かなあと思わされたもんだよ。そういや、斎木さんも確か高校の途中で、家出同然にして東京に出てきたんじゃなかったっけ」

「ええ、東京に出てきたのはいいけれど、なかなか仕事先が見つからなくて、ようやくあの事務所に拾ってもらったんです。そういうところは、似てくれなくてもよかったんですけどねえ」

斎木は苦笑した。奈穂は、瞬が父親と似ていることを言われるときに、まんざらでもなさそうな色が表情にかすかに浮かぶことに気付いた。

「瞬君さ、十五歳になったら、自分で姓を決められるんだぞ。いっそのこと、これを機会に斎木を名乗るようにしたらいいんじゃないかな」

斎木がこれまでのいきさつを告げると、中野さんはそう言った。その言葉は、斎木と奈穂にとっても思いがけないものだった。

一時間ほどして、斎木たちは中野さんの家を後にした。瞬も一緒だった。

斎木の姓を名乗ればいい、という中野さんの提案に、瞬は何も答えなかった。中野さんは、斎木が養育費を払っているにもかかわらず、ずっと子供に会えないでいた状態を知っていて心配してくれており、自身も娘にひと月に一度面会をする権利だけは別れた女性に認めさせている立場から、アドバイスしてくれたのだろう、と斎木は察した。

奈穂は、これからの状況次第ではそういうことも覚悟しなければならないのか、と気付かされた思いで、ぼんやりと庭を眺めていた。庭は、中野さんの親が丹精していた庭木はさっぱりと伐られて、一面が芝生となっており、赤い三輪車が置いてあった。

――それから、おれの知り合いに府中でコンビニの店長をしている奴がいるんで聞いたんだけど、やっぱり年をごまかすのはまずいってよ。結構いるらしいんだよ、ただそれは、時給がいい深夜勤務をするのに、高校生であることを隠していたりっていうケースで、さすがに中学生っていうのはいないみたいだったけどな。いいかい、瞬君、労働基準法っていう法律があって、君みたいな児童を雇ったら、確か一年以下の懲役、または五十万円以下の罰金になるんだよ。ただな、中学を卒業してからだったら、雇ってもいいって言ってたぞ。

――いろいろと、ありがとうございます。

と斎木は深く頭を垂れて礼を言った。奈穂は、そんなことになるとは知らずに、中学生にも職を探せると思っていた自分の迂闊(うかつ)さを恥じた。

――でもな、君はこのまま中学に戻りたくはないんだろう。だったらな、この親父さんのところで簡単な仕事を手伝わせてもらうか、それともここに居候させてやるから、おれの写真の仕事のアシスタントをしてみるか。

中野さんに訊かれて、瞬は少し考えていたが、いや、いい、とかぶりを振った。……

次に斎木が向かおうと思ったのは、修道院だった。エッセイの仕事を通して知り合ったシスターに、児童を預かる施設がないだろうか、と予め相談してあった。高校生の頃、家庭内暴力を起こしている兄がいて、自宅から避難する必要があった級友と一緒に、そうした施設を探して回ったことがあった。だが、私鉄の電車の中でそのことを告げると、瞬は、施設なんか嫌だ、と気色ばんだ。

「アパートを探してくれるんじゃなかったの」

「じゃあ、ともかく不動産屋へ行ってみるか」

実際に行ってみて、現実をわからせるしかないだろう、と斎木は考えていた。

361

「アパートの情報誌は買ってみたりしたのか」

私鉄の終着駅の渋谷に着くと、斎木は瞬に訊ねた。瞬がかぶりを振るのを見て、じゃあ、ともかくそれを買って、喫茶店で検討してみよう、ということになった。

キオスクで買った情報誌は、以前手にした頃に比べてずいぶん分厚くなっていた。斎木が十八歳で東京に出てきたときは、最初は東中野の三畳間に住み、家賃は九千円だった。およそ半年後、フリーライターたちの事務所に採用されたときに、西武新宿線の新井薬師前駅の四畳半の間借りのアパートに移った。家賃は一万三千円だった。初任給は六万円で、夜は大学生たちにまじって書店の夜間店員もやった。その部屋には、東京の大学の受験に、高校時代の級友たちが入れ替わり立ち替わり泊まっていったものだった。

どれどれ、とまず斎木がページをめくってみると、家賃はずいぶんと高くなっていた。安そうな物件でも、畳の部屋は少なく、ほとんどがフローリングのワンルームで、冷暖房機付きだった。

奈穂に見せると、ほんとうだ、今の学生はぜいたくなのねえ、と溜め息をついた。大学を出て、東京の映画宣伝会社で働いていた頃、奈穂は一年経ってようやく、実家を出て、通勤に一時間以上かかる町の三万五千円の古いアパートで一人暮らしを始めた。そのぐらい遠くでなければ三万円台で、風呂付きには住めなかった。

「ほら、新宿に住みたいっていっても、安いアパートなんかないだろう」

と斎木は瞬に情報誌を渡した。しばらくページをめくっていた瞬が、でも、ここにある、と探して見せた物件は七万円台で、とても彼が働いてやっていける家賃ではなかった。それを言

うと、

「でも、コンビニのバイトを二つ掛け持ちすれば、二十万円は稼げるから、平気だよ」

と瞬は答えた。

「お前なあ……」

斎木は二の句が継げなかった。十五歳だったら、せいぜい月に十万円稼ぐのがやっとだろう。それも仕事があればの話だ。「新宿で働いている人たちは、だいたいこの辺りから電車で通勤しているんだぞ」

斎木は、地図で、町田や所沢を指差して言った。

「じゃあ、この『しょたく』ってとこで探そうよ」

と瞬が言った。

斎木は一瞬戸惑ったが、すぐに「所沢」のことだとわかった。これじゃあ、十七歳と言って採用されても、すぐにばれてしまうだろう、と斎木は心の中で案じた。

362

所沢の駅前にすぐ見えた不動産屋へ行くと、三つの物件の住所を教えてもらうことができ、鍵を渡されて、自分たちで下見をすることにした。

瞬は、斎木が上京したときの仕事場に借りることにすれば簡単だと思っているようだが、斎木は借りるのは自分の名義でも、実際に住むのは十五歳の少年であることを話して、それでもよいという大家さんのアパートを探した。不動産屋は、管理を管理会社に任せているような物件なら大丈夫なところがあるかもしれない、ということだった。

斎木と奈穂は、これからの支払い能力のことを考えて三万円台のところをすすめたが、物件が綴じてあるファイルの中から瞬が選ぶのは、四万円台後半から五万円台だった。

「フローリングじゃないと喘息に悪いでしょ」

家賃が高すぎるのでは、と斎木が言うと、瞬はそう答えた。そして、フローリングならどこでも構わないだろうと斎木が思えば、瞬は床を叩いてみて材質を確かめたり、壁の色合いが気に入らないと言ったりした。三件回る間に、瞬の部屋を選ぶ基準が、家であてがわれている自室にあるらしいと気付いて、斎木は複雑な思いを抱いた。

ずいぶん歩き回り、斎木が咳き込みはじめたのを見て、奈穂が今日はこれぐらいにしようと言った。

「明日は、丸一日かけて探せるんだから」

奈穂の言葉に、瞬は頷いた。

奈穂は実家に泊まり、斎木と瞬はビジネスホテルに泊まることにした。両方とも所沢から近い西武線の沿線にあったので、明日の九時に、また所沢で待ち合わせることに決めて別れた。

別れ際に、

「大丈夫？」

と奈穂が囁いたのに、斎木は、うん、と頷いた。鬱病だと診断されてから、医師の忠告もあって、一人で泊まることをずっと控えていた。

斎木が予約したビジネスホテルは、何度か電気工たちの宿泊所として使ったところだった。その頃は、和室の客室に三人ほどずつ相部屋となったものだが、今日はツインの洋室を予約した。同じ部屋はおろか、一緒の屋根の下ででも、息子と過ごすのは何年ぶりだろう、とチェックインして部屋へと向かいながら斎木は思った。

「瞬、おれは、お前のお母さんと離婚したせいで、迷惑をかけて悪かったとは思っている。だがな、家族のみんなを生かしていくためには、そうするしかなかった、と今でも信じているんだ」

部屋に二人きりになると、斎木は言った。瞬は、んん、と呻くような小さな声を発した。

その夜、斎木は睡眠薬を飲まずに寝ることにした。疲れたので風呂に入るのも止めた。

夜半まで、音量を低くしてずっとテレビを見ていた瞬が、もそっと立ち上がり、風呂へと向かう気配が起こった。

やがて薄闇の中にかすかにおってきたシャンプーのにおいを、斎木は嗅いだ。

翌日、斎木と瞬は、ビジネスホテルの朝食を食べてから、待ち合わせの所沢へと向かった。

瞬は、朝食はいつも食べないからいらない、とベッドから出てこなかったが、アパート探しにも体力がいるから食べなきゃ駄目だぞ、と斎木はやんわり諭した。斎木が電気工をしていた頃も、前妻は朝食を作らなかったので、いつも駅前の立ち食い蕎麦屋でおにぎりと稲荷を買い込み、現場へ向かう途中の車の中で食べたものだった。

午前中は、ふたたび所沢近辺のアパートを探し、午後は斎木は対談の仕事があるので、後は奈穂に任せることにした。瞬は少しずつだが、奈穂とも話を交わすようになっていた。

「最後に見たアパート、スーパーも近くにあるし、表通りから離れているから周りも静かそうで、駅までも並木道になっていていいと思うけどな」

昼食を摂りに入ったカフェで、サンドイッチを頬張りながら奈穂が言った。

「やだよ。おれが住みたいのは、街中なんだから」

と瞬は答えた。「ねえ、もっと新宿だとかに近いところで探せないの」

「じゃあ、午後は、この池袋の不動産屋さんに行ってみようか」

アパート情報誌に載っている広告を見せて、奈穂が言った。物件があるかないか、実際に見てみないことには納得しそうにないものな、と思った。

池袋の東口から、地図を頼りに歩いて見付けたビルの五階に店があった。エレベーターで五階に上がると、そこは扉も何もなく、すぐに店内だった。いらっしゃいませ、十人ほどの社員が、一斉に、新しい客の方を見て声を発した。客をすぐには帰さない、といった雰囲気に、奈穂は一瞬怯んだが、意を決してすすめられた椅子に瞬とともに腰を下ろした。

「それで、息子さんの部屋をお探しですね」

「ええ。ただ……、それが……、ちょっと色々と混み入った事情がありまして」

名刺を渡して宮坂と名乗った担当者は、金色がかった茶髪をしていて、一見軽薄そうな二十代後半のおにいさんといった感じだったが、奈穂が額に手を当てて、しどろもどろになりながらも懸命に説明すると、意外と親切に相談に乗ってくれた。

「わかりました。何とか探してみましょう。それで、お客さんの希望としてはどのあたりに住みたいのかな」

宮坂さんは、瞬の方を向いて訊ねた。

「出来れば、東京の真ん中のこのあたり」

瞬が、路線図で指差してみせたのは、永田町だった。

364

奈穂はまさしく、開いた口がふさがらない、という顔になったが、宮坂さんは平然とした表情で、

「そこは、国会議事堂ならあるけれど、アパートはちょっとないですねぇ」

と答えた。

「じゃあ、この山手線だっけ、この内側がいいんだけど」

「そこは、四万円台だと駐車場を借りるのもやっとですね」

奈穂は、宮坂さんの誠実な対応振りに対してはもちろんだが、一方瞬についても、他人に対して物怖じせずに一丁前の口をきいており、東京に無知なせいでとんちんかんな質問をしていることに気付いても、それを特に恥じていない様子であることに感心していた。これなら、十七歳と言って採用されるかも知れない、と奈穂は感じはじめていた。

「都心で、安い家賃で住みたいとなると、事故住宅であるとか、なにか問題があるところしかないですねえ。ちょっと写真をお見せしましょうか」

宮坂さんは、後ろのカウンターから小さなアルバム帳を取り出して来た。「ここは、一軒家だけれど借り手がつかないので、一部屋ずつ区切って賃貸にしているんです。いちおう各部屋ごとに、簡易シャワーのボックスがあったり、ガスレンジ台があるんですが、排水口がないので、水を使ったときは、バケツで水を汲んで、いちいち外に流しに行かなきゃならないんです。でもその中に、東南アジア人でもOKというところもあって、六畳の和室に八人ぐらい住んでいるところもあるんですよ。それから、ここは建物の外見は、立派なマンションでしょう。でも前の住人が新興宗教にはまっていたので、壁や天井一面に曼茶羅のような、何語かわからないような字がびっしりと書かれていて、壁紙の張替えをしても薄らと浮き出てしまうんです。ほら、ほら、こんなふうに。それから、この部屋は、メンテナンスをして床や壁を張り替えても写真を撮ると、人の影が浮き出てしまう、もと自殺者の出たところなんです」

奈穂は恐々だったが、瞬も神妙に見入っていた。

「もう暗くなったのに、こんな写真見せてすみませんねえ」

と言って、宮坂さんは、ファイルを元に戻した。

「地方から出てきた方は、必ず言うんですよ、やっぱり自分の住所を書くときに、『東京都』と書き出したいって。だから、新宿や池袋から電車で四、五十分ほど行った、ぎりぎり東京都、いちおう東京都、というあたりに落ち着くことが多いんですけどねえ」

365

不動産屋を出た奈穂と瞬は、暗くなった池袋の街を駅を目指してゆっくりと歩いていた。

宮坂さんは、最後に、東村山にあるアパートを紹介してくれた。そこは自分のところの物件で、鍵は水道メーターに入れてあるので、明日にでも自由に下見して構わないということだった。

それから宮坂さんは、瞬がコンビニのバイトをしようと思っていると聞いて、自分も大学生時代から卒業してしばらくのあいだ、朝から深夜まで全ての時間帯のコンビニのバイトを経験したと言って、アドバイスしてくれたのだった。

――大久保のコンビニは、初めてやるには、まず務まらないと思うよ。さっきの外国人たちが共同で一部屋を借りているアパートも実は大久保の物件なんだけど、あの辺のコンビニは外国人客が多いから、少々の英語は話せないといけないし、万引きや強盗も多い所だから。僕も、違う所だったけれど、不審者に追いかけられて、事務所の奥に逃げ込んで助かったこともあったよ。

英語は得意？　と奈穂が囁くと、ううん、と瞬は怯えた顔付きでかぶりを振った。

――確かに、中卒で出来るバイトというと、コンビニぐらいしかないのは事実なんだよね。あとは肉体労働ならあるかもしれないけれど。

肉体労働は絶対にいや。瞬がぼそりと言った。

――でもねえ、コンビニだって重労働なんだよ。店番だけじゃなくて、搬入や検品をしなければいけなくて、特に「日配」と呼ばれる牛乳やらデザート、これが一番辛いの。量も多いし、冷蔵棚に品物を入れるので、冷気にさらされて手が痛くなるほどなんだ。その間にも容赦なくお客は来るし。

そして、宮坂さんは、何か目標があって、そのために生活費を稼ぐっていう強い気持があるのなら頑張れるかもしれないけれど、でもそれだってなかなか難しいもんだよ、と少し自嘲するような笑みを浮かべて溜め息をついたのだった。……

「瞬君は、何か目標か夢はあるの」

小さな公園にさしかかったところで、宮坂さんが、自分は演劇の夢を持っていたんです、と言っていたのを思い出しながら、奈穂は訊いた。

「美容師。東京の全寮制の専門学校に行こうと思って願書を出したら、男の生徒を受け入れたことは今までないからダメだって。だから、十八になったら、男でも入れる専門学校に行こうと思って」

そんなことがあったんだ、と奈穂はつぶやいた。

「寒いし、何だか疲れたね。よかったら、私の実家で夕飯食べようか」

……うん。瞬が気弱そうに頷くのを見て、奈穂は母親に電話しようと、電話ボックスを探した。

366

「いらっしゃい。……あらっ、鮮さん、お一人？　奈穂は一緒じゃなかったの」

玄関のブザーが鳴り、奥の居間から立ち上がってきた奈穂の母親が、笑顔を浮かべていた表情を怪訝そうに変えて言った。

「どうも、ご無沙汰しております。実は色々と事情がありまして」

斎木は答え、さあ、どうぞどうぞ、外は寒かったでしょう、早くお上がりください、と言われて、お邪魔します、と廊下へ上がった。

東京近郊のまだ武蔵野の面影を残した街に奈穂の実家はあった。小体（こてい）な木造の二階屋だった。

私が生まれ育ったのは病院の街、と奈穂はよく言っていた。

廊下の奥にある居間へと足を運ぶと、奈穂の父親も在宅していた。定年後の第二の職場も辞めたばかりだと、斎木は奈穂から聞かされていた。

「いらっしゃい」

と迎えた奈穂の父親は、待ち構えていたというように、自作の俳句を清書した原稿用紙を斎木に見せて、どうでしょうかね、と訊ねた。

「あなた、そんな、いらっしゃったばかりなのに」

と奈穂の母親は、夫を制して、どうぞ足をくずして楽になさって下さい、とお茶を斎木に差し出した。だが、斎木は、すすめられた座布団を脇にして正座したまま、改まった口調で口を開いた。

「実は、私の先妻との間に生まれた末の息子が、中学を卒業するのを待たずに、東京に家出してきてしまったんです。それで、奈穂さんは今、私の息子と一緒にアパートを探しに不動産屋を回っているところなんです。自分が引きずっている過去のことで、ご両親の娘さんにまで迷惑をおかけしましてまことに申し訳ございません」

斎木は畳に手を付いて、深く頭を垂れた。

「……そんな、どうぞお顔をあげて下さい」

奈穂の母親が言った。斎木の父親が、斎木が再婚したことを知らされてから訪れたときに、子持ちで離婚した身で、結婚式も挙げずに再婚したことを詫びたときの姿勢と重なって見えた。

「そんなこと、気になさらずに」

と奈穂の父親も笑顔で言った。「そうですか、息子さん来てるんですか。僕も会ってみたいものだなあ、うちは子供は娘ばかりですからね」

そうだ、鮮さんは、もうお酒の方がよろしいかしら、と奈穂の母親が言って立ち上がった。

そこへ電話がかかってきた。

「……そう、ぜひ一緒にいらっしゃいよ。……鮮さんはもう見えて、いま事情はお聞きしたところ」

玄関口の電話で話をしている声が、居間にも聞こえてきた。

367

月曜日の午後の新幹線で、いったん三人は、帰途に就いていた。車輌の半ば辺りに空いていた座席に、奈穂と瞬が並んで座ってうとうとしており、斎木は一番後方に離れた席で、苦い表情で原稿の仕事をしていた。

結局、アパートは、宮坂さんが紹介してくれた東村山の物件に決まった。さすがに瞬も、それまでのやりとりから、都心に住むことも、年齢を偽ってコンビニで働くことも諦めたようだった。斎木が契約人となり、都内に住んでいる身内の人に連帯保証人になってもらいたいというので、奈穂の父親が連帯保証人を引き受けてくれた。

土曜日の夕方、奈穂が瞬を連れて帰って来ると、奈穂の父親は瞬を歓待し、今度一緒に西武球場に野球を観に行こうよ、とはしゃいだ口調で誘った。瞬は、小皿に少しずつ出されたおかずをうまそうに食べた。ほうれん草のおひたし、南瓜の煮物、焼いた鮭、鶏肉と野菜の筑前煮……。それまで瞬は、ラーメンかとんかつや焼肉定食を注文しては、添えてあるキャベツやサラダを残していた。なんだ、野菜も食べるんじゃないか。斎木が言うと、こういうの、家で食べたことがないから、と瞬は答えた。

もし東村山のアパートが決まったら、斎木がたびたび上京するのも大変だろうと、ここからバスですぐの所だから自分たちが様子を見守ってあげる、と奈穂の両親は言ってくれた。

食事が済んで、奈穂の母親は瞬に、おばあさんの所に電話をして泊まっていけば、と強く誘ったが、それは気が引ける様子なので、斎木はバス停まで送って行った。瞬は、ちゃんとおばあちゃんのところへ帰るよ、と素直な口調になって言った。

私鉄の駅まで行くバスの停留所から塀を隔てたところには、十棟ほどの古い団地が建ち並んでいた。そこは昔、斎木が担当していた団地だった。

――ほら、水銀灯が見えるだろう。あれは、おれが現場監督をして全部建て替えたんだ。中卒したての電気工見習いも一緒だったなあ。そのときの親方に、お前のことを見習いで働かせてくれないかと頼んでもいいが、どうする。いい人だぞ。

――いや、いい。

瞬は、興味ありげに街灯の連なりを見ていたが、父親の提案は、にべもなく断った。

その頃、台所で奈穂は、母親に礼を言っていた。

――あなたの子ではないけど、あなたの連れ合いの子だもの、やさしくしなくちゃ。

と母親は、隣の奈穂をじっと見た。……

駅に着いてホームに降り立った斎木は、帰りの新幹線の車中から「山」の上の鉄塔を見るのを、はじめて忘れてしまったことに気付いた。

368

瞬の件で、なるべく早い機会に鈴木さんと会って話をしなければ、と斎木は思った。

瞬からメールで知らせてもらった番号に、夕食時を見計らって電話をかけると、瞬と同じ年頃の男の子から電話を替わった鈴木さんは、少し酔っていて済みませんが、と断ってから話をした。瞬のことは、出席日数が少ないので公立高校は無理でも、私立にでも行かせるつもりだった、高校ぐらいは出ていないと本人のためにもならないと思う、東京行きには反対だ、と強い口調で言った。

「そのことで、ぜひ一度お会いしたいのですが」

「ええ、おれの方もそうしたいと思ってました。明日ではどうでしょうか、急すぎますか」

「いや、早いほうがいいので、そうしましょう」

斎木が答えると、ちょうど明日、経営しているアパートの部屋の修理具合を見に、斎木の住む街へ行く用事があるので、午前中の十一時頃に駅の近くだと都合が好い、と鈴木さんが言った。

「それでは、駅と続いているホテルの二階の喫茶店でいかがでしょうか」

わかりました、と応じた鈴木さんに、それで、できれば二人だけで話をしたいんですが、と斎木は言い加えた。瞬のことに加えて、瞬の母親のことでも、男同士で話したいことがあった。

「ああ、そうですね。ただ、本人が何て言うか……、ともかく、できるだけそうしてみますから」

と鈴木さんは答えた。

翌日、斎木が待ち合わせの時間の十分前に喫茶店に入ると、鈴木さんはすでに奥の座席に着いていた。瞬の母親も一緒だった。

「道が空いていたんで、早く着きました」

と鈴木さんが言い、瞬の母親もついてきたことを詫びるように目くばせした。

「あたしも話を聞きたいし、やっぱり心配だからついてきました」

と前妻が言った。十年近く会っていないが、化粧のせいか、そう変わってはいない外見だった。

「私の子供たちの面倒も見ていただいて、鈴木さんには心からお礼申し上げます」

まず斎木は頭を下げた。

鈴木さんは長めの髪をオールバックにし、外の仕事で日焼けをした顔付きは、子連れで離婚した女性の面倒を見ようという男気を感じさせる人となりに見えた。

「昨日の電話で反対なさるお気持ちはよくわかりました。しかし、登校拒否をして引きこもっていた瞬が社会に出ようとしているんです。それを何とか応援していただけないでしょうか」

斎木は、先日の東京行きの顛末を説明した。

369

〈瞬へ。待たせたな。いま話を終えて戻ってきたところだ。何とか、お前の希望をわかってもらったよ。ただし引っ越しの日程で、少し条件があるそうだ。詳しいことは、電話してくれ。父より〉

斎木が家へ戻ると、色々とお世話になりました、という電話が、ついさっき前妻からかかってきた、と奈穂が告げた。三人で会って奈穂を抜かしてしまったことへの詫びも口にしていたと聞いて、どうにかこれで話が落ち着いて欲しい、と斎木は願いながら、さっそく瞬にメールを書いた。

――どうして子供のわがままに、ここまで大人がいいなりにならなければならないんですか。――十五歳の子供が東京で一人暮らしをすることを許す親がどこにいますか。どうしても一人暮らししたいなら、高校に行きさえすれば自分が持っているアパートに入れてやるのに。

そう反対する二人に、自分たち大人の方も、こちらの都合で子供たちを振り回してしまったこと、瞬の希望は、東京で一人暮らしをし、そのための費用を自分で稼ぎ、できるだけ人の迷惑にならずに生活をすすめたいというものだから、決してわがままとは思えないこと、十八になったら専門学校に入って美容師になるという夢があること、そのためには、確かに高校に行くことだけが全てではない、と自分も思っていること、そして、アパートは斎木の名義で借りるが、実際は十五歳の子供が住む事実を告げて、それでも貸してくれるという大家さんがようやく見つかったこと、それらのことを斎木は話して説得しようとした。

――でも、アパートを借りる最初のお金はどうするんですか。

――取りあえず、私たち夫婦が用立てして瞬に貸して、アルバイトが見つかったら、毎月少しずつ返してもらうことにしたいと思います。ここに、その返済の条件などを記したものを用意しました。

斎木は、瞬と交わした契約書のコピーを鈴木さんに渡した。そこには、借用書の他に、緊急の場合は早急に親に連絡することや、納得できる理由なしに返済が行われなかった場合は部屋の契約を破棄すること、また瞬の希望として、アパートを訪れる場合は、必ず前もって連絡して確認後訪問することなども取り決めてあった。

――そこまで話が進んでいるんだったら、そちらがほんとうの親なんだから、反対はしませんよ。

そう言って、鈴木さんが大きく息を吐いた。

わかりました、と表情が読めない顔付きで前妻も答えた。その代わり、引っ越しさせる親の都合もあるので、一週間ほど引っ越しを待ってもらうように瞬を説得して下さい、と条件を出した。

370

斎木が瞬にメールを出すと、入れ替わりに瞬からのメールが届いていた。

〈引っ越しに電話したらあさってで大丈夫だって。ボックスは、縦、横、一m、高さは一m七十センチだって。机とかふとんは入るけど、自伝車は、ボックス全部、使うからもう一つ必要だって言われた。一つだと、二万七千円だけど、二つだとその倍だから、それなら、自伝車は向こうで買ったほうが安いと思うから、一つだけにした〉

まいったな、と斎木はつぶやいた。自転車を相変わらず「じでんしゃ」と訛ったまま打ち込んで変換しているらしく、自伝車となっているのを笑っている場合ではなかった。

瞬の携帯に電話をかけても出ないので、斎木は急いでメールを打った。

〈引っ越し屋の方はまだ頼まないように。ともかく急の話があるから電話をしてくれ。父〉

それから、今日伝えられた前妻の携帯のメールアドレス宛にも至急メールを送った。

〈今日は足を運んでいただきありがとうございました。瞬の方は早く引っ越しをと急いでいるようですが、説得しようにもまだ連絡がつきません。あまりにも急だというお二人の気持ちもわかりますので、ともかく連絡が付き次第、説得したいと思います。ただ一週間も延ばすのは難しいかもしれませんので、せめて二、三日延ばすということで、双方折り合うことができればいいのですが。不動産屋も物件を押さえてもらっているので、その日時が延ばせるか掛け合ってみます。鈴木さんにもよろしくお伝え下さい〉

待っていると、瞬からようやく電話がかかってきた。

「もう引っ越しすることでいいって決まっているのに、何で一週間も待たなきゃいけないの」

「明後日では、あまりにも急だっていうんだよ。お母さんだって気持の準備が必要だろうが」

「でも、何もしないで一週間待つなんて耐えられないよ」

「じゃあ、せめて二、三日だけでも延ばせないのか」

「……わかった、もういいよ」

不機嫌そうに電話が切られた。

次に、家に戻ったらしい前妻から返信のメールがあった。

〈瞬は部屋に籠もって、もう荷物をまとめています。さっき三人で話し合い、一週間延ばすことであれほどお願いしてきたのにふみにじられたようでとても悲しいです。返事はもう少し考えさせてからにさせてください〉

371

それからすぐに、またメールで続きが届いた。

〈不動産のほう手付けだけでも振込むから待ってもらえるようにできないんでしょうか。なんの為に今日大人三人があったのか、私達の希望は何一つ通らないってことですね。締切の仕事でどうしても一週間後じゃないと上京できなくなったと嘘をついてでも、瞬に従わせることはできたはず。帰りに何軒か電気屋によって電子レンジテレビ冷蔵庫炊飯器色々捜して自転車も新しいのもたせてやろうとか話しながら帰ってきたのに。もう裏切られた気持ちで何も考えられませんもう少し考えさせてください〉

ここにきてまで、引っ越しを延ばさせることに彼女がこだわるのはなぜだろう。もちろん息子をすぐに手放したくないという母親の情はわかる。だが、瞬は家出を覚悟して東京に出ようとしているのに、電化製品を一揃い持たせてやろうというのは、親が自分を安心させたいだけではないだろうか。それに、嘘をついてまで大人の意向に子供を従わせるというのには、おれは反対だ……。

「瞬君が待てないと思うのはわかるな。あたしが電話して、瞬君のお母さんに話してみようか」

メールの文面に溜め息をついている斎木を見て、奈穂は言った。

いいや、今はあまり刺激しない方がいい、と斎木はかぶりを振った。

その夕、斎木は街中へ外出する用があった。自分の編集技術が少しでも役立てばと、自分史や創作を自費出版したいという人たちにアドバイスする講座を月に二度持っていた。

「山」の上は、夜になると人の気配がめっきり途絶えてしまう。奈穂が一人で過ごす夜、夏なら青葉木菟の声に耳を傾けているだけで心が慰められるが、今はあいにく冬で、周りは森閑としていた。奈穂は、やはり瞬の母親と話してみよう、と斎木が携帯の番号をメモした紙を取り上げた。

「もしもし、斎木奈穂です。昼間は、お電話ありがとうございました。それで、私から少しお話ししたいんですが、よろしいでしょうか」

奈穂は、気を落ち着かせながら、話し始めた。

「なんで、あんたが出てくるわけ！」

昼間とは打って変わった激しい口調で、瞬の母親が応じた。「だいたい、瞬の父親を取ったのはあなたでしょ。あんたたちが結婚したから、あたしも結婚したんだから。何で他人のあんたが出てくるの。あなたじゃなくてパパと話がしたいの。これはあたしとパパの問題なんだから、あなたには関係ないじゃない。あたしの気持ちなんか、どうせ子供がいないからわからないでしょうよ」

372

斎木は、十時過ぎに帰宅した。講座の後に酒を飲んでくることもあるが、今夜は瞬のことでまた電話がかかってくるかもしれない、と真っ直ぐにタクシー乗り場へと向かった。「山」へ向かうバスは、九時半が最終だった。

共同玄関の前でタクシーを降り、オートロックを開けて部屋へと向かった。玄関の鍵が閉まっているので、鞄の底を探って鍵を取り出した。いつもなら、鍵をガチャガチャさせているのに気付いて奈穂が、玄関口へと迎えに来るが、人の気配は立たなかった。

仕事道具を移動したので、ようやくリビングらしくなった洋間のテーブルに、奈穂は、灯りもつけず悄然と座っていた。

「ただいま」

斎木が声をかけると、ああ帰ってきたの、と奈穂は目を向けただけで答えず、

「……ああ、恐かった」

と身震いさせながら深く息をついた。

「どうした。……もしかして、電話があったのか」

「うん、私の方からかけたんだけど」

と奈穂が頷いた。「すごい剣幕だった。昼間とは別人のように変わっていて、ぞーっとした。これまでに味わったことがないくらい。今にもやって来て、ベランダから入ってくるんじゃないかって恐くなって、部屋を暗くしてじーっとしてたの。東村山のアパートのことも気に入らないって言って、それも、まるで確かめてきたみたいに、部屋がフローリングじゃないとか、近くに中学校や高校があるのも気になるとか。……ねえ、私の父に保証人を頼む話は止められないかな。私までならまだしも、両親にまで何かあったら困るもの」

「ああ、実はおれも、そのことがずっと気になってたんだ。……そうだな、アパートのことは

いったん白紙に戻すしかないだろう」

斎木は思い切るように言い、電話へ向かった。「斎木ですけれど、夜分済みません。……ええ、そのアパートのことですが、後になってそのことを持ち出されても困るので、いったん白紙に戻すしかないと思うんですが、……おいっ、ちょっと、待ってくれよ、……そんな、誰もお前が邪魔だなんて言ってないだろうが、……そんな、また、死ぬなんていうなよ。赤ん坊だっているんだろう。何っ、瞬がまた出て行くって、……おいおいっ、二人とも、止めろよ。頼むから、落ち着けよ。……もしもーし、もしもーし」

斎木が腫れ物に触っているような物言いで必死に宥める姿を奈穂ははじめて目にしながら、自殺未遂を図るまで追い詰められた斎木の前の結婚生活のことがようやく少しわかった、と思った。

373

奈穂と瞬は、東京を漂流していた。

五日前の夜に、瞬が、また家を出て野宿するというのと、前妻があたしなんかいないほうがいいんでしょ、いいわよ死んでやる、と泣き叫ぶのを、斎木が電話で必死に宥めた。途中で、

——いろいろとご迷惑をおかけしました、さようなら。

と一方的に電話が切られて、後はずっと話し中となってしまった。一時間ほど経ってようやく電話がつながると、前妻は、瞬と、ちがうアパートを探そうと住宅雑誌を見ているところ、

と何事もなかったように白っとして話した。斎木からそれを聞かされた奈穂は、またの豹変ぶりに慄然（りつぜん）とした。……

「でも、瞬君は、普通は働くところや学校が決まってからアパートを探すのに、どうして最初から、そんなに住み心地がいいアパートを見付けたいのかなあ」

不動産屋から教えてもらった相模大野の物件を見て、ここはやめにする、と決めた駅までの帰り道で、奈穂は訊いた。

結局、瞬の母親は、赤ん坊が熱を出して肺炎を起こしかけているので上京できないと言い、斎木にもう一度アパート探しをして欲しいと頼み込んだ。それまでも、さようなら、といった言葉をよそに、瞬が、雑誌や携帯で見ることができるらしい賃貸情報のホームページで気に入った物件を見付けるたびに、どうしたらいいですか、という相談の電話が、前妻から日に二十回以上もひっきりなしにかかってくるようになり、斎木は仕事どころではなくなっていた。この分じゃ、締め切りに間に合わない、と苛々している斎木を見るに見かねた奈穂が、瞬と一緒に上京することにしたのだった。

「この辺はストリートミュージシャンとか音楽やってる人が集まるところで神奈川では有名なんだ」

テレビで観たことがあるらしく、物知りげに瞬が言った。「中卒で東京でてきて成功するやつって、音楽ならオーディションうかってデビューするとか、ストリートミュージシャンやっててスカウトがくるとか。でもたいてい女が多い。札幌の女のグループは演奏のときだけ東京でてくんだよ。それか、バンドのやつらみんなででてきて、こう貧乏暮らしっつーか、夢があるからやってける、みたいな。でも俺はそんな仲間はまだいないから、バンドのメンバーだって、バイトしながらこれから探す。だから、とにかく部屋がよければがんばれんじゃん。仕事なんか大変なんだから帰ってきても気に入らない部屋だったら仕事の延長じゃん。どっちも仕事の場になっちゃうよ。せめて部屋がよかったら、こう、がんばろうって気になる」

　瞬は憑かれたようにまくし立てた。

374

「へえ、瞬君、ギター弾けるんだ」

　と奈穂が言うと、まあね、と瞬は頷いた。

「じゃあ、もしかして、ほんとうはミュージシャンになりたいの」

「それはそうだよ。だけどそんなこと言ったって誰も本気にしてくれないし、なれっこないって言うに決まってる」

「そう？　でも、私や斎木は別だけどな」

　うん、と瞬は頷いた。

　今回、斎木が仕事が終わらないので奈穂が代わりに行く、と言ったときにも、瞬は不満そうな様子は見せずに、仕事じゃしょうがないよ、と答えた。斎木の仕事のことは理解しているように、奈穂は感じた。

「そういえば、前から一つ聞きたかったんだけど、瞬君から見たら私はおばさんかな、それともお姉さんって感じかな」

「……ちょうどその中間」

瞬がぼそっと答え、そうか、でもおばさんじゃないんだから、まあ許すとするか、と奈穂が笑いながら瞬の方を向くと、瞬は少し笑みを返した。

「ちょっとあの不動産屋にも寄ってみようよ」

この街が気に入ったらしく、瞬が誘った。

だが、十分と経たずに、その不動産屋から出てくることになった。瞬は、怒りをあらわにした。

「今の所、奥にじいさんとばあさんがいたじゃん。手前の男の人に説明したら、後ろのじいさんたちがわっとこっち向いた。そして、さんざんそれは難しい、大家さんがいいっていうわけないって言ってさ、げんなり、やる気なくしたよ。でも、最後に、まるっきりないわけじゃないですよ、って、笑いながら付け加えるように言ったじゃん。そういうのってむかつくんだよ。あれほど探すのは難しいって言っといてさ、哀れむように付け加えて」

うん、と奈穂が相槌を打つと、さらに瞬は畳みかけるように言葉を発した。「ママも、鈴木さんも、俺の気持ちはわかるって言いながら、でも、とりあえず高校いっとけって。そういう考えが一番むかつくんだよ。とりあえず、って。俺は、美容師になるってきめてるから、高校行く必要ないって言ってるのに」

「お姉ちゃんたちは、今回のことどう思ってるの」

「姉ちゃんたちは二人とも頭いいから、県内の進学校にいったんだ。でも俺頭悪いからさ、どうせ、どうでもいいとこしか入れないじゃん、そんな高校出たって就職できないから行く意味ないじゃん。姉ちゃんたちは、親に高校行くお金だしてもらったんだ。でも俺は高校行かないんだから、そのぶん出してくれって思うよ」

375

奈穂は、大宮駅構内の「豆の木」で、瞬を待っていた。

一週間かけて不動産屋を回ったが、瞬が住むアパートは見つからなかった。最後は、また宮坂さんのところへ出向いた。彼は相変わらず親身になってくれた。相模大野ならいくつか物件がありますよ、と紹介され、二件のアパートが条件に適った。だが、一件は、連帯保証人は東京に住んでいる人なら身内でなくとも構わないということで、斎木が仕事先の編集者に事情を話して保証人になってもらい、印鑑証明まで用意してもらったが、最終の審査が通らなかった。もう一件は、沿線に住む大家さんがアパートまで出向いてくれ、事情をすべて飲み込んだ上で了解してくれたが、瞬が断った。慣れ親しげな大家さんの濃い心情が、彼には負担なのかもしれない、と奈穂は想像した。

年末休みに入る不動産屋も多くなり、明日にはさすがに奈穂も帰らなければならない、という最後の夜、西武池袋線と埼京線とに分かれる段になって、瞬は池袋駅の構内で奈穂を必死に引き留めた。

――ねえ、もう少し高い家賃なら、借りることができる範囲が広がるでしょ。

――でも、最初に示した予算以上は、私たちは貸すつもりはないから。

――じゃあ、足りない分は俺のママに出させればいいじゃん。電話でそう話してくれないかな。

――悪いけれど、それは出来ないよ。

――ママは、俺のことなんてどうにでもなれ、もう帰ってなんかくるなって思ってるんだ。本当に心配ならなんで一緒に来ないんだよ。お金出すって言わないんだよ。……ママは朝起きてこないからみんな自分で出かけるんだ。でもそのままじゃ腹減るじゃん。だから自分で作ろうとした時もあったけど、台所勝手にいじるなって怒られた。……家のお金はそっちで、生活費は鈴木さんでしょ、足りなくなったらおばあちゃんのとこから送ってくるから、ママは全然働かないんだ。家で赤ん坊と寝てばかりいて。それが嫌だから、あの家で俺だけは働こうと思ったんだ。それから……。

昨日の深夜まで、人波の中にずっと立ちつくして、瞬が切々と訴えた言葉の数々を蘇らせながら、彼が「豆の木」を伝い上って自由なところへ出ることが出来るように、と奈穂は願って

376

いた。

　斎木は、仕事の合間に何度も瞬に宛てて、大宮駅の「豆の木」で奈穂が待っている、とメールを出した。だがいっこうにその返事はなかった。その間にも、前妻からのメールは、何度も送られてきた。

〈瞬からメールがありました。6万私がだすと言えばそちらも納得すると瞬は言っていますが、そちらが反対している理由は私がだせるかどうか分からないからなのですか？　瞬はそう受けとめています。出さない私を責めています。その後の事を考えて言っているのに分かってもらえません〉

〈そちらは午後には帰るそうですが、瞬はこっちには帰らないそうです。お婆ちゃんの所も出ていくそうです。もう瞬には会わないで帰るのですか？　この後いったいどうするつもりですか？〉

〈何回かメールを入れているのに、なぜ返事がないのですか？〉

　ともかく、瞬からの連絡を待っているところだ、と書いた返事をメールで一度送っただけで、斎木は後はそのまま放って置いた。待ち合わせの午後三時をとうに過ぎて、五時にさしかかっていた。奈穂から電話を受けた斎木は、

「やれることはやったのだから、もう帰ってきていいよ。気を付けてな」

と言った。

「ええ、そうする」

と奈穂は答えた。

瞬の母親になじられるだろうが、瞬を信じて待つしかない、と電話を置いた斎木はつぶやいた。

奈穂が新幹線で帰っている時間に、また前妻からメールがあった。

〈瞬からメールがありました。そのまま転送します。《充電なくなるから、パパに頼んだりするな。そっちが六万出さないんだから、こうして野宿するはめになったんだから。パパが納得してないとかの問題じゃなくて、六万出さないと借りれ無いんだからいまさら言ってもどうせ出さないんだから家が見つからないなら野宿するしか無いって知ってて、協力しないで、出さないんだから、死んだら死んだで、あの時出さなかった事を後悔するんだね。充電があと一個しかないから、無くなったら、死んだと思いな》こういう事になってしまい、やはり母親の弱みかもしれませんが、心配で何もてがつけられない状態です。ばか息子だけどやっぱり大切なんです。6万だして、瞬の希望通りにするしかないのかと思っています。どうしたらいいか教えて下さい〉

誰も正解など見つからない、と斎木は思った。そして、これでようやくほんとうの家出になったな、と瞬に言いたい気持ちとなった。

この街では、十二月三十日に年取りを行う。例年は斎木の実家に二人揃って赴くが、今年は斎木が行けず、昼間に奈穂だけが行くこととなった。

瞬の家出騒動の最中に、六月の大腸の手術から半年後の予後を調べる検査を斎木は受けた。

――大丈夫、再発も転移もありませんでした。ただし、これから五年間は、毎年六月に内視鏡検査をして追試させて下さい。

と主治医は言った。

そのほうは、当面のところは無事に済んだが、奈穂が東京から戻ってきた翌朝、緊張が限界に達していたのか、ひどい悪夢にとらわれた斎木は、今度は鬱になって寝床から出られなくなってしまった。

悪夢を見たよ。そう斎木に言われただけで、奈穂は夢の内容がわかるようになっていた。以前は、こうやって悪戯されたんだ、と言って、斎木は一日中でもずっと性器を触っていた。そして奈穂に、頼むから見ていて欲しい。見ていてくれる人がいないと気が狂いそうだ、と哀願するのだった。

夢の中で、幼児となっている斎木は、年上の少年と「山」に来て、それまで親しかった少年が、急に人が変わったように凶暴となって自分を苛めているのに対して、ただひたすらに謝り、許しを乞うているのだった。ナイフで半ズボンとパンツを切り裂かれ、芽のような性器を弄ばれた後、土まみれとなって気を失い死んだように倒れている幼い自分の姿を、斎木は見ていた。夢の中で、幼児の斎木はまた、母親に叱責を受けていた。

まったく、こっ恥ずかしい！　優しい言葉やぎゅっと抱きしめられるのを待っていたのとは裏腹に、母親の突然の怒りにふれて、幼児の斎木は、この世の光景が急に色褪せて見えた。惨めな恰好でいたところを通りがかりの人に助けられて家まで連れてきてもらったことが、自分が死ぬほど恐ろしい目にあったことよりも、母親にとっては恥ずかしく許せないのだ、と幼児の斎木は思った。彼は、家の柱に「ぼくのはか」と刻んで、少年に首を絞められたように、首を括ろうともした。……

「鮮はどうしたの。何か隠してるんじゃないの」

斎木の母親に問いつめられて、奈穂は、義父が長いトイレに立っているときに、斎木がこの数日、抗鬱剤の点滴を受けていることを話した。そして、鬱の原因となっている事件のことを、今でも母親は認めようとしない、と斎木が言っていることも。

俯いて唇を震わせた斎木の母親が、

「……確かに、そういうことはあったの。ほんとうは、あたしもどうしようもなく恐かった。こんな目にわが子が遭うなんて、いったいどうしたらいいんだろうって。でもお父さんはああいう人だから、あたしが男にならないといけなかったのよ」

と啜り泣いた。

終章

378

正月の三が日を浦和の自宅で過ごした黒松さんは、四日に単身赴任先へと戻った。マンションを引き払うことにして、その掃除があるので、珍しいことに、奥さんも一緒だった。

大晦日（おおみそか）には、出版社に勤めている長男と嫁、小学校六年生の孫娘、それから同じ沿線の四つ離れている駅のマンションで暮らしはじめた次男夫婦とその四歳になる男の子が一堂に集まって、黒松家は賑やかな年越しを過ごした。孫娘は、レッスンを受けているピアノと、来春受験する私立中学のことを自慢しては、この家にピアノがないことを残念がった。心配していた次男の嫁の連れ子は、黒松さんにすぐに打ち解けた。黒松さんは前から用意しておいた西武ライオンズのブルーの帽子を新しい孫息子に被せてやった。

――親父、今は野球よりもサッカーだよ。

と広告代理店に勤務している次男が横から口を挟んだが、男の子は喜んでいた。

その野球帽を見ると、切ない思い出が蘇った。黒松さんが東京の本社勤めだった頃、徹夜明けで珍しく昼下がりに乗った電車で、正面に着物姿のおばあさんと五歳ぐらいの男の子がいた。おばあさんはシートに正座して履き物がきちんと揃えてあり、男の子は野球帽を目深にかぶって、足が床に届かないのでブラブラさせ、おばあさんに注意されていた。おばあさんはときどき信玄袋からお菓子を取り出して、男の子に渡した。春の初めの穏やかな陽射しが二人の背に注がれているのを、黒松さんはぼんやりした頭で、いい感じだなあと思いながら眺めていた。と、おばあさんが男の子の野球帽をとって手拭いで口元と顔をふき始めた。男の子が顔をふかれながら黒松さんの方を見たが、焦点が合っていなかった。義眼だった。……

「やっぱりずいぶん雪があるのね。あれが蔵王？」

奥さんが窓の外の雪をまぶしそうに見ながら訊ね、ああ、南蔵王だな、と黒松さんは答えた。次男が家を出て独立してから、妻の振るまいがやさしくなったように感じられた。ときどき、次男の嫁と会っているようで、娘が欲しかった屈託が、それで紛れているのかも知れなかった。

やがて街が近付くと、「山」の上の鉄塔が見え始めた。ほら、新しい鉄塔の真下がおれのマンションだよ、と教える黒松さんを、子供みたい、と奥さんはからかった。駅前のバスターミナルから「野草園」行きのバスに乗り、終点で降りた。

「あの子、新幹線からバスでもずっと一緒だった。このマンションの子かしら」

奥さんが、マンションに入るときに、大きなバッグを手にして先に入る少年を見て言った。

さあ、と黒松さんは首を傾げた。

379

「あらっ、まただ」

売店のおねえさんは、窓の外をゆっくりと横切る人影に目をやった。フードの付いた黒いパーカーに黒いジーンズ姿の少年が、段ボールをキャリーカートに載せて運んでいた。どこか近くに荷物を運んでは戻って、を繰り返しているらしかった。

秋の終わりにも、奥のマンションに住んでいる夫婦が、毎日のようにそうやって荷物を少しずつ運んでいたことを思い出した。訊ねると、この下の近くに工房を借りたんです、と奥さんの方が答えた。あの夫婦の親戚で、冬休みでアルバイトでもしてるのかな、とおねえさんは想像した。

少年の年恰好は、前に鉄塔工事に来ていた中学を出たての二人の職人たちを思い出させた。彼らも元気で頑張ってるかな、今はどこの現場にいるんだろう、と思いを馳せた。

少年が次に、空になったキャリーと段ボール箱を持って戻ってきたときに、おねえさんは自動販売機に飲み物を補充していた。

「坂道だから大変そうね。何運んでるの」

とおねえさんは少年に訊いた。

「本」

少年はぼそっと答えた。

「ずいぶんあるんだね。まだあるの」

「まだまだ、あと百箱以上運ばないと終わらない」

「そんなに……。それで、アルバイトしてるんだ」

「うん」

「寒いから風邪をひかないように頑張って」

おねえさんが声をかけると、こくりと頷いて、少年は奥のマンションへと向かって行った。

入り口にあった鉄のトンネルはもう無くなっていた。

……〈おれが住んでいる家は、街の山の上に、四本立っているテレビ塔の左から二番目の鉄塔の真下にあるマンションの一一一号室だ。駅から「野草園」行きのバスに乗って、終点で降りればすぐわかる。おれはそこに逃げも隠れもせずにいるから、いつでも訪ねて来い〉

正月明けに、瞬は、携帯に入っていたメールを頼りに、東京から斎木の住むマンションを探して行った。帰りの電車賃は、奈穂が郵便局に振り込んでくれた。じゃあ、おれの所でアルバイトをして、まず金を返してもらってから、給料を払うよ、と斎木は言った。お母さん、帰ってきて欲しいって、ずいぶん心配してたよ、と奈穂が口を添えた。……

瞬は、急坂を上り終えると海を見下ろした。手前に、南へ延びる新幹線の高架橋が見えた。

〈おれはいつかまた東京に出て、自分のアパートと、母親ときょうだいの住む家、父親の住む家、その三つの家を自由に行き来するんだ〉

と瞬は思った。

380

珍しく深い熟睡感を覚えて目覚めた斎木は、トイレに立った後、水を飲みに台所へ向かった。まだカーテンを用意していないリビングの窓の外を雪が静かに降っているのが見えた。いつもより音に悩まされずに眠った訳が腑に落ち、時刻はまだ三時半だが、斎木は仕事場へ向かうことにした。

風さえなければ、こんな雪の朝は意外とあたたかい、と高校生まで新聞配達をしていた身には覚えがあった。体感温度としては、晩秋から初冬に脊梁から吹き下ろす颪(おろし)に曝されている方が、よほど身体に堪(こた)える。東京で電気工をしていた頃も、同じ時季、高層の住宅の壁に張り付いての作業が、身に沁みた。作業着の中に、上下ともジャージを着込み、まさしく蓑虫(みのむし)のような体感で、梯子や屋上の鉄柵に安全帯で繋ぎ止められていた。

外階段の入口から表へ出ると、新聞配達もまだで、マンションに出入りする足跡は付けられていなかった。積雪は二十センチほどだが、この街にしては大雪にあたり、チェーンを装備していないタクシーならば、昨夜はこの「山」の界隈に向かうのは断られたことだろう。

柔らかな新雪をはじめて足跡を付けるようにして踏むと、斎木は自分の中の子供心が呼び覚まされるようだった。近道の石段を滑らないように下りると、雪の上に犬や猫たちとおぼしい足跡が付いていた。ここを近道としているのは、どうやら人間だけではないようだ、と斎木は微笑んだ。

仕事場の電気炬燵の上に置いたノートパソコンで執筆に集中していると、表で、ガーッ、ガーッ、と地面を削る音が起こった。いつのまにか夜が明けていた。山麓の町に住んでいた頃は、朝の雪掻きはこの時季の日常茶飯だった。だが、マンションに越してからは、雪掻きは管理人に任せっきりで、その義務を忘れていた、東北生まれなはずなのに、と斎木は我が身を叱りながら身を起こした。

おはようございます、と挨拶をして、斎木はスコップを手に浅野さんのアパートの前に住む隣人の雪掻きに加わった。一度挨拶に行ったが、浅野さんとは没交渉のようだった。七十代の夫婦二人が住む家で、うちは車を使うから、八十になるまでは雪掻きぐらいはしないと、と品のよさそうな小柄の老人が答えた。

母屋の前の家の六十代の主人も顔を出して来て、

「よかったですねえ、裁判で境界の樹木の伐採を強制執行できることになって、ここの柳の木を根元から秋に伐っておいて。前のままだったら、この雪で車の上に倒れてきてましたよ」

と柳の木の根元に目をやって言った。

浅野さんのアパートからは人気は立たなかった。

381

それからも何度か雪が降ったが、雪掻きが必要になったのは合わせても三度ほどで、あとは一日と経たずに消え去る淡雪だった。

積雪があったとき以外は、瞬は約束通り、週に三日、斎木のマンションを訪れて、仕事場まで本を運ぶアルバイトを続けた。年の暮れから正月の間、東京でどうやって過ごしていたのか、斎木も奈穂もとくに瞬に訊くことはしなかった。

(おれだって、自分の家出の顛末なんか親には話さなかったからな)

と斎木は思っていた。

瞬が来る日は、奈穂は三人分の弁当を作ることになった。そして、九時少し過ぎに着くバスで瞬があらわれるのを待って、マンションの鍵を渡してから仕事場へと向かった。

おはよう、と奈穂が挨拶の声をかけると、瞬は、んん、と喉の奥を絞ったようにぎこちなく応じた。ずっと挨拶をすることなしに暮らしてきたのでそうなってしまうことが、前に登校拒否の中学生の男の子を家庭教師した奈穂にはわかった。今のアルバイトは、中学を卒業する日が来るまでで、それ以降は自分で仕事を見つけることになる。それまでに、せめて挨拶の習慣だけでも身に付けば、と奈穂は考えていた。

本を運ぶ瞬の背後では、旧い鉄塔を少しずつ解体していく工事も相変わらず続いていた。

十二月に瞬のアパートを探しに上京して、帰って来てからもしばらくの間、斎木は、鉄塔のことを気にかける習慣をすっかり忘れていた。長老の鉄塔が倒れていく様をしっかりと見届けよう、などと肝に銘じておきながら、心配事一つで目の前の風景もあっけなく見えなくなる、と鉄塔たちをまた眺めやる人心地がついたのは、瞬が来るようになってからのことだった。自分が見ていないときにも、鉄塔たちが逆にこちらをずっと見守ってくれていたようにも感じられた。気が付いたときには、旧い鉄塔は樹木ほどの高さしかなくなっていた。その様は、最初はなかなか融けずにいる蠟燭(ろうそく)が、短くなったと思うとたんにみるみる小さくなっていくのに似ていた。

——あ、春の気配だ。

一月末の夜、寝床についてすぐに、斎木がつぶやいた。奈穂も外へ耳をそば立てると、確かに二匹の猫がいるらしく、一方の猫が甲高く威嚇の声を放つと、もう一匹が一オクターブ音声を下げて応じる鳴き声が聞こえた。そして、からまった猫の声が鞠(まり)のように転げて駆け巡った。

あれは、雄猫同士が宣言し合っている声、そうしてから猫の喧嘩は始まるんだよ、と斎木は子供の頃、亡くなった母方の祖母に教わった。そして、これが聞こえるともうすぐ春になる、とも祖母はうれしそうに言ったものだった、と斎木は知り合ったばかりの頃に奈穂に教えた。

それ以来、この時季になると、最初に春の気配を告げる猫の鳴き声をどちらともなく競って探るようになっていた。

382

二月半ばには、旧い鉄塔の撤去工事も完全に終了した。それを以て、バス停が元の場所に戻された。

年末から体調を崩して、ずっと休んでしまっていたスイミングスクールに、斎木がひさしぶりに向かう途中、竹林に淡雪が残る「野手口苑」の中を覗き込むと、鉄塔の基部がひっそりと墓標のようにひそんでいるのが窺えた。

一方通行の坂道を下って行くと、西多賀さんの家の前には、青い軽自動車が停まっているのが見えた。町内会の新年会に出席した奈穂は、西多賀さんが車の免許を取ったと話していた、と斎木に告げた。まだ通勤には使っていないということだった。

鉄塔工事に引き続いて、今度は、送信機器が設置されて技術者たちが詰めることになる局舎の工事が本格的に始まった。そのうち、隣のバス停のそばに立っている鉄塔の改修工事も始まるはずだった。止むことのない槌音を耳にしながら、普請中という言葉を斎木は心の中でつぶやいた。

あたたかさが少しずつ感じられるようになって、奈穂は工房を構えた挨拶状をごく親しい人にだけ出した。その数日後、工房で奈穂が作業していると、突然、窓辺に斎木の父親の顔が覗いた。

「あ、お義父さん」

奈穂が驚いた声を挙げて、慌てて窓を開けると、斎木の父親は、悪戯が効いたというような満面の笑みを湛えて玄関口へと回った。少し遅れて、やって来た斎木の母親が、ずいぶんきつい坂だこと、と言ってから、改まって挨拶をした。

「暮れにはどうも……」

後に続ける言葉が見つからずに奈穂が言い淀むと、義母も照れたような笑みを浮かべた。年越しの日、奈穂は、思わぬ義母の涙に、済みません、言い過ぎました、と謝った。ううん、そんなことないわよ、大丈夫、かえって気持がすっきりしたから、と義母は気丈さを取り直して答え、義父がトイレから戻って来た気配に、割烹着の袖で涙を拭うようにしながら台所へ向かった。帰り際には、出汁(だし)をとる焼き鯊(はぜ)をはじめ、この街独特の雑煮の材料を奈穂に持たせた。

そして、奈穂が家に戻って、義母とのやりとりを話すと、

——そうか、やっとおふくろも認めたのか。

斎木は寝床でそう言って目を瞑(つむ)り、長い溜め息をついたのだった。……

「ほんとうに、突然ごめんなさいね。迷惑になるからって言っても、お父さんが散歩のついでに顔出してくるってきかないものだから」

「いいえ、迷惑だなんて」

奈穂は強くかぶりを振り、どうぞどうぞ、と二人を工房に招き入れた。

仕事場から顔を出した斎木に、ほれ、と斎木の父親が得意げにビニール袋を差し出した。中には、摘んできたらしいふきのとうが入っていた。

383

夕刻、斎木と奈穂はバスで街へ出ると、駅へと向かった。

前日の夕食時、ノルウェーの友人であるベンクトから電話があり、今京都にいるが、予定通り明日の夕方に着く新幹線でやってくる、ということだった。それで五時半に新幹線の改札口で待ち合わせをすることになった。

ベンクトの妻であるイングリンは、奈穂がオスロの美術大学に留学したときのクラスメイトだった。席が前後ろだったために、早くから言葉を交わし合うようになった。秋の新学期早々、生活用品の揃っていなかった奈穂に、

――夫が一人暮らしの時に使っていた食器があるんだけど。

と、そばかすだらけのティーンエイジャーに見えた童顔のイングリンが話しかけてきた。

――誰の夫？

奈穂が咄嗟にそう訊ねると、苦笑しながら、六月に結婚式をあげたばかりで、夫も音楽学校に通う学生なの、とイングリンが言った。夫のベンクトは、アルバイトで教会のオルガン弾き

をしている、とも付け加えた。

オスロフィヨルドを見下ろす眺めのよい教会で、ベンクトのオルガンの演奏会が開かれたときに、音楽が好きな斎木も聴きに行き、そこで夫妻と知り合ったのだった。

「あ、もう来ている」

新幹線の改札がある三階へ上るエスカレーターの途中で、奈穂が見つけて駆け寄って行った。イースターの休暇を利用して、東京、京都、そして広島の原爆資料館もどうしても見たいと旅行をしてきたノルウェー人一家は、イングリン、ベンクトともTシャツに膝までのパンツというラフな出で立ちで、赤ん坊を連れての長旅の疲れも感じさせなかった。ベビーカーに乗せられたブラッグマーティンという名の一歳三ヶ月の赤ん坊は、肌の真っ白さが目を惹き、わあ可愛い、と通りかかる人たちの注視を浴びていた。

「ほんとうに赤ん坊を連れてくるなんて驚いたわ」

と奈穂が言うと、当たり前のことだと夫妻は口々に答えた。そして、日本でよく見かけるのよりもがっしりとして重いベビーカーを臨機応変にたたんだり伸ばしたりする仕草にも、大変だ、というそぶりはまったくみせなかった。

ようこそ、と斎木は手を差し出しながら、教会での演奏会のときに、若き夫の演奏を両手を握りしめて一心に祈るようにして聴いていたイングリンの姿を思い出し、五年ぶりに会う二人とも、ずいぶんタフな大人になった、という印象を受けた。

「ああ、ここだここだ」

『衆』のマスターは、路地の入口に立っている早絵さんを呼んだ。遅れて向かってきた早絵さんが、おーい、と山びこを聞くときのような声を建物に投げかけた。その声で、仕事場にいた斎木は来客を知り、玄関口へと立って行った。二人は、キスリングを背負い、笑顔で待っていた。

「せっかくだから、野草園にも行ってみようと思ったんですが、あいにくまだ開いてないんですね」

「それで、周りをぶらぶらしてみてから、ちょっと早いけれど押しかけて来ちゃったの」

そして、早絵さんが、これ、今日の差し入れのサンドイッチ、と包みを手渡した。

「ありがとうございます。奈穂はいま、ノルウェーの彼らと一緒に、自宅で料理の支度をしてるんですけど」

「ああ、どうぞお構いなく。斎木さんも仕事中でしょう。のんびり庭を見せてもらってますから、どうぞ仕事を続けて下さい」

マスターの言葉に従って、斎木は夕方までに終わらせるつもりだった仕事に戻った。ベンクトとイングリンが、観光だけではなく、日本の人とじっくり話をしてみたい、というので、ごく知り合いだけを招いて、夕方の五時から小さな宴を開くことにした。仕事場には調理道具がないので、銘々一品ずつつまみを持ち寄ってもらい、奈穂は、ノルウェーで覚えたワッフルを作ることにした。

「おー、アルバイトやってるな」

「あのね、夏に自転車で遠出するのは不良少年だけじゃないのよ。あたしたちも不良中年だから、去年の夏は、自転車で八時間もかけて、あたしの実家まで行ったの」

「峠を越えるときのトンネルの中が恐いんだよな。歩道はないし、後ろから来る車にヘッドライトで照らされて巻き込まれそうで」

しばらくして、瞬が本を運んできたのだろう。そんなやりとりが、庭のほうから聞こえてきた。笑いが起き、瞬も体験談を話しているのか、ぼそぼそという声も聞こえた。

瞬のここでのアルバイトも、あと数日で終わる。卒業式には出なかったが、何とか中学を卒業することができた。曲がりなりにも、三人の子供たちも皆義務教育が終わった、という安堵がわずかながら浮かぶのを斎木は否定できなかった。

〈瞬のことでは、ちからになってくれているようでありがとうございます。やさしい子なんですけどね、良い方向にいけるといいんですけど。よろしくお願いします〉

と前妻から落ち着いた文面のメールが届いた。そこには、東京の看護学校に通っていた長女は、この春卒業して系列の病院に勤めることになり、次女は、経済的な問題から、すぐの大学進学は諦めて、アルバイトと家の手伝いに励んでいるという消息もそれぞれのメールアドレスと共に記してあった。

385

台所には、ワッフルの甘いにおいが漂っていた。

イングリンに手伝ってもらった本場のワッフルは、いつも奈穂が作るよりも卵をたくさん使い、バターも焼くときにワッフルアイロンにたっぷりめに塗った。小麦粉とベーキングパウダーを牛乳で溶き、隠し味にはカルダモンを入れる。いつもよりも、ふんわりと黄色みが強く焼きあがった。

ちょうど瞬が最後の荷物を運び終えて戻ってきたので、奈穂はアルバイト代を渡した後、味見をしてもらった。

結構うまい、と瞬は答えた。そう、と奈穂は明るい声で言った。そして、鍵を渡してバスで帰ろうとする瞬に、少しワッフルを持たせた。

奈穂がイングリンと共に急いで工房へ向かうと、人が集いはじめていた。

「あっ、なんか香ばしいにおいがする」

と早絵さんが、すぐに気付いて言った。

『衆』のマスターたちからのサンドイッチ、南材が老舗の中華料理店で買い求めたという焼き餃子、清水さん夫妻から海苔巻きのお寿司とオードブル、着物姿であらわれた浅野さんの手作りのお新香、それにワッフルも加わって、奈穂が師匠から譲り受けた直径二メートル近くある卓袱台の上はいっぱいとなった。斎木は、前もって用意しておいたワインや日本酒、ビールを並べた。

今は教会専属のパイプオルガン弾きとなり、作曲も手がけているというベンクトは、画家である南材と、アーティストとして生活していくことの困難さの話をはじめた。清水さん夫婦は、美術大学の後に福祉関係の学問も修めたイングリンに、ノルウェーでの心の障害を持った人々へのケアやセラピストの話を熱心に訊ねた。

途中でベンクトが、赤ん坊を寝かせに二階へ行った。子供部屋だった二階の一室を浅野さんは彼らの滞在の間貸してくれた。その部屋のベッドに寝かせると、電気を消し、部屋の鍵を閉めてベンクトは戻ってきた。しばらく泣き叫ぶ声が聞こえていたが、ベンクトもイングリンも、それがノルウェー式だと平然としていた。やがて泣き声は少しずつ弱まり、途絶えた。

「驚いたわ」

「お国によって違うものねえ」

清水さんの奥さんと浅野さんが顔を見合わせて溜め息をついた。

宴たけなわとなり、斎木が、かつてのベンクトのコンサートで聴いて、唯一ノルウェー語で歌える「小さな夕べの祈り」という小曲を彼のピアノ伴奏で歌い、その後ベンクトがノルウェーの作曲家であるグリーグの小品をいくつか独奏した。

口の端に穏やかな笑みを浮かべて曲に聴き入っている浅野さんの横顔を見ながら、斎木は、柳の木のことをなぜ自分たちには事実を告げずに、木が自分で倒れたなどと言ったのだろう……、とずっと胸に蟠っていたものが解けた気がした。ある人にとっては、現実だけではなく、願望も、あったこととして生きることで、過去の悔恨を心で清算しているのかもしれない、と気付かされたのだった。自分の母親や先妻、暖かくなってまたバス停に立ち出した老婆の姿も浮かんだ。

「……このピアノが奏でた中で、一番美しい曲だわ」

最後の音が余韻を残してから静かに消えると、浅野さんが、目をしばたたかせ、感に堪えたようにつぶやいた。

娘さんが弾いていたとき以来、二十年以上鳴らなかったピアノが、今宵鳴ったのだった。

386

ベンクトたちが帰って数日が経ち、今年も藍の種を蒔く時季が近付いてきた。奈穂はイングリンと、今度は自分が子供を連れてノルウェーを訪れることを約束しあった。

斎木と奈穂が庭の土を掘り起こしていると、自転車置き場のほうから回ってきた人に、すみません、と声をかけられた。

「あのう、オープンハウスを開きますので、車をお宅の前に止めさせていただきたいんですが」

不動産屋の営業マンらしい背広姿の男に、斎木は、ええ、どうぞ、と答えた。

「よろしければ、いらしてみて下さい。五階なので、こことはまた眺めがちがうでしょうから、参考までにぜひ」

と言い置いて彼が立ち去ってから、ちょっと行ってみない？ と奈穂が興味ありげに言った。そうだな、と斎木も応じることにした。

「一人暮らしのご婦人が住んでいた部屋ですので、状態はとても綺麗だと思いますが」

部屋に入ると、さっき会ったばかりの男が説明した。年老いた婦人が亡くなり、東京に住むその子供が売りに出した物件だということだった。

「ちょっと、ベランダに出てみてもいいですか」

斎木が訊ねると、

「どうぞどうぞ、スリッパも置いてありますから」

と男がすすめた。

ベランダからの眺望は、思ったほどは一階と変わらなかった。斜め左真下に、さっきまで自分たちが畑仕事をしていた庭が小さく見えた。こんなふうに、気が付かない所から自分たちの姿を眺めていた視線もあったかも知れない、と斎木は想い、少し不思議な気分になった。

風に乗って煙のにおいが微かにした。眼下に団地の家々を見下ろすと、仕事場に借りている浅野さんの家の赤い屋根が見えた。一階のベランダからは、手前の木立にさえぎられて見えなかった。その隣の敷地から、焚き火の煙がもうもうと立ち上っているのだった。斎木がそれを教えると、奈穂は苦笑を返した。

早々に辞去して専用庭に戻り、作業を続けていると、コッコッ、という音がした。春の暖かな日に眠気が差すのを、蛙に目を借りられてしまうからだとする、蛙のめかりどきにはまだ少し早いが、冬眠から目覚めた蝦蟇蛙の雄が雌を求めてもう鳴き出したのだろうか、と斎木が怪訝な面持ちでいると、そうだ、と奈穂が去年冬眠中の蛙を見付けたあたりの落ち葉を掻き分けてみた。

けれども、姿は見えなかった。

今度は、カォ、カォ、と聞こえた。その場所を二人が探し合っているあいだ、フェンスの際のコンクリートの蓋に覆われた側溝の中に、雄と雌の二匹の蝦蟇蛙は、つかず離れずの距離にじっと潜んでいた。

〈完〉

〔2004（平成16）年6月『鉄塔家族』（下）初刊〕

P+D BOOKS ラインアップ

天使　遠藤周作　●ユーモアとペーソスに満ちた佳作短篇集

白い手袋の秘密　瀬戸内晴美　●「女子大生・曲愛玲」を含むデビュー作品集

ゆきてかえらぬ　瀬戸内晴美　●5人の著名人を描いた珠玉の伝記文学集

耳学問・尋三の春　木山捷平　●ユーモアと詩情に満ちた佳品13篇を収録

青春放浪　檀一雄　●小説家になる前の青春自伝放浪記

緑色のバス　小沼丹　●日常を愉しむ短篇の名手が描く珠玉の11篇

（お断り）

本書は2007年に朝日新聞社より発刊された文庫を底本としております。あきらかに間違いと思われるものについては訂正いたしましたが、基本的には底本にしたがっております。また、一部の固有名詞や難読漢字には編集部で振り仮名を振っています。本文中には老婆、看護婦、漁夫、気がふれる、片田舎、未亡人、連れ子などの言葉や人種・身分・職業・身体等に関する表現で、現在からみれば、不当、不適切と思われる箇所がありますが、著者に差別的意図のないこと、時代背景と作品価値とを鑑み、原文のままにしております。

差別や侮蔑の助長、温存を意図するものでないことをご理解ください。

佐伯 一麦（さえき かずみ）
1959（昭和34）年7月21日生まれ。宮城県出身。1990年『ショート・サーキット』で第12回野間文芸新人賞受賞。1991年『ア・ルース・ボーイ』で第4回三島由紀夫賞受賞。代表作に『還れぬ家』『渡良瀬』など。

P+D BOOKS とは

P+D BOOKS（ピー プラス ディー ブックス）とは
P+Dとはペーパーバックとデジタルの略称です。
後世に受け継がれるべき名作でありながら、現在入手困難となっている作品を、
B6判ペーパーバック書籍と電子書籍を、同時かつ同価格で発売・発信する、
小学館のまったく新しいスタイルのブックレーベルです。

鉄塔家族（下）

2024年5月14日　初版第1刷発行

著者　佐伯一麦
発行人　五十嵐佳世
発行所　株式会社　小学館
〒101-8001
東京都千代田区一ツ橋2-3-1
電話　編集　03-3230-9355
販売　03-5281-3555
印刷所　大日本印刷株式会社
製本所　大日本印刷株式会社
装丁　おおうちおさむ　山田彩純
（ナノナノグラフィックス）

52487-2

P+D BOOKS